이 책의 '명탐정'을 보고
여러분의 할아버지를 떠올려 주신다면
정말 기쁘겠습니다.


- 고니시 마사테루


この本の "名探偵" に、
あなたのおじいさんの面影
を見つけて下さると喜ばしい
限りです。

# 명탐정으로 있어 줘

名探偵のままでいて

# 명탐정으로 있어 줘
## 名探偵のままでいて

Story being The great private detective

고니시 마사테루 지음
김은모 옮김

목차

# 제1장

# 진홍색 뇌세포

## 1

"오늘 아침에는 파란 호랑이가 들어왔단다." 할아버지는 아무렇지도 않게 말을 이었다.

"문고리를 어떻게 돌렸을까. 참 재주도 좋아."

할아버지는 호랑이가 서재에 들어왔다는 것, 그리고 호랑이의 털빛이 파란색이었던 것보다 호랑이가 현관문을 열고 들어왔다는 것에 더 놀란 듯했다.

"안 물려서 다행이네." 가에데는 일부러 농담하듯 말했다.

하지만 속으로는 모처럼 깨어 있는데 또 그 이야기인가, 하고 조금은 낙담했다.

1주일에 한 번꼴로 찾아오면 할아버지는 보통 자고 있다.

어쩌다 깨어 있어도 환시를 본 이야기나 꺼낼 뿐이다.

가에데가 돌아갈 때까지 내내 그런 이야기를 하느라 제대로 된 대화는 하지 못한다.

그래도 가에데는 순순히 '파란 호랑이 이야기'에 귀를 기울이며 몇 번이고 맞장구를 쳤다.

본가이기도 한 할아버지의 집에서 보내는 한때는 더할 나위 없이 소중한 시간이기 때문이다.

"그리고 호랑이가 말이다." 할아버지는 앞발을 교차시켜서 나아가는 호랑이의 걸음걸이를 흉내 냈다.

"떠날 때 아주 행복하게 웃더구나."

"호랑이가 웃었어?"

아아……또다, 하고 가에데는 속으로 쓴웃음을 지었다.

실제가 아닌 환시 이야기이건만, 또 진심으로 귀담아들은 것이다.

그렇다. 처음에는 열심히 듣는 척만 하다가도, 할아버지의 좋은 입담 탓인지 늘 자기도 모르게 이야기 속으로 빨려들고 만다.

오늘은 서가 어딘가에 꽂힌 책의 삽화에서 진짜로 파란 호랑이가 튀어나올 것 같은 착각마저 들었다.

하고 싶은 이야기를 실컷 해서 만족한 것이리라.

할아버지의 두 눈이 천천히 감겼다.

할아버지는 온종일 이 방의 전동식 리클라이닝 의자에 앉아 시간을 보낸다.

야위었지만 키가 큰 할아버지의 몸에 맞춰 큼지막한 사이즈를 골랐는데, 상상 이상으로 편안한지 의자와 거의 한 몸이 되다시피 한 건 큰 오산이었다.

곁에 있는 사이드 테이블에 움직일 때 꼭 필요한 나무 지팡이를 기대어놓았다.

하지만 지팡이를 권유한 할아버지의 케어 매니저*는 "화장실에 가실 때는 사용하면서 서가에서 책을 고를 때는 귀찮다며 전혀 사용 안 하세요. 넘어지실까 봐 걱정이네요"라며 한숨 섞인 푸념을 늘어놓았다.

'지금도 책을 좋아하시는구나. 하지만 내용은 분명 대부분 머릿속에 들어오지 않겠지.'

그런 씁쓸한 생각이 뇌리를 스쳤다.

책으로 가득한 서재에 오래된 잉크 냄새가 감돌았다.

가에데가 좋아하는 진보초(神保町)의 고서점 거리를 연상케 하는 냄새였다.

어느덧 창밖의 나뭇잎 사이로 쏟아진 햇빛이 잠든 할아버지의 얼굴에 얼룩덜룩한 무늬를 새겨넣었다.

높은 콧대와 눈꼬리에 잡힌 주름이, 일흔한 살인데도 어째선지 검버섯이 전혀 없는 얼굴에 복잡한 음영을 만들어냈다.

예전에 비해 턱과 뺨에 살이 빠졌지만, 그 때문에 뚜렷한 이목구비가 더욱 두드러졌다.

———

\* 환자나 노인을 위한 요양서비스를 계획하고 관리하는 전문가

넓은 이마 한가운데에서 가르마를 탄 숱 많은 머리털은, 약 70퍼센트의 흰머리와 나머지 검은 머리가 부드러운 층을 이루고 있었다. 이는 고대 로마의 동전에 새겨진 황제 같은 입체감을 자아내는데, 손녀의 시선이라는 호의적인 평가를 제외하더라도 위풍당당한 용모임이 틀림없었다.

'분명, 인기 많았겠지.'

가에데는 미끄러져 내린 이불을 할아버지의 가느다란 목까지 살며시 끌어올렸다.

청소를 마친 후, 비누 냄새가 나는 항균 스프레이를 서가의 책에 닿지 않도록 조심해서 뿌렸다. 곧 재활 훈련을 맡은 물리치료사가 방문할 시간이다.

이 항균 스프레이는 그저 방을 청결하게 유지하기 위해서만 사용하는 게 아니다.

할아버지는 모기 등 작은 벌레의 환각을 자주 보는데 그럴 때 즉석에서 살충제 대신 사용하기도 한다.

"그럼 잘 지내, 할아버지. 또 올게."

서재 문 옆에는 돌아가신 할머니의 유품인 경대가 있다.

오래돼서 노후화했다기보다 시간이 지나면서 진화했다고 해야 할까.

경대의 나뭇결에 켜켜이 쌓인 시간은, 복잡한 색채로 화장한 것처럼 각별하고도 깊은 맛을 자아낸다.

가에데는 경대 서랍에서 머리빗을 꺼내 머리를 대충 정돈

한 후, 거울을 보고 표정을 가다듬었다.

'웃어……'

한때 중후한 떡갈나무 목재였던 서재의 문은 할아버지가 휠체어 생활을 시작할 때를 대비해 미닫이문으로 바꾸었다.

가에데는 소리가 나지 않도록 조심스레 문을 밀어 열고, 히몬야에 있는 할아버지 집을 뒤로한 채 길을 나섰다.

## 2

도요코선을 타고 돌아가는 길. 무표정한 얼굴이 차창에 비쳤다.

기껏 만들어 붙인 웃음이 손톱만큼도 남아 있지 않았다.

하늘은 이미 엷은 색깔의 립스틱을 칠한 것처럼 황혼에 물들었고, 다양한 모양새의 구름만이 점점이 떠 있을 뿐 가을답게 한여름의 적란운은 보이지 않았다.

가에데의 가슴속에 문득 할아버지와 함께한 추억이 되살아났다.

23년 전, 가에데가 네 살 때.

가에데는 툇마루에 책상다리를 하고 앉은 할아버지의 품에 안겨 발갛게 물들어가는 하늘을 바라보고 있었다.

할아버지는 지성이 물씬 느껴지는 맑은 두 눈으로 아래를 내려다보았다.

"가에데. 저기 있는 구름이 무엇으로 보이니? 그걸 전부 넣어 이야기를 하나 만들어 보렴."

지금 생각해보면 라쿠고*의 산다이바나시**다.

가에데가 상상의 나래를 펼치게끔 유도한 걸까.

그건 할아버지 나름의 정서 교육이었으리라.

가에데는 재깍 대답했다.

"저 구름은 쪼끄만 할아버지. 저쪽 구름은 납작한 할아버지. 그리고 어, 제일 큰 구름은 할아버지보다 뚱뚱한 할아버지야."

그래서는 이야기를 못 만들잖니, 하고 말하면서도 할아버지는 싱글벙글 웃었다.

그리고 놀랍게도 어쩔 수 없다는 듯 가에데를 대신해 〈세 명의 할아버지〉라는 제목으로 즉석에서 동화를 만들어냈다.

자세한 내용은 기억이 흐릿하지만, 먹보인 '뚱뚱한 할아버지'가 설탕인 줄 알고 온 세상의 감기약을 먹어 치우는 바람에 실컷 놀림을 당했고 결과적으로는 세상에서 제일 오래 살았다는 내용이었다.

분명 쓴 가루약을 싫어했던 가에데에게 교훈을 주려 했던 것이리라.

---

*  몸짓과 입담만으로 이야기를 풀어나가는 일본의 전통 공연
**  관객에게 받은 제목 세 개로 하나의 이야기를 만들어내는 형식의 라쿠고

어쨌거나 이야기를 들려주는 말루가 재미있어서 가에데는 손뼉을 치며 좋아했다.

"가에데, 저길 보렴."

하늘을 올려다보자 제일 큰 구름인 '뚱뚱한 할아버지'만 남고, '쪼끄만 할아버지'와 '납작한 할아버지'는 말 그대로 연기처럼 흩어져서 사라졌다.

동화의 결말과 똑같지 않은가.

어리둥절해진 가에데는 할아버지와 하늘의 '뚱뚱한 할아버지'를 몇 번이나 번갈아 보았다. 생각해보면 그때 할아버지는 은근슬쩍 구름 상태를 확인하며 이야기를 진행했으리라.

만약 '쪼끄만 할아버지'나 '납작한 할아버지'가 끝까지 남아 있었다면 이야기 내용은 크게 달라졌을 것이다.

"저기, 할아버지. 가에데한테 이야기 더 해줘. 아니면—"

어린 가에데는 위를 올려다보고 할아버지 목울대에 있는 점의 털을 잡아당겼다.

그러자 뜻밖에도 털이 쑥 빠지는 바람에 몹시 우스워서 깔깔 웃었던 기억이 난다.

어쩌면 그때 내가, 하고 가에데는 생각했다.

'할아버지의 지성을 간직해두는 마개를 뽑아버린 건지도 몰라.'

할아버지는 약 반년 전부터 눈에 띄게 상태가 이상해졌다.

함께 산책하러 나갔을 때, 보폭이 명백하게 좁아진 걸 느껐다.

"할아버지, 보기보다 살찐 거 아니야? 영 못 따라오시네."

할아버지는 고개를 갸웃하더니 나이를 먹어서 그렇지, 하고 자조하듯 쓴웃음을 지었다.

가에데도 처음에는 체중이 늘었거나, 그저 나이를 먹은 탓이라고 생각했다. 아니, 그렇게 생각하려고 했다.

하지만 그때부터 증상이 빠르게 진행됐다.

좋아하는 커피를 마실 때, 컵을 든 손이 부들부들 떨린다.

집에 가면 늘 서재의 의자에 앉아 꾸벅꾸벅 졸고 있다.

구부정한 자세가 몸에 배었고, 뭘 하든 동작이 느렸다.

아니, 그보다도, 다른 무엇보다도 가에데는 그날 받은 충격을 평생 못 잊어버리리라.

늦은 밤, 스마트폰이 울렸다.

잠이 덜 깬 눈을 비비며 전화를 받자 젊은 남자로 추정되는 사람이 어째선지 우물쭈물하다가 <저기, 119구급대인데요> 하고 말을 꺼냈다.

그리고 송구스럽다는 듯 주저하며 말을 이었다.

<가에데 씨 본인이십니까? 아아, 역시 그렇군요. 그게, 벽에 붙여놓은 긴급연락처에 가에데 씨의 이름이 있어서 이렇게 전화드렸는데요. 실은 여기 계신 가에데 씨 할아버님이 119에 신고를 하셨거든요. 그런데 음, 그게 말이죠>

"무슨 일인데요?"

〈여기 피에 물든 가에데가 쓰러져 있다고 말씀하시네요〉

평소 다니던 병원에서는 파킨슨병인 것 같지만 확실하지는 않으니까 큰 병원에 가보기를 권했다.

대학병원에 가서 CT 촬영을 포함해 자세한 검사를 받았다.

젊은 여자 의사는 의자에 앉아 곤히 잠든 할아버지를 본체만체 예사로운 말투로 결과를 알렸다.

"루이소체 치매네요."

그토록 총명했던 할아버지가 막 고희를 맞이한 나이로 치매에 걸릴 줄이야.

가에데는 도무지 그 사실을 당장 받아들일 수 없었다. 하지만 인터넷과 관련 자료를 나름대로 찾아봤더니 할아버지의 증상은 그 병의 증상과 전부 일치했다.

치매 환자는 일본에만 450만 명이 넘는다는 것. 그리고 뭉뚱그려 치매라고 해도, 실은 그 종류가 다양하다는 것도 처음으로 알았다.

가령, 치매는 크게 세 가지로 구분된다.

제일 많은 유형은 환자의 약 70퍼센트를 웃도는 '알츠하이머형 치매'로, 아밀로이드 베타라는 단백질의 일종이 뇌에 침착해서 들러붙어 발병한다고 한다.

세상 사람들 대부분이 치매라는 말에 제일 먼저 떠올리는 것이 이 유형이리라.

다음으로 많은 유형은 뇌경색이나 뇌졸중의 후유증으로 나타나는 '혈관성 치매'로, 전체 치매 환자의 20%쯤 된다고 한다.

둘 다 같은 이야기를 몇 번이고 반복하는 기억 장애, 시간과 장소 감각이 모호해지는 지남력 장애, 또는 밖을 돌아다니는 배회 등의 증상이 나타날 때가 많다.

그리고 할아버지가 진단받은 '루이소체 치매(Dementia with Lewy Bodies의 머리글자를 따서 DLB라고도 부른다)'는 전체의 약 10퍼센트를 차지한다.

1995년에 병명이 붙여졌다고 하니, 인류가 겪어온 기나긴 질병의 역사에서 보면 비교적 새롭게 발견된 질병 중 하나일 것이다.

최근에 '제3의 치매'로서 주목받고 있으며, 의료 현장은 물론 임상시험 분야에서도 병의 증상이나 진행단계를 급속도로 해명해나가고 있는 모양이다.

DLB 환자의 뇌나 뇌간에서는 반드시 작은 계란프라이 같은 진홍색의 구조물, 루이소체가 발견된다고 한다.

그리고 이 '작은 계란프라이'가 손발 떨림과 보행 장애 같은 파킨슨병 증상, 큰소리로 잠꼬대하기 등의 렘수면 행동 장애, 한낮부터 잠에 빠지는 경면 상태, 거리감을 파악하지 못하는 공간인지 기능 장애를 일으킨다.

하지만.

DLB의 가장 큰 특징이자 달리 유례가 없는 증상은 뭐니 뭐니 해도 '환시'다.

환자에 따라 흑백과 컬러의 차이는 있지만, 공통점은 '뚜렷하고', '생생하고', '확실한' 환각이 보인다는 것이다.

예를 들면 아침에 눈을 뜨자마자, 십여 명의 사람이 아무 말도 없이 무표정하게 서서 자기를 뚫어지게 내려다본다.

또는 식탁에 커다란 뱀이 똬리를 틀고 있다.

온종일 어딜 가든 갈래머리 소녀가 따라다니기도 한다.

완전히 비현실적인 환시도 드물지 않다.

두 발로 서서 눈앞을 성큼성큼 가로지르는 돼지.

접시 위를 우아하게 날아가는 요정.

그리고 할아버지도 본 파란 호랑이.

기묘하게도 대부분 환청은 동반되지 않는다.

'환시 속에서 꿈틀거리는 것들'은 어디까지나 시각적인 허상에 불과하므로, 그들은 환자에게 말을 걸어오지 않는다.

그러나 인간이 오감으로 받아들이는 외부 정보 중 시각 정보가 90퍼센트를 차지한다면, 대부분의 DLB 환자에게 '꿈틀거리는 것들'은 현실에 실제로 있는 존재다.

환자들이 가장 절실히 사용하고 싶은 속담은 '백문이 불여일견'일지도 모르겠다.

뭐가 어찌 됐든 눈앞에 '그것'이 생생하게 보이는 것이다.

주변 사람들이 아무리 그 존재를 부정하려 해도 '그것'이

'없다'고 이해시키기는 아주 어렵지 않을까.

　그래도 '그런 건 여기에 없다', '있을 리 없다', '정신 차려라'라며 주변에서 무턱대고 주의를 주면 환자는 가끔 화를 낸다.

　'DLB 환자는 돌보기 힘들다'라고 여겨지는 이유다.

　가에데가 읽은 돌봄 관련 지침서에 이런 내용이 있었다.

　<커다란 벌레가 있어서 무섭다는 등 환자가 환시를 호소할 때는 "기분 탓이야"라고 부정하거나 "아파서 그런 거니까 성가시게 하지 마"라며 방치하지 말고, 손뼉을 친 후 "자, 이러니까 없어졌지. 이제 괜찮아"라는 식으로 다정하게 말을 걸어줍시다. 다른 화제로 이야기를 돌리는 것도 효과적입니다>

　그럴 수밖에 없겠구나 싶기는 하다.

　그리고 가에데도 자신에게 화낸 적이 한 번도 없는 할아버지와 다투는 사태만큼은 어떻게든 피하고 싶었다.

　실제로 가에데는 할아버지의 병에 관해 깊이 이야기하는 걸 피해왔고, 할아버지가 환시를 보고 이야기할 때도 본인 앞에서는 그 존재를 부정한 적이 한 번도 없다.

　애당초 환자에게 본인이 치매임을 자각시키는 건 불가능에 가깝고, 만약 자각시킨다고 하더라도 그건 너무나 잔혹한 짓이기 때문이다.

　그런데.

　지금까지 그렇게 인식하고 행동해왔지만 어째선지 딱 나누어떨어질 나눗셈에서 나머지가 나온 듯한 기묘한 위화감이 느껴진다. 그것은 우리 할아버지가 치매에 걸릴 리 없다, 또는 이대로 지성을 점점 상실할 리 없다는 현실도피 같은 생각······ 좀 더 분명하게 말하자면 소망과는 좀 다른 느낌이다.

'그래, 뭔가 달라······.'

그렇다면 이 위화감의 정체는 과연 뭘까. 가에데도 당장은 뭐라고 구체적으로 설명할 수가 없었다.


# 3


구묘지역에서 버스를 타고 15분.

가에데가 원룸 맨션의 자기 집으로 돌아가자 책이 배달돼 있었다.

미스터리 소설을 더없이 사랑한 문예 평론가 세토가와 다케시의 평론집이다.

판권 페이지를 보니 '1998년 4월 1일 초판 제1쇄 발행'이라고 적혀 있었다.

가에데의 기억이 틀리지 않았다면 세토가와는 곧 50세를 코앞에 둔 젊은 나이로 요절했다.

즉, 그러니까, 이 책은 세토가와의 유작인 셈이다.

할아버지의 영향으로 어린 시절부터 미스터리 소설에 푹 빠져 지냈던 가에데는, 소설만으로는 성에 차지 않아 할아버지의 서가에 있던 세토가와의 평론집까지 꺼내 읽었다.

그의 평론집은 놀랍다 못해 기가 막혔다.

다양한 작품을 독자적인 시점으로 해석해 그 매력을 완벽하게 전달하는 세토가와의 평론은 가끔이라기보다 거의 예외 없이 실제 작품보다 더 재미있었다.

예를 들어 「명작 순례」라는 연작 칼럼에서는 본격 미스터리*의 세 거장, 엘러리 퀸, 애거사 크리스티, 존 딕슨 카의 대표작을 비평 대상으로 삼아 "그렇게 걸작일까요?"라는 식으로 철저하게 혹평한다. 그 칼럼들은 실제 작품 이상으로 논리적이고 스릴이 넘치며, 나무랄 데 없는 정론이다. 한편으로 세토가와 본인은 아는지 모르는지, 작가에 대한 넘치는 애정이 행간에 배어나서 읽을 때마다 따스함이 밀려든다.

가에데를 해외 고전 미스터리 소설의 팬으로 만든 '신'.

'세토가와, 다케시'

속으로 살짝 중얼거리기만 해도 가에데는 마음이 들떴다.

1970년 전후, 젊은 시절의 세토가와는 수많은 미스터리 작가와 평론가를 배출한 전설적인 대학교 동아리 '와세다 미스터리 클럽'의 중심인물이었다고 한다.

일찍이 니시와세다에 있었던 카페 '몽셰리'에서는 매일같이 '와세다 미스터리 클럽'의 학생들이 미스터리 소설에 관해 열띤 토론을 벌였고, 그들의 중심에는 언제나 짙은 눈썹에 이

---

* 수수께끼, 트릭, 논리성, 의외성이라는 요소를 중시하는 추리소설의 한 장르

목구비가 뚜렷한 얼굴로 웃는 세토가와 있었다고 한다.

그리고 할아버지도 '와세다 미스터리 클럽'의 주요 멤버 중 한 명이었다고 들었다.

본격 미스터리에는 커피가 잘 어울린다.

빨간 바탕에 흰색으로 '커피 전문 몽셰리'라고 화려하게 음각한 길쭉한 간판에서는 마치 '미스터리 소설 전문가' 이외의 손님을 거부하는 듯한 느낌이 풍겼다고 한다.

밑바닥이 보이지 않는 수수께끼 같은 거품이 소용돌이치는, 진하고 쌉쌀한 커피. 가스통 르루의 『노란방의 비밀』을 방불케 하는, 노란 타일을 바른 외벽.

2층 소극장에서 들리는 극단원들의 발소리는 과연 G.K.체스터튼의 「기묘한 발소리」인가, 아니면 에도가와 란포의 「천장 위의 산책자」인가.

몽쉐리가 없는 지금은 상상의 나래를 펼치는 수밖에 없다.

하지만 세타가와와 할아버지의 토론장이었던 그 카페는 분명, 만화계의 도키와장* 또는 수호전의 양산박 같은 열량과 빛줄기를 뿜어내지 않았을까.

'두 사람의 본격 미스터리 토론……들어보고 싶었는데.'

이제 카페가 존재하지 않기에 가에데의 몽상은 더 크게 부풀어 올랐다.

---

* 데즈카 오사무, 후지코 후지오 등 유명한 만화가들이 모여 살았던 것으로 유명한 연립주택.

아쉽게도 몽셰리는 이제 없다.

하지만 책이라면 있다.

그리고 정말 좋아하는 책은 역시 곁에 놓아두고 싶은 법이다.

할아버지 집의 책은 반투명한 글라신 종이로 만든 북 커버를 씌워 소중하게 보관해놓았고, 어느 페이지도 접힌 자국 하나 없이 깨끗하므로 빌려서 보려면 아무래도 신경이 쓰인다.

그러므로 가에데는 세토가와의 평론집을 모조리 구입하기로 결심했다.

'다행이다, 마치 신간 같아. 띠지까지 있어.'

가에데는 책 상태를 확인하고 기쁨에 휩싸였다.

마음 같아서는 전부 신간으로 사고 싶었으나, 이 유작은 이미 절판이라 어쩔 수 없이 인터넷 중고** 서점에서 구입했다.

이로써 세토가와의 저서를 전부 갖추었다.

'이런 취미를 달성하는 27세 여자는 어떻게 보일까?'

가에데는 웃음이 절로 흘러나오는 걸 자각하며, 선 채로 책을 팔락팔락 넘겼다.

그때였다.

페이지 사이에서 작은 종이 네 장이 은행잎처럼 하늘하늘 흔들리며 카펫에 떨어졌다.

'응? 뭐지?'

———

** 헌책을 전문으로 취급하는 인터넷

가에데는 종이 네 장을 신중하게 주워 테이블에 늘어놓았다.

그리고 크고 작은 직사각형 종이를 가만히 바라보며 생각에 잠겼다.

'책갈피치고는 너무 많은데.'

'하지만……'

'메모용으로 넣어둔 것치고는 내용이 너무 무거워……'

종이 네 장은 전부 잡지나 신문에서 오려낸, 세토가와가 작고했음을 알리는 부고 기사였다.


# 4


공휴일을 이용해 사흘 만에 메구로구의 히몬야를 찾았다.

이 지역의 수호신을 모신 신사, 히몬야하치만구에 가까운 주택가.

그 구석에 조용히 자리한 할아버지의 집은 작고 낡은 2층 목조주택이다.

명색뿐인 정원이지만 심어놓은 벚나무와 팔손이나무의 가지가 담장 바깥까지 뻗어 나왔다.

문설주에 걸린 나무 문패에는 선명한 먹글씨로 할아버지의 성씨가 떡하니 적혀 있다.

어릴 적부터 많이 보았던 할아버지의 글씨체다.

문패는 집의 얼굴이라고 한다.

집의 외관에 어느 정도나마 풍격이 있고, 지금도 의연한 존재감이 느껴지는 건 문패의 글씨가 달필이기 때문인지도 모른다.

하지만 대문을 지나 안으로 들어가면 그러한 풍취가 갑자기 깨진다.

한때는 둥그런 디딤돌이 현관까지 안내하듯 띄엄띄엄 놓여 있었지만, 할아버지가 치매에 걸린 후 무미건조한 콘크리트 길로 바꾸었다.

수선을 뒤로 미룬 현관문의 문고리를 돌리자마자 항균 스프레이의 비누 냄새가 코를 찔렀다.

아주머니 계세요, 하고 가에데는 불러보려다가 바로 그만뒀다.

현관 바닥에 간병인이 신고 왔을 법한 신발이 없었기 때문이다.

방문 간병인은 청소와 세탁을 마치고 방금 돌아갔으리라.

복도 벽 여기저기에는 아직 새것 느낌이 나는 손잡이가 여러 개 달려 있다.

걸음걸이가 불안한 할아버지가 집을 돌아다니려면 손잡이가 필수다.

이러한 복지용 기구를 구입할 때 보조금을 신청하려면, 지

자체에 따라 차이는 있지만 엄청난 시간을 들여 번잡한 절차를 밟아야 하는 경우가 많다.

그래서 결국은 할아버지처럼 대부분을 자비로 충당해야 하는 실정이다.

가에데는 복도 왼편에 있는 거실로 들어갔다.

문득 아직도 가까스로 광택을 유지하고 있는 기둥을 보자, 연필로 그은 선이 수없이 많았다.

어린 시절의 어머니와 단 하나뿐인 손녀 가에데의 키를 잰 흔적이다.

선 옆에 적힌 키와 날짜는 거의 지워졌지만, 여기서도 할아버지가 얼마나 달필인지 알 수 있다.

하지만 그 글씨를 파고들 듯 손잡이의 지지대가 박혀 있는 걸 보니 가슴이 아팠다.

창가로 시선을 돌리자 하얀 티셔츠 몇 벌이 옷걸이에 걸려 있었다.

'이런. 간병인 아주머니가 깜빡했나 보네.'

집에 DLB 환자가 있는 경우, 옷은 실내에서 말리지 않는 편이 좋다.

널어놓은 옷을 보고 사람으로 착각하기 때문이다.

특히 하얀 티셔츠일 경우, DLB 환자는 종종 그 '흰색 캔버스'를 매개로 강렬한 환시를 보곤 한다.

비슷한 이유로 인물화나 가족사진도 환자 눈에 띄지 않도록 하는 편이 낫다기에, 탁자에 늘어놓은 사진틀을 급히 장롱 속 깊은 곳에 치운 적도 있다.

허둥지둥 옷걸이에서 티셔츠를 벗겨내려 했을 때였다.

뒤에서 비교적 또렷한 할아버지의 목소리가 들렸다.

"미안하구나, 그건 가나에가 널어놓고 간 거야. 때가 덜 빠졌니?"

거실에 나타난 할아버지는 커피 컵을 들고 느릿느릿 침대에 앉았다.

2층의 침실은 이미 창고처럼 변했기 때문에, 할아버지의 행동 범위는 오로지 침대가 있는 거실과 가장 구석진 곳에 위치한 서재로 한정된다.

그래도 걸음걸이를 보니 오늘은 지난번에 왔을 때보다 상태가 훨씬 좋은 듯했다.

하루하루 몸 상태가 달라지는 것도 DLB의 큰 특징이다.

"아니야, 그냥 주름을 좀 폈어."

가에데는 그렇게 얼버무리고 티셔츠 치우기는 포기했다.

"간병인 아주머니가 아니라 엄마가 왔었구나."

"일거리가 남았는지 서둘러 돌아갔단다. 아쉽게도 엇갈렸네."

가에데는 내심 안도했다.

그게 낫지.

적어도 그 의문을 꺼낼 오늘만큼은······.

애당초 요즘은 이만큼 상태가 좋은 할아버지를 보기가 쉽지 않다.

역시 오늘이 기회다.

"가나에가 끓여준 커피는 식어도 맛있지."

할아버지는 웃음을 띤 채 엉덩이를 천천히 움직여 자세를 고쳤다.

그리고 약간 떨리는 손으로 커피를 한 모금 마신 후 입을 열었다.

"오늘은 커피를 흘릴 걱정이 없을 것 같군. 내 입으로 말하려니 좀 그렇지만, 컨디션이 아주 좋은가 봐. 그런 김에 확인해보고 싶은데. 이건 그저 감이다만."

할아버지는 커피를 한 모금 더 마시고 나서 가에데의 얼굴을 똑바로 바라보았다.

"나한테 긴히 할 말이 있나 보구나. 얼굴을 보면 알아."

가에데는 약간 울컥해서 눈물이 날 뻔했다.

'보쿠'*라는 할아버지 특유의 일인칭.

맑고 눈동자가 큰 눈에서 전해지는 자상한 눈빛.

마치 옛날의 할아버지가 돌아온 것 같았다.

경면(傾眠)** 상태가 아닌지 발음도 분명하다.

돌이켜보면 요 반년간, 할아버지 몸 상태가 걱정된 나머지

---

* 일본에서 주로 남성이 사용하는 일인칭. 편한 사이에 사용하는 말이지만 같은 일인칭인 '오레'보다 좀 더 격식 있는 느낌을 준다.

** 의식을 차차 잃어가는 수면에 가까운 상태.

진지한 대화를 나눈 적이 거의 없었다.

역시 확인할 기회는 지금밖에 없다.

가에데는 용기를 짜내 "맞아, 실은" 하고 말을 꺼냈다.

"나, 할아버지한테 물어보고 싶은 게 있어."

"뭐니?"

"할아버지."

솟아오르는 눈물을 꾹 참았다.

"할아버지……자기가 병에 걸렸다는 사실을 알고 있는 거 아니야? 현실이 아니라 늘 환영을 본다는 걸 자각하고 있는 거 아니야?"

틀렸다.

목소리가 떨린다.

"하지만 내게 걱정을 끼치기 싫어서……."

눈물이 났다. 절대로 울지 않겠다고 결심했는데.

"내게 걱정을 끼치기 싫어서 자각하지 못하는 척하는 거 아니야?"

할아버지는 부드러운 웃음을 띤 채 커피를 또 한 모금 마시고는 신중한 손놀림으로 침대 옆 테이블에 컵을 내려놓았다.

"그래, 네 말이 맞단다. 난 분명 루이소체 치매 환자야."

역시 가에데의 직감이 들어맞았다.

할아버지의 검은 눈동자와 그 속의 홍채는 세공된 유리처럼 섬세했고, 빨려들 것 같은 심원함으로 가득했다.

그렇다, 거기에는 옛날과 다름없이 지성의 빛이 깃들어 있었다.

그리고 바로 그것이 가에데 본인도 알아차리지 못했던 위화감의 정체였다.

지난 이틀간 DLB에 관해 더 자세히 알아보고 다양한 사실을 알았다.

같은 DLB 환자라도 루이소체가 나타나는 부위에 따라 기억력과 공간인지 기능 감퇴에 큰 차이를 보인다는 것.

환시를 늘 두려워하는 환자가 있는가 하면, 별 거부감 없이 익숙해지는 환자도 있다는 것.

환자에 따라 증상에 경중이 있어, 그야말로 천차만별이라고 한다.

도파제를 비롯한 각종 약물이 절묘하게 균형을 이루어 작용했을 때는 마치 '안개가 걷힌 것처럼' 환시가 사라지는 사례도 많은 모양이다.

실제로 몸 상태에 따라서는 지성의 쇠퇴가 전혀 느껴지지 않을 때도 종종 있다고 한다.

가에데가 무엇보다 놀란 건 '자신이 보고 있는 광경은 현실이 아니라 질병의 산물'임을 분명하게 자각하는 환자도 많다는 사실이었다.

개중에는 매일 아침 깨어날 때마다 환시가 나타나기를 고대하고, 취미 삼아 환시를 스케치하는 긍정적인 사람들도 있다고 한다.

　DLB는 아직 과학적으로 불확실한 사항이 많은 탓에 오해도 생기기 쉽다.

　의료 현장에서도 환자의 강렬한 환시 체험을 그저 표층적으로 받아들여 '치매가 진행 중'이라고 단정하는 의사가 적지 않은 모양이었다.

　DLB 발병이 반드시 지성의 쇠퇴를 의미하는 건 아니다.

　가에데는 이 사실을 알았을 때, 그 묘한 위화감이 그야말로 '안개가 걷힌 것처럼' 사라진 기분이었다.

　이런 파킨슨병 증상은 별개로 치고, 하며 할아버지는 바르르 떨리는 손을 보고 말했다.

　"내 정신 상태가 이른바 건강한 정상인과 크게 다르다는 건 꽤 오래전부터 알고 있었어. 그렇지, 예를 들어 서가가 있는 그쪽 벽을 문득 보면, 마치 실력 좋은 목수가 축제용 수레에 새긴 듯한 섬세한 조각이 가득하단다. 하지만 만져보면 새겨진 감촉이 전혀 없지. 벽은 아주 매끄러워. 그럼 시각과 촉각 중 어느 쪽을 믿어야 할까. 내게 들키지 않고 하룻밤 만에 서가가 있는 벽 전체를 정교하게 조각하기는 도저히 불가능하지 않겠니? 더구나 이 세상 누구도 굳이 늙은이의 방에 숨어들어 벽을 조각할 동기는 없어. 요컨대 아쉽지만 촉각을 믿어야 하는 셈이지. 뒤집어 말하면 내 시각은 전혀 믿을 만하지 못하다는 뜻이고."

가에데는 아무 대답도 하지 못하고 그저 할아버지의 말에 귀를 기울였다.

"그럼 이러한 이변이 발생한 원인은 뭘까. 컴퓨터는 고장 나서 못 써. 스마트폰으로 검색하려고 했지만 보다시피 손이 이 모양이라서 말이야. 하기야 '죽은 가에데'를 보고 119에 신고한 후로 가나에한테 스마트폰을 압수당했으니, 애당초 검색할 수도 없었지만."

할아버지는 잘생긴 입술을 장난스럽게 삐죽 내밀었다.

"그래서 간병인한테 부탁해서 개호(介護) 택시*를 타고 도서관에 가서 조사해봤지. 글씨만 읽어도 눈이 가물가물해지고 잠이 몰려와서 꼬박 하루가 걸렸다만……내가 어떤 병에 걸렸는지 확신이 생겼지. 그러고 보니 왜, '회색 뇌세포'라는 말이 있잖니."

할아버지는 벨기에인 명탐정 에르퀼 푸아로의 입버릇을 인용하며 자조하듯 미소 지었다.

"그렇게 따지면 나는 진한 오렌지색 루이소체가 뇌 표면에 퍼져 있으니, '진홍색 뇌세포'의 소유자인 셈이야."

그럼, 하고 가에데는 물었다. 목소리가 조금 갈라졌다는 걸 자신도 느꼈다.

"왜 나한테 자꾸 환시를 본 이야기를 한 거야?"

"그건 말이야." 할아버지는 아주 잠깐 말을 머뭇거렸다.

---

\* 장애인 등 교통 약자가 이용할 수 있는 콜택시

"내가 환시에 대해 이야기할 때 네 표정이 특히나 더 이리저리 변하거든. 놀란 표정을 짓거나 웃음을 보여주기도 하고, 무엇보다 소리 내서 맞장구를 쳐줘. 그러면 네가 실제로 존재한다는 확신을 얻을 수 있지."

"어……그게 무슨 소리야? 난 언제나 할아버지 곁에 있는걸."

"그럼 이렇게 설명하면 이해하려나. 예전에 너한테 솔직히 별로 길지 않을 내 앞날, 그러니까 소위 '종활'**이라는 말은 익숙하지만 너무 무신경한 느낌이라 좋아하지 않으니까 제쳐놓고, 아무튼 내 여생을 어떻게 보낼지에 대해 진심을 토로한 적이 있었단다. 나 스스로도 몸 상태가 완벽에 가깝다고 자부했을 때였지. 진심을 전할 거면 지금밖에 없다는 생각이었어. 그래서 음……한 시간쯤 실컷 이야기했으려나. 그런데 어째선지 아무 말 없이 무표정하게 이야기를 듣고 있던 네가."

할아버지는 말을 한 번 끊고 시선을 아래로 떨어뜨렸다.

"느닷없이 내 앞에서 사라지더구나. 그 가에데는 환시였던 거야."

어쩌면 너무 과하게 '로스팅'한 커피 탓인지도 모른다. 할아버지의 얼굴에 한순간 쓸쓸한 기색이 번졌다.

"그렇게 비참하고 서글픈 일이 또 어디 있겠니. 그 후로 난 네가 먼저 말을 꺼낼 때까지는 병에 관한 이야기는 절대 하지

———

** 인생을 마무리하고 죽음을 준비하는 활동이라는 뜻의 일본식 용어

않기로 결심했어. 설령 대화가 제대로 성립하지 않는 치매 노인 쯤으로 여긴대도 어쩔 수 없다는 생각이었지.”

‘할아버지’

한 번 더 속으로 중얼거렸다.

‘할아버지’

하나뿐인 손녀에게 여생을 어떻게 보낼지 이야기할 수 없었던, 아니, 일부러 이야기하지 않게 된 할아버지.

그 고뇌를 왜 좀 더 일찍 알아차리지 못했을까. 분명 환시를 본다.

그것도 빈번하게. 기억 장애를 포함해, 때때로 다양한 의식 장애에도 시달린다.

파킨슨병 증상 때문에 몸놀림은 아주 둔하다.

하지만 할아버지의 지성은 조금도, 조금도 쇠퇴하지 않았다.


## 5


근처 교회 부설 유치원의 하원 시간이리라.

동요 같은 걸 부르며 집 앞을 지나가는 아이들의 목소리가 들렸다.

음정이 제대로 안 맞아서 오히려 더 귀여웠다.

할아버지의 표정도 자연스레 누그러졌다.

가을 해는 두레박 떨어지듯 빨리 지느니.

그래도 날이 저물기까지는 아직 시간이 있을 듯했다.

"실은, 할아버지가 봐줬으면 하는 게 있어."

가에데는 검은색 가방에서 세타가와의 평론집을 꺼냈다.

만약 할아버지가 평소처럼 의자에 앉아 자고 있었다면, 빨아서 가져온 이불을 덮어주고 그 옆에서 느긋하게 평론집을 읽다가 돌아갈 작정이었다.

하지만.

'지금의 할아버지라면 혹시……?'

할아버지는 가운 호주머니에서 꺼낸 무테 노안경을 높은 코에 걸치고서도, 책을 약간 멀찍이 떼어놓고 바라보며 감개무량한 듯 말했다.

"세토가와 선배의 유작이구나. 굳이 사지 않아도 내가 줬을 텐데."

'그걸 어떻게 받아. 그렇게 애지중지 다루어져서 행복한 책을……'

가에데는 속으로 피식 웃었다.

"분명 절판됐을 텐데, 용케 구했구나."

"요즘은 헌책 전문 인터넷 서점이 있어서 희귀한 책도 의외로 쉽게 살 수 있거든. 그건 그렇고 실은 책에 이런 게 끼워져 있더라고."

가에데는 책을 펼쳐 부고 기사 네 장을 테이블 위에 꺼내 놓았다.

<미스터리 소설 및 영화 평론으로 활약했던 세토가와 씨, 세상을 떠나다>

<세토가와 씨 작고. 아까운 재능이 지다>

<다층적인 비평의 시대. 세토가와 씨가 남긴 것>

<세토가와 씨가 평한 미스터리 소설과 영화의 행복한 만남>

"응. 당시에 전부 본 기사들이네."

할아버지는 헤드라인만 힐끗 훑어본 후 처량한 목소리로 말했다.

"이외에도 두 군데에서 기사를 냈던가. 물론 나도 전부 스크랩해두었지."

"그렇구나."

가에데는 할아버지의 기억력에 새삼 혀를 내둘렀다.

병 때문에 아주 최근의 기억은 쏙 빠져나가서 빈틈이 생기기도 하지만, 옛날 기억을 보관해둔 서랍은 자유자재로 열 수 있는지도 모른다.

"그런데 할아버지, 문제는 이제부터야. 이건 있을 법하면서도 좀처럼 접하기 힘든 이른바 '일상 미스터리'가 아닐까 싶어."

과연, 하고 할아버지는 고개를 끄덕였다.

"즉, 미스터리의 주제는 이거로군. 대체 어디의 누가 무슨 목적으로 부고 기사 넉 장을 책에 끼워놓았는가."

"맞아. 일단 책갈피치고는 너무 많잖아. 하지만 메모지용으로 끼워놓은 것치고 부고 기사는 어쩐지 분위기가 너무 무겁지 않아?"

"마치 해리 케멜먼 같구나."

할아버지는 안경을 벗으며 옛날 미스터리 소설 작가의 이름을 꺼냈다.

해리 케멜먼의 대표작『9마일은 너무 멀다』는 술집 손님의 대화 속에 나온 "9마일이나 걷기는 쉽지 않아. 하물며 비라도 내리면 더욱"이라는 단 한마디로 전날 발생한 살인사건의 전모를 일사천리로 해명하는, 철저히 논리성에 치중한 명작 미스터리 소설이다.

그때 할아버지가 갑자기 부탁했다.

"가에데. 담배 한 대 주지 않으련?"

7·5조의 운율이 한몫해서인지, 어쩐지 마법 주문 같은 어감이 느껴지는 말이었다.

가에데는 서재에 있는 경대의 서랍에서 파란색 담뱃갑을 가져왔다.

프랑스 담배, 골루아즈.

그렇게 비싼 담배는 아니지만, 그렇다고 어디서나 구입할 수 있는 물건도 아니다.

가에데가 진보초의 고서점 거리를 방문할 때, 아는 사람만 아는 작은 잡화점에서 사서 가져온다.

"불을 붙여주면 고맙겠구나. 그래, 됐어. 손이 떨려서 말이야. 혼자 있을 때는 마시지 않는단다."

할아버지는 담배를 '피운다'라고 하지 않고 '마신다'라고 표현한다.

요즘 같은 금연 사회가 아니라, 담배를 술처럼 기호품으로 당연하게 소비했던 시절의 영향이리라.

할아버지는 젊은 시절부터 담배는 1주일에 몇 개비 즐기는 정도였고, 요즘도 아주 가끔 피우고는 한다.

그런 만큼 가에데도 그 정도의 즐거움은 빼앗지 말고 남겨두자는 생각이다.

할아버지는 담배를 한 모금 피운 후, 잠시 머리가 띵한 표정을 지었다.

가에데는 골루아즈 냄새를 싫어하지는 않지만, 널어둔 티셔츠에 냄새가 밸까 봐 창문을 조금 열었다.

할아버지는 담배 연기를 천천히 뿜어내더니 더욱 명료해진 말투로 "자"하고 말했다. 마치 담배가 할아버지의 지성에 추진력을 더하는 스위치를 켠 것 같았다.

"가에데는 이 재료로 어떤 스토리를 자아내려나."

가에데는 심장이 쿵쿵 뛰었다.

할아버지는 옛날부터 가설을 '스토리'라고 표현했다.

이제 정말로 되돌아왔다. 그 시절의 할아버지가.

"내가 생각한 스토리는 이래."

가에데는 애써 태연한 척하며 생각에 생각을 거듭해 세운 가설을 꺼냈다.

"스토리 하나. 부고 기사를 끼운 사람은 책의 전 주인이다. 그 사람은 세토가와 씨가 더는 이 세상에 없다는 허무감을 세토가와 씨의 다른 팬과도 공유하기 위해 일부러 기사를 책에 끼웠다."

할아버지의 표정을 살피자 만족스럽다는 듯이 고개를 끄덕이고 있었다. 예나 지금이나 할아버지 앞에서 스토리를 풀어놓을 때는 긴장된다.

'하지만— 하지만 기뻐.'

"어, 스토리 둘."

가에데는 정신을 차리고 말을 이었다.

"부고 기사를 끼운 사람은 고서점 관계자이자 세토가와 씨의 팬이다. 그런데 몇십 년 만에 절판된 세토가와 씨의 책을 구입하겠다는 주문이 들어왔다. 기쁨에 찬 그 사람은 누군지 모를 동호인, 즉 나를 위해 이를테면 선물할 생각으로 기사를 책에 끼웠다."

지적인 흥분 때문인지 목이 말랐다.

"어때? 내가 생각한 스토리는 이 두 가지뿐인데."

할아버지는 대답했다.

"음, 나쁘지는 않구나. 각각 일단 말은 되니까 견강부회까지는 아니야. 하지만 양쪽 다 커다란 모순이 있어.”

“그래?”

가에데는 입술을 깨물었다.

“들어보렴, 우선 첫 번째 스토리의 모순은 이거야. 부고 기사를 보관할 만큼 세타가와 선배를 아끼는 팬이 과연 애지중지하는 책을 팔까? 하물며 이 책은 세토가와 선배의 유작이야. 보통은 기사와 함께 장서로서 소중히 간직하겠지.”

가에데는 고개를 끄덕일 수밖에 없었다.

“그러게. 책을 좋아하는 사람의 심리를 고려하면 그럴 수도 있겠네.”

“두 번째 스토리는 첫 번째 스토리보다는 마음에 들어. 하지만 역시 모순을 지적하지 않을 수 없구나. 만약 서점 관계자가 선의로 부고 기사를 책에 끼웠다면······왜 글이라도 한 구절 덧붙이지 않았을까? 일부러 기사를 끼워 넣을 만큼 세심한 면모를 보였으니, ‘같은 동호인으로서 정말 기쁩니다. 외람되나마 추모의 뜻을 담아 세토가와 씨의 작고 관련 기사를 선물로 드립니다’ 정도는 써서 보냈어도 됐을 텐데. 왜 그 사람은 그 정도의 작은 노력도 기울이지 않았을까? 요컨대.”

할아버지는 단칼에 자르듯이 말했다.

“첫 번째 스토리도, 두 번째 스토리도 내용에 근본적인 오류가 있다는 뜻이지. 이것 말고 스토리 X가 존재하는 거야.”

“그럼.”

가에데는 잠긴 목소리로 물었다.

"할아버지는 그 스토리 X를 자아낼 수 있다는 거야?"

할아버지는 아무 대답도 없이, 짧아진 골루아즈가 아깝다는 듯 엄지와 검지로 살짝 쥐고 마지막 한 모금을 들이마셨다.

그 눈이 천천히, 하지만 확실히 가늘어졌다.

가에데는 할아버지가 이대로 잠드는 것이 아닐까 걱정됐지만, 할아버지는 그것이 불필요한 걱정이라는 듯 눈을 번쩍 뜨고 "지금 '그림'이 보였어"라고 말했다.


"안타깝지만 책의 원래 주인이었던 남자는 이미 세상을 떠났구나."

"뭐?"

"잘 보렴. 바로 거기 평온한 표정의 남자가 있잖니."

환시다. 하지만 명확한 논리성에 바탕을 둔 환시다. 직감적으로 그런 생각이 들었다.

"스토리 X의 내용은 이래. 그는 생전에 아주 좋아했던 세토가와 다케시의 부고 기사를 애석해하는 심정으로 소중히 아끼는 책에 끼워놨어. 그런데 그가 세상을 떠난 후 그의 아내가 그런 보물인 줄은 전혀 모른 채, 유품을 정리하면서 다른 책과 함께 고서점에 팔아버린 거야."

'정답이야.'

그렇게 생각할 수밖에 없었다. 그야말로 오류가 전혀 없이 딱 이해가 가는 완벽한 '스토리' 아닌가. 하지만 가에데는 물고 늘어졌다.

"어떻게 원래 주인이 남자인 줄 알아? 여자일 수도 있잖아."

"그건 아니야."

할아버지는 딱 잘라 말했다.

"배우자가 죽었을 때 슬픔 속에서도 냉정하게 행동할 수 있는 건 여자 쪽이지. 그런 면에서 남자는 완전히 글렀어. 실제로 나도."

할아버지는 시선을 떨어뜨렸다.

"너희 할머니가 먼저 갔을 때, 아무것도 못 했거든."

돌아가신 할머니의 인자한 얼굴이 한순간 가에데의 머릿속을 스쳤다. 잠깐의 침묵이 흐르고, 할아버지가 담배 연기 속을 가만히 들여다보며 들뜬 목소리로 말을 꺼냈다.

"아하하. 지금 저기 몽셰리의 테이블에서 책의 원래 주인이 동경하던 세토가와 다케시 씨와 이야기를 나누고 있구나. 오늘 밤은 미스터리에 관해 실컷 토론할 생각인가 봐."

또 환시다. 그런데 약간 특이한 이 환시는 대체 뭐란 말인가.

가에데는 숨을 삼켰다.

"전부 다 옛날과 똑같군. 커피 향기가 밴 삼나무 목재 벽에, 또 새로운 수수께끼의 숨결이 스며들려 하고 있어. 카운터 자리에서는 한가한 사장님이 학생과 함께 진지하게 장기를 두고 있고. 엇, 아르바이트생이 갑자기 허둥지둥 일어섰어. 무슨 일일까."

한순간 진지해졌던 할아버지의 표정이 금세 풀렸다.

"이야, 허둥댈 만도 해. 이번에는 엘러리 퀸과 애거사 크리스티가 행차하셨어. 이런, 이런. 어느 틈엔가 존 딕슨 카도 토론에 끼어들었잖아. 본격 미스터리의 세 거장이 모두 모인 다화회야. 아니지, 엘러리 퀸은 공저자니까 사천왕이라고 해야 하려나. 애거사 크리스티가 주방을 빌려 데번주의 전통이자 자랑인 홍차를 우리기 시작했어. 세토가와 선배를 비롯한 사람들도 아주 기뻐하는군. 존 딕슨 카는 주변을 전혀 신경 쓰지 않고 진지한 표정으로 찻주전자만 뚫어지게 바라보고 있고 말이야. 뭔가 새로운 독살 트릭을 떠올린 게 틀림없어. 이야, 다들 정말 즐거워 보여."

'뭐야?'

'이건 뭐야, 할아버지.'

스토리가 행복하게 끝나기를 바라는 할아버지의 다정다감한 무의식이 끌어낸 환시일까. 가에데의 눈에서 또 눈물이 흘렀다. 하지만 이번에는 희미한 웃음도 함께하는 따스한 눈물이었다.

'할아버지가 지금 보고 있는 광경은 틀림없이 '사실'이야.'

근거는 전혀 없지만 그런 기분이 들었다.

그때였다. 물을 담은 재떨이에 담배가 떨어지면서 치익, 하고 소리가 났다.

열어둔 창문으로 부드러운 가을바람이 불어 들어왔다.

미처 걷지 못한 티셔츠가 바람에 흔들렸다.

할아버지는 티셔츠에 대고 몇 번이고 고개를 숙였다.

"아이고, 이번에는 경로회 분들이 오셨군요. 일부러 다 함께 찾아와 주시다니."

골루아즈의 담뱃불이 꺼지는 것과 동시에, 할아버지는 다시 황홀한 사람\*으로 되돌아갔다.

---

\* 1972년 일본에서 출간된 아리요시 사와코의 장편소설. 치매를 다룬 선구적인 문학 작품으로 평가받는다.

# 제2장

# 요리주점의 '밀실'

## 1

공립 초등학교 교사는 공무원이지만, 꼭 정시에 퇴근할 수 있는 건 아니다. 교무실에서 쪽지 시험을 채점하다 보니 시곗바늘은 이미 오후 6시를 지났다.

'그건 대체…….'

단순한 작업을 반복하는 동안 가에데의 생각은 어느덧 그 신기한 환시의 기억으로 날아갔다.

'진상이라는 이름의 '그림'이 보이는 능력은 대체 무슨 사고회로에 기인하는 걸까?'

'어쩌면…….'

가에데는 빨간 펜을 움직이던 손을 멈췄다.

할아버지는 걸출한 지성과 축적된 지식을 활용해 논리적

으로 도출한 결론에서 비롯된 환각을 볼 수 있는지도 모른다.

그리고 담배 끄트머리에서 퍼져나가는 연기가 현실의 광경을 안개처럼 흐릿하게 감추어, 할아버지가 말하는 '그림'이 더 잘 보이도록 도와주는 건지도 모른다.

'물론 이건 가설이지만……어, 아니지. '스토리'였던가?'

가에데는 주변 교사들에게 들키지 않도록 고개를 숙이며 쓴웃음을 지었다.

그러고 보니, 하고 생각을 되돌렸다.

"세상에서 일어나는 모든 일은 '스토리'란다"는 할아버지의 말버릇이었다.

가에데가 사리를 분별하기 시작했을 무렵, 할아버지는 이미 초등학교 교장이었다.

그리고 그 학교에 입학한 후 할아버지가 '창문 닦는 선생님'이라 불리며, 교내에서 가장 인기 있는 선생님이라는 사실을 알았다.

입학식과 졸업식 같은 행사를 제외하고 할아버지가 양복을 입고 있는 모습을 본 사람은 아무도 없다.

할아버지는 늘 와이셔츠 소매를 걷어붙인 모습으로 복도 창문을 닦거나, 교정의 꽃과 풀에 물을 주거나, 아니면 화장실 변기를 청소했다.

소매에서 뻗어 나온 팔은 가늘면서도 알통이 불룩해 운동이나 무술을 했을 법한 인상을 주었다.

그렇다고, 흔히들 말하는 호랑이 선생님은 아니었다.

학생과 마주칠 때마다 반드시 이름을 부른 후 "요즘은 무슨 책을 읽니?" 하고 말을 건다.

학생의 이름을 전부 기억하는 것도 놀랍지만, 학생이 읽는 책의 내용을 할아버지가 대부분 알고서 그 '스토리'가 발산하는 매력을 열렬히 설명하는 것이 가에데는 더 놀라웠다.

졸업식 날이면 할아버지는 졸업증서와 함께 책 한 권을 졸업생에게 선물한다.

순수문학부터 미스터리, SF, 만화까지, 장르를 가리지 않고 학생의 개성에 맞춰서 준다.

아니, 책뿐만이 아니다.

졸업생 중에는 호러 액션 게임을 받은 사람도 있다.

할아버지가 보기에는 게임도 인격을 형성해가는 과정에서 중요한 역할을 담당하는 '스토리'였던 것이리라.

아이들에게는 가끔 잠도 못 이룰 만큼 무서운 이야기나 신비한 이야기가 필요하며, 그러한 이야기가 감수성과 창조력을 키우는 열쇠라는 것이 할아버지의 신념이었다.

실제로 할아버지의 판단은 틀리지 않아서, 그 졸업생은 게임 회사를 차려 연달아 히트작을 내고 있다고 들었다.

가에데가 졸업할 때 할아버지에게 들은 '교장 선생님의 인사말' 또한 파격적이었다. 할아버지는 느닷없이 호주머니에서 책을 꺼내 과장된 연극조로 한 구절을 낭랑하게 읽어나갔다.

"요즘은 듣기 힘든 말이 있어."

오페라 가수 뺨칠 만큼 멋진 바리톤으로 갑자기 시작된 '교장의 낭독'에 학생들도 학부모도 어리둥절한 기색을 감추지 못했다.

"입 밖에 꺼내더라도 그렇게 진지한 말투는 아니지. 이제는 유행이 지나서 그 말을 쓸 때는 비웃음이라도 머금지 않으면 모양이 안 나. 무슨 말인지 아니?……그건 바로."

단상에 선 할아버지는 한 호흡 쉬면서 학생들을 둘러본 후, 바리톤 목소리로 마무리를 지었다.

"'모험'이라는 말이야."

할아버지는 그대로 1분쯤 침묵을 지켰다. 그리고 웅성웅성 강당을 채우는 목소리가 잦아들기를 기다렸다가 평소의 쾌활한 목소리로 말했다.

"이건 잭 피니라는 미스터리 작가의 『퀸 메리호 습격』이라는 작품에 나오는 유명한 대사예요. 케케묵은 듯하면서도 새롭고, 누구나 내심 가슴이 두근거릴 말. 그것이 모험이라는 두 글자입니다. 아아, 지금 '보우켄'*은 세 글자 아니냐고 생각한 사람은 한자를 좀 더 공부해야겠네요."

강당에 킥킥 웃는 소리가 울려 퍼졌다.

할아버지는 웃음소리가 잦아들기를 기다렸다가 진지한 표정으로 "졸업생 여러분. 여러분 앞에 무한한 미래는 펼쳐져 있

———
\* 모험의 일본어 발음

지 않습니다" 하고 단정했다.

"모든 것은 유한해요. 끝이 있습니다. 젊음이라는 무기는 순식간에 녹슬어버리는 법이에요. 원하는 미래를 손에 넣고 싶다면, 부디 모험에 나서길 바랍니다. 이상입니다."

가에데가 선택한 '모험'은 존경하는 할아버지처럼 초등학교 선생님의 길을 향해 나아가는 것이었다.

'그래, 아직도 기억나.'

졸업식 때 할아버지가 가에데에게 준 책은 「민들레 소녀」가 표제작인 로버트. F. 영의 단편집이었다. 「민들레 소녀」는 제목 그대로 민들레 빛 머리 소녀의 시공을 뛰어넘는 애절한 사랑 이야기를 그려낸 가슴 뭉클한 고전 SF소설이다.

가에데는 "그제는 토끼를 보았어요"로 시작되는 민들레 소녀의 유명한 대사를 지금도 전부 외우고 있다. 또 자신의 머리색도 어머니 가나에를 닮아 희미한 밤빛이고, 그런 의미에서는 민들레 소녀와 닮은 바가 없지도 않다. 할아버지는 분명 하나뿐인 손녀가 멋진 사랑을 하기를 바라는 마음을 담아서 그 책을 선물했으리라.

'미안해, 할아버지. 사랑……한 번도 못 해봤어.'

가에데가 「민들레 소녀」에서 받은 영향이라면 꽃을 좋아하게 된 것 정도일까. 또 쓴웃음을 짓는데 머리 위에서 목소리가 들렸다.

"가에데 선생님. 뭘 그렇게 히죽히죽 웃습니까."

깜짝 놀라 돌아보자 동기 남자 교사인 이와타가 작은 접시를 들고 서 있었다.

"아하, 간식 냄새를 맡았나 보군요."

가에데는 아니요 그런 건, 하고 서둘러 빨간 펜을 고쳐 잡았다.

이제 초가을이건만 이와타는 여전히 반소매 폴로셔츠 차림이다. 분명 1년 중에 단 1초라도 더 오랫동안 위팔의 근육을 내보이고 싶은 것이리라.

"오늘은 가토 쇼콜라를 만들어 봤어요. 가에데 선생님에게는 조금 달지도 모르겠지만요."

"와, 맛있겠네요. 사양하지 않고 잘 먹을게요."

이와타는 척 보기에도 우람한 몸집에서 느껴지는 이미지와는 딴판으로, 요리와 디저트 만들기가 취미라고 한다.

케이크는 입에 넣자마자 혀 위에서 사르르 녹았다.

늘 그렇듯이 좀 많이 달기는 했지만 지친 몸에는 반가운 맛이다.

분명 아이들이라면 아주 좋아할 것이다.

"늘 감사해요. 맛있네요."

이와타는 얼굴 근육을 전부 다 쓰다시피 '활짝' 웃더니 쑥스러운 듯 곱슬머리를 벅벅 긁으며 맞은편 자리로 돌아갔다.

마치 미용실에서 공들여 펌한 것처럼 볼륨 있는 헤어스타일이 매력적으로 보인다.

이와타가 자신에게 어느 정도 호의를 품고 있다는 건 가에 데도 어렴풋이나마 눈치챘다.

좋은 사람인 건 틀림없다.

하지만 올곧고 악의가 없는 그의 쾌활한 성격에는 호감을 느끼면서도, 그런 성격이 왠지 너무 눈부시게 느껴진다.

가에데 본인이 내성적이고 생각이 많은 성격인 만큼, 누구에게나 좋은 인상을 줄 이와타의 밝은 모습에 열등감을 느끼는 건지도 모른다.

생각해보면 옛날부터 동성 친구들에게 많은 '지적'을 받아 왔다.

"가에데, 예쁜 얼굴이 아깝다. 괜히 어려운 말 쓰지 말고 좀 더 친근한 말투를 써봐. 그래야 다른 애들과 더 트고 지낼 수 있지 않을까."

조곤조곤한 말투와 달리 악의를 고스란히 드러내는 아이도 있었다.

"책은 스마트폰으로 읽으면 되지 않아? 요즘 세상에 굳이 문고본을 들고 다니다니, 솔직히 콘셉트라고 쳐도 너무 꼴불견이야."

밝은 색상의 패션을 꺼리는 걸 은근히 야유하는 아이도 있었다.

"가에데는 왜 늘 검은색 계열 옷만 입어? 머리칼이 밝은색이니까 옷도 색깔을 맞춰 입는 게 나을 거라는 애도 있더라. 아니, 나야 가에데 마음대로 하면 된다고 생각하지."

그러한 갖가지 지적에 가에데는 아무 대꾸도 하지 못했다.

또 스스로 생각하기에도 20대 여성치고는 너무 나이 먹은 티가 나는 게 아닌가 싶었다.

그리고 그런 생각이 콤플렉스로 다가와 연애에도 방해가 됐다.

아니면 독서 과다, 활자 중독의 폐해일까.

아니, 좀 더 따지고 들자면 역시.

'그 일' 때문에 연애는커녕 어른으로서 일반적으로 소화해 야 할 인간관계조차 거북해졌는지도 모른다.

할아버지에게 물려받은 체질일까, 아이들을 상대로는 당 당히 이야기할 수 있는데.

"듣고 있어요? 가에데 선생님."

"아, 미안해요."

맞은편 자리에서 이와타가 뭐라고 말을 건 모양이다.

"잠깐 생각을 하느라……그런데 무슨 이야기였죠?"

"아예 안 들었네."

이와타가 입술을 삐죽 내밀었다.

"이런 무서운 이야기를 또 하라고요?"

"무서운 이야기라니요?"

"그게 말이죠. 1년쯤 전에 갔던 술집 기억나요? 히몬야 북 쪽에 있는 <하루노>라는 곳인데."

"물론 기억하죠."

당연히 기억한다.

애당초 그 요리주점은 당시 할아버지의 단골 가게였고, 이와타와 단둘이 한잔하는 것이 아직은 약간 불편했던 가에데 본인이 선택한 가게였기 때문이다.

그때는 먼저 만취해서 테이블에 엎드려 잠든 이와타를 놔두고, 먼저 와 있던 할아버지와 카운터 자리에서 오붓하게 술을 마신 기억이 있다.

그 <하루노>에서 말이죠, 하고 이와타가 진지한 표정으로 말했다.

"어젯밤에 살인사건이 일어난 모양이에요."

할아버지도 즐겨 다녔던 요리주점에서 사람이 살해당했다?

게다가 이와타 말로는 고등학교 후배가 현장에 있었다고 한다.

"아까 연락이 와서 걔랑 한잔할 건데, 괜찮으면 같이 안 갈래요?"

"네? 하지만 내가 가면 깜짝 놀라지 않을까요?"

"그건 괜찮아요. 왜, 내가 고등학생 때 야구부였다고 했잖아요."

"처음 듣는데요."

"그랬나. 어쨌든 야구부는 졸업하고 몇 년이 지나도 선배는 하늘이라서요. 그러니까 가에데 선생님을 갑자기 데려가도 아무 문제 없어요. 다만."

"뭔데요?"

"그 녀석한테 꽤 문제가 있지만요. 누가 뭐래도 엄청난 괴짜거든요."


# 2


통나무집을 모방한 이탈리안 다이닝 바에는 약속보다 5분쯤 일찍 도착했다.

소나무 목재로 만든 북유럽풍 내벽을 보자 카페 몽셰리와 비슷하지 않을까, 얼핏 그런 생각이 들었다.

아담한 내부에는 카운터와 테이블 두 개밖에 없다. 안쪽 테이블에서는 젊은 커플이 와인을 마시고 있었다.

앞쪽 테이블에는 '예약석'이라고 적힌 팻말이 놓여 있으니, 이 자리가 틀림없다.

그 테이블에서 이와타의 곱슬머리와는 대조적으로, 숱이 몹시 많은 직모를 같은 길이로 자른 사람이 혼자 문고본을 읽고 있었다.

남자인지 여자인지조차 모르겠다. 하지만 털털하게 입은 파란색 셔츠의 단추가 오른쪽에 달려 있으니 남자이리라.

여자일 경우는 턱 라인에 맞춘 보브컷이라고 해야 할까.

날렵한 턱 라인에 맞춰 머리끝을 가지런히 다듬었다.

얼굴은 이마에 늘어진 앞머리 때문에 보이지 않았지만, 손가락이 참 길고 가늘구나 싶었다.

가에데는 저기, 하고 과감하게 말을 걸었다.

이런 상황은 정말 거북하지만, 분명 이쪽이 연상이니까.

"이와타 선생님의 후배 맞으세요?"

"네" 하고 남자는 가에데의 눈을 보지 않고 대답했다.

그리고 스마트폰 화면을 길쭉한 약지로 툭 눌러서 힐끗 확인한 후 말했다.

"약속 시간까지 4분 25초 남았군요. 얼마 안 남았으니 마저 읽겠습니다."

그대로 4분 남짓 시간이 흘렀다.

가에데가 아무 말도 없이 기다리는 가운데, 남자가 책장을 넘기는 소리만 들렸다.

계속 무시당하고 있건만 신기하게도 화가 나지 않았다.

페이지를 넘기는 남자의 손놀림에 책을 아끼는 섬세함이 가득했기 때문인지도 모른다.

벽에 살고 있는 올빼미가 꾸우, 하고 8시를 알리자, 남자는 이마에 늘어진 앞머리를 단숨에 쓸어올렸다.

어쩐지 과장된 몸짓이라는 생각이 머리를 살짝 스쳤다.

'아, 하지만 이 사람 코가 높다.'

"처음 뵙겠습니다, 이름으로 불러주세요. 시키라고 합니다. 사계절의 '사계'라는 한자를 쓰고요."

"시키 씨로군요. 그럼 어, 저도 처음 뵙겠습니다."

이쪽도 이름만 대면 될까.

"가에데라고 해요. 나무 목 변에 바람 풍, 곧 예쁜 빛깔로 물들 단풍나무라는 한자를 써요."

시키가 코웃음 쳤다.

"무슨 시라도 읊으십니까."

"네?"

"저기, 제 자기소개에 촉발됐다는 걸 모르지는 않지만요. 예쁜 빛깔로 물들다니, 자기 이름을 설명할 때 보통 그런 말을 쓰던가요? 그거, 아름다운 단풍에 견주어도 문제없을 만큼 본인 얼굴에 자신이 있다는 뜻이죠?"

"아니, 그런 게 아니라."

가에데는 억지로 입꼬리를 끌어올렸지만, 누가 보기에도 어색한 웃음이 나왔으리라.

'뭐야, 이 사람⋯⋯.'

뭐, 긴 속눈썹을 봐서 잠자코 넘어가자.

그렇다기보다 진심을 말하자면 잘 받아칠 자신도 배짱도 없었다.

아이들을 상대할 때는 할 말이 척척 떠오르는데.

"그보다 이와타 선배가 늦네요. 자기가 마시자고 해놓고 늦다니 이게 말이 됩니까."

"응, 그렇죠. 할 일이 좀 쌓였다고는 했지만요."

종업원이 왔다.

남자, 아니, 시키는 익숙하게 대응했다.

"아, 한 명 더 올 거니까 주문은 그때……아니지, 됐다. 일단 생맥주 두 잔요. 술은 하시죠? 술도 안 마셨는데 느닷없이 저한테 희한한 시를 읊었을 정도니까요."

"무슨―"

무슨 버르장머리가 이럴까.

하지만 가에데는 결국 감정을 억누르고 고개를 끄덕일 자기 자신이 못마땅했다.

"아, 네. 조금은요."

"인살라타 카프레세* 하나. 그리고 모둠 생햄도요. 일행이 오면 또 주문할게요. 그럼, 부탁드립니다."

"저어, 죄송한데요."

"뭡니까."

가에데는 또 애써 웃음을 지으며 말을 꺼냈다.

"주문하기 전에 제 의견도 들어봐야 하지 않을까요."

시키는 눈도 마주치지 않고 나지막하게 웃었다.

"본인은 모르시나. 아까부터 옆자리의 카프레세를 두 번, 아니 세 번 보셨잖아요."

―――――

* 토마토, 모차렐라 치즈, 바질에 올리브 오일을 곁들인 이탈리아식 샐러드

어, 거짓말.

얼굴이 화끈 달아오르는 게 느껴졌다.

"에이, 얼굴이 빨개지실 것까지야. 자꾸 눈길을 받았던 토마토랑 모차렐라 치즈랑 바질이 더 부끄러울걸요."

"그럼 모둠 생햄은요?"

"그건 제가 먹고 싶어서 주문했는데요. 왜요?"

"아니요."

얼굴이 더 화끈거리는 걸 자각했을 때 시키가 "이야" 하며 가에데의 코트 호주머니에서 얼굴을 살짝 내민, 표지에서 유화 느낌이 나는 기름한 책을 가리켰다.

"'불가능 범죄의 거장' 존 딕슨 카인가요. 돌고 돌아 이제는 레트로 감성이 대세죠."

'어머. 제법이잖아.'

"맞아요, 『네 개의 흉기(The Four False Weapons)』예요. 이제 다 읽어가는데, 제법 좋더라고요."

"뭐라고요?"

시키는 진심으로 놀란 눈치였다.

"패션 소품으로 호주머니에 넣어둔 게 아니라? 정말 읽으신다고요? 요즘 세상에 존 딕슨 카의 초기 작품을? 이렇게 말하면 좀 그렇지만, 당신처럼 현대적인 외모로? 아, 죄송해요. 이건 칭찬입니다만."

"저기요, 무슨 말씀인지 잘 모르겠는데요."

"맥주가 왔네요."

"건배는 이와타 선생님이 오신 후에 해도 되겠죠. 그보다."

'어라? 나 지금 감정이 좀 격해진 것 같은데. 초면인 남자와 이렇게 술술 이야기하다니.'

"존 딕슨 카의 작품을 읽는 게 뭐가 잘못인데요?"

"아니요, 존 딕슨 카의 작품이 잘못이라는 건 아니지만."

시키는 높은 콧대를 긁적였다.

"번역돼서 들어온 고전 미스터리 소설을 잘도 읽는구나 싶어서요."

"그게 무슨 뜻이죠?"

"이유를 전부 말하자면 하룻밤은 걸릴 테니 간추려서 말씀드릴게요. 일단 무대 설정이 낡았어요. 상식적으로 생각할 때, 먼바다의 외딴 섬에 방이 몇 개나 되는 호화 저택을 짓겠습니까? 연쇄살인으로 죽기보다 굶어 죽을까 봐 무섭겠네요. 다음으로 캐릭터 설정이 너무나 전형적이고 낡았어요. 용의자 중에는 퇴역 군인인데 아직도 별명이 '대령'이고 딸뻘인 금발 미녀를 아내로 둔 사람이 있죠. 그 사람이 아내한테 살해당하지는 않을까 걱정된다니까요. 그리고 번역이 고리타분해요. 노인이 나오면 반드시 '이 몸은 두 번의 큰 전쟁에서 간신히 살아남았다네'라는 식의 말투를 사용하죠. 분명 런던에서 일어난 일인데, 어느 틈에 오카야마나 히로시마로 무대가 바뀐 걸까요. 한 가지 더, 이건 번역물의 숙명이기도 한데요. 등장인물 이름을 기억하기 힘들어요. '포레스큐 일가'의 이름을 전부 파악하려면 그야말로 고생이죠.

'임호테프의 딸, 레니센브'가 등장해도 전혀 머리에 들어오지 않는다고요.

뭐랄까, 이름이 너무 낯설어서 가공의 이야기라는 느낌이 한층 두드러지는 느낌이에요.

복잡한 성씨를 붙일 바에야 이름만 있어도 상관없고, 별명이라도 무방하고, 더 깔끔하게 하려면 차라리 '할머니'나 '형'처럼 인칭대명사를 사용하는 편이 낫겠다는 생각마저 든다니까요.

요컨대 번역된 고전 미스터리 소설은, 결국 픽션에 지나지 않는 주물 속에 주물이 몇 개 더 들어가 있는 모양새예요. 그런 의미에서 저는 '마트료시카 미스터리'라고 부르죠."

'잠깐만. 듣자 듣자 하니까 점점…….'

오래전에 집필된 해외 미스터리 소설의 무대 설정과 캐릭터가 낡았다는 건 부정할 수 없는 사실이다. 특히 존 딕슨 카의 낡은 문체에 대해서는 세토가와 다케시도 언급했던 기억이 난다. 그렇지만 세토가와와 마찬가지로 가에데는 존 딕슨 카를 비롯한 고전 미스터리 작가들의 작품을 편애해 마지않는다.

좋은 작품은 고급 목제 가구를 맨손으로 살짝 쓰다듬는 것처럼 보드라운 감각이 느껴진다. 그리고 오래 묵은 번역 작품에는 오래된 번역 나름의 내공과 맛이 있고, 그러한 요소가 당시를 비추는 거울 역할을 하기도 한다.

정면으로 받아치고 싶었지만 말다툼하기 싫으니 이 자리에서는 참기로, 그 대신 상대방에게 질문을 던졌다.

"그럼, 시키 씨랬나요? 시키 씨는 어떤 미스터리 소설을 읽는데요?"

"일본 작가의 작품만 읽습니다."

시키는 딱 잘라 말했다.

"신인에게 문을 활짝 연 미스터리 관련 공모상이 이렇게 많은 나라는 또 없어요. 무대 설정이나 캐릭터 설정이 물러터지면 그 시점에서 도태되죠. 따라서 전체적인 수준도 저절로 높아집니다. 번역가에 따라 완성도가 떨어지는 비극도 발생하지 않고요. 장르의 다양성은 그야말로 백화요란이에요. 현재 일본은 세계에서 으뜸가는 미스터리 소설 대국이라도 봐도 과언이 아닐 겁니다."

"그건 그냥 시키 씨의 취향이랄까, 억측 아닐까요?"

"에이. 일단 논거를 제시했으니까 취향이니 억측이니 그런 표현은 삼가주셨으면 하는데요."

'으아……강적이네. 논쟁을 위한 논쟁을 하고 싶어 하는 사람이야.'

가에데는 무심코 어깨를 으쓱했다.

"보세요, 그거예요."

"응? 어? 뭐가요?"

"방금 어깨를 으쓱하셨잖아요. 평범한 일본 여성은 곤혹스러울 때 어깨를 으쓱하거나 그러지 않아요. 혹시 프랑스 남부 피서지를 찾은 유한마담이세요? 애거사 크리스티 등등의 작품만 읽으니까 저절로 그런 동작이 몸에 밴 겁니다. 저는 그런 걸 '마트료시카 미스터리병'이라고 부르죠."

'그건 분명 지금 만들어낸 거야!'

성격에 맞지 않게 큰소리를 지를 뻔했을 때, 이와타가 "거기까지!" 하고 끼어들었다.

"어때요, 가에데 선생님. 이 녀석 괴짜 중의 괴짜죠?"

가에데는 후우, 하고 심호흡을 한 번 했다.

진정해.

웃어.

"괜찮아요. 나도 상당한 괴짜니까. 하지만 이와타 선생님, 미안하지만 선생님 후배한테 한마디만 해도 될까요?"

초면인 상대, 그것도 남자에게 대놓고 항변하는 건 몇 년 만일까.

가에데는 용기를 내서 시키를 똑바로 바라보았다.

"포레스큐 일가는 『주머니 속의 호밀』, 임호테프의 딸, 레니센브는 『마지막으로 죽음이 오다』의 등장인물이죠. 당신도 애거사 크리스티의 작품을 읽은 거잖아요."

"그런데 가에데."

와인을 디캔터로 주문했을 무렵부터 이와타가 가에데를

부르는 방식이 달라졌지만, 그냥 넘어가기로 했다.

"이 녀석이 재미있는 건 말이죠. 야구를 하는 동안 어째선지 심판이며, 감독이며, 때로는 응원단이 되고 싶었대요. 그걸 계기로 결국 인기 없는 극단 소속 배우가 됐다는……어째 잘 모르겠죠?"

극단 소속 배우. 하지만 그 부분은 어쩐지 알 것 같았다.

"그리고 이 녀석은 인생관도 묘하다니까요. 그, 뭐였지?"

시키는 어린아이 같은 웃음을 지었다.

"저는 말이죠, 가에데 선생님. 이 세상 모든 일은 스토리라고 생각합니다."

가슴이 철렁했다. 기시감. 아니, 기청감이라고나 해야 할까. 아니꼬웠지만, 어쩐지 정겨운 기분이었다.

"어떤 국민 배우가 죽기 전에 이런 말을 했죠. '지금 일어나고 있는 일이 전부 정답이다'라고요. 저는 그 말을 이렇게 해석했습니다. '세상만사는 전부 해피엔드인 스토리다'라고요. 그렇다면 인생을 살아가면서 아무리 얕을지언정 최대한 많은 해피엔드 스토리 속에 뛰어들어야 하지 않겠느냐, 그런 생각이 들었어요."

시키가 이마에 늘어진 긴 앞머리를 또 쓸어올렸다. 하지만 이번에는 신기하게도 얄미운 기분이 들지 않았다.

볼로네제 파스타가 나오자 이와타가 손을 마주 비비며 기쁜 목소리로 말했다.

"이 가게에서 제일 추천하는 메뉴예요. 이런 요리가 앞에 있으면『아빠는 요리사』* 이야기를 하고 싶지 않나요? 난 전권을 다 소장하고 있어요."

가에데가 "전권?" 하고 웃는 것과 동시에 시키도 작게 웃었다.

밀라노풍 커틀릿을 맛있게 먹은 후, 딱 입가심을 하고 싶은 타이밍에 식후 카푸치노가 나왔다.

술이 약한 이와타도 아직 만취하지는 않은 듯했다.

"슬슬 사건 이야기를 해도 될까요?" 시키가 말했다.

도쿄 도내의 요리주점에서 발생했다는 살인사건. 평소라면 대대적으로 보도돼도 이상하지 않지만, 축구 국가대표 평가전이 열렸던 영향인지, 종이 신문에서도 단신 기사 취급이었고 인터넷 뉴스에서도 거의 다루지 않았다고 한다.

"그리고 하루밖에 지나지 않은 것도 큰 난리가 나지 않은 이유일까."

시키는 의자에서 엉덩이를 떼고 가에데와 이와타에게 얼굴을 가까이 댔다.

"어째선지 아직 자세한 경찰 발표가 나오지 않았기 때문이겠죠."

안쪽 테이블의 커플은 이미 돌아갔으니 가게의 손님은 가

---

* 1985년부터 지금까지 연재 중인 일본의 장수 요리 만화. 국내에는 156권까지 발매되었다.

에데 일행뿐이다.

그래도 시키는 주방의 종업원에게 들릴까 봐 우려되는지 목소리를 조금 낮추었다.

"하지만 이건 틀림없이 살인입니다. 그리고 제가 왜 이런 이야기를 들려드리는지도 이해해주셨으면 해요. 그게……제 친구가 사건에 휘말렸거든요."

이와타가 그 말을 이어받았다.

"맞아요. 가에데 선생님."

카푸치노를 마시자마자 호칭이 원래대로 돌아왔다.

술기운을 빌리지 않으면 이성에게 좋아하는 티를 못 내는 성격.

연애에 숙맥인 그런 점이 싫지는 않다……그렇지만.

"시키에게 상담을 받았을 때, 마침 내 눈앞에 있었잖아요. 그러고 보니 미스터리 소설 마니아였구나 싶어서 가에데 선생님도 같이 가자고 한 거예요."

시키가 그림 그리기 어플로 만들었다는 요리주점의 약도를 이와타와 가에데의 스마트폰에 보내주었다.

"일단 이걸 보세요. <하루노>의 내부 구조를 간략하게 그려봤는데요. 이 가게처럼 테이블 두 개에, 단골손님이 죽치고 있는 카운터 자리가 몇 개뿐인 아담한 요리주점이에요."

가에데는 그림을 보면서 말했다.

"맞아요. 몇 번 가봤는데, 이런 느낌이었을 거예요."

히몬야의 북쪽을 가로지르는 메구로길 너머 몇 분 거리에 외따로 자리한, 옛날 민가 느낌의 가게다.

요리주점이라고 해도 처음 온 손님이 들어가기를 머뭇거릴 만한 고급 요리점은 아니고, 털털한 청바지 차림의 쾌활한 사장님이 혼자 꾸려나가는, 분위기도 가격도 전혀 부담스럽지 않은 장소다.

가격에 비해 공들인 기본 안주와 명물인 찜 요리가 호평인 곳으로, 피부가 좋은 40대 여자 사장님의 미소와 청결한 흰색 앞치마가 뇌리를 스쳤다.

"그 정도 크기면 딱 좋지 뭐. 그리고 토속주도 이것저것 잘 갖춰놨어."

이와타가 말했다.

가에데는 '아는 척하기는. 그때는 토속주까지 가기도 전에 뻗었으면서' 하고 생각하면서도 입밖에는 내지 않고 시키에게 물었다.

"그런데 여기 A부터 M은 손님이에요?"

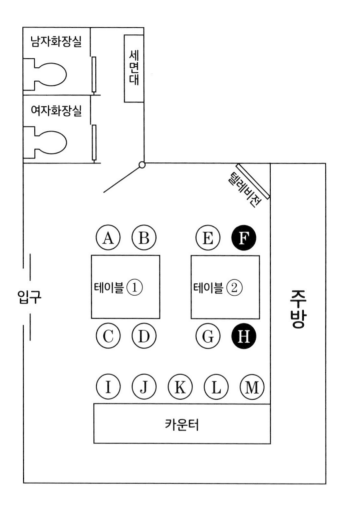

"맞습니다. 왼쪽, 그러니까 서쪽의 1번 테이블에는 퇴근길에 들렀다고 추정되는 A부터 D까지, 남녀가 두 명씩 모두 네 명이 앉았어요. 그리고 동쪽의 2번 테이블에는 저를 포함한 극단 배우들, E부터 H까지 남자 네 명이 앉았고요. 그리고 카운터 자리도 전부 남자 손님이었던 걸로 기억합니다. 요컨대 가게는 빈자리 없이 떠들썩했던 거죠. 사장님 혼자 운영하는 가게니까, 사장님은 몹시 바빴을 겁니다. 여기까지는 이해하셨나요?"

가에데와 이와타는 동시에 고개를 끄덕였다.

"그리고 2번 테이블에 앉은 F가 바로 저입니다. 뒤쪽 텔레비전에 축구 국가대표 평가전을 틀어놔서, 손님들은 대부분 경기를 안주 삼아 술잔을 기울였죠. 그런 의미에서 보면 주문이 마구 밀려드는 상태는 아니었을 테니, 사장님도 조금은 한숨 돌렸을지도 모르겠군요."

그렇구나, 하고 가에데는 말을 꺼냈다.

"요리주점이지만 소위 스포츠 펍 같은 상태였던 거군요."

"그렇습니다. 저는 솔직히 축구에 흥미가 전혀 없어서 그런지, 손님들이 가끔 응원 구호를 외칠 때마다 진저리가 나더군요. 그런다고 선수한테 들리는 것도 아니잖아요. 그러다 보니 청개구리 심보가 발동해서……시끄러운 틈을 타 '사우디아라비아, 파이팅!' 하고 몇 번 외쳤습니다."

이와타가 "그걸 그렇게 받아들이냐" 하고 약간 화난 목소리로 말했다.

"응원은 설령 경기장에 없더라도 반드시 전해지는 법이야. 더 나아가 그러한 응원이 대표팀에 힘이 되는 거고."

"흐음……술집에서 연어 뱃살 구이를 안주 삼아 한잔 걸치는 손님의 응원이 국립 경기장까지 전해진다고요? 그럼 일본은 월드컵 우승을 벌써 열 번은 차지했겠네요."

"너 인마."

이와타의 안색이 변했다.

"그게 예전에 야구부였던 녀석이 할 말이야? 명색이 연극인이라면 다양한 사람에게 감정 이입할 줄 알아야지. 국립 경기장에 가고 싶어도 못 가지만, 응원하고 싶은 사람의 역할이 들어오면 어떻게 할래? 아까 네가 했던 말과 완전히 모순되는 역할이잖아."

정론이다.

순간 거북한 침묵이 흘렀다.

그런데 뜻밖에도 사키가 벌떡 일어나 "죄송합니다" 하고 고개를 푹 숙였다.

"극단 동료가 사건에 휘말리는 바람에 좀 울컥했나 봐요. 선배, 여기는 제가 낼 테니 용서해주십시오."

"아냐, 됐어, 됐어. 후배한테 어떻게 얻어먹냐."

이와타는 당황한 표정으로 "나도 말이 너무 심했어, 이번에는 봐줄 테니 앉아"라고 대구하며 곱슬머리를 긁적였다.

동아리 활동을 해본 적 없는 가에데는 얼핏 내비친 두 사람의 관계가 약간 부러웠다.

"이야기가 샜네요. 그나저나 이건 나중에 스포츠 뉴스를 보고 확인한 시간인데요."

시키가 이야기를 되돌렸다.

"3대3 동점으로 후반전이 시작된 오후 10시 10분 전. 여기서부터 일본 국가 대표팀이 폭풍 같은 슛을 세 번 연속으로 퍼붓습니다. 수비수 여러 명을 제치고 호쾌한 중거리 슛. 코너킥 상황에서 다이렉트 슛. 위협적인 위치에서 파울을 얻어서 직접 프리킥. 공교롭게도 전부 키퍼의 선방에 막히거나 골대에 명중해서 득점으로 이어지지는 않았지만, 숨도 못 쉴 만큼 몰아치는 맹공에 손님들은 모두 일어서서 열띠게 응원했죠."

"응, 처음 10분간은 힘이 바짝 들어갔지. 당연히 너도 일어섰겠지?"

"아니요, 저 혼자 앉아서 믹스 너트를 먹었죠."

"그럼 모두 일어선 게 아니잖아."

"'일본, 폭풍 같은 슛을 퍼붓습니다! 시곗바늘이 10시를 가리키고 있지만, 자리를 떠나는 사람은 아무도 없습니다!' 그런 실황 중계가 귀에 남아 있었으니, 맹공격이 끝나고 상대 팀이 드디어 볼을 차지한 건 딱 밤 10시 정각이었겠죠. 응원하다 지쳤는지 가게의 분위기가 약간 이완된 게 기억나네요. 자, 바로 이때입니다. 제 맞은편에 앉아 있던 동갑내기 남자 극단 배

우, 단골손님이지만 실명은 덮어두고 H라고 하겠습니다. H가
화장실에 갔다가 3분쯤 후에 자리로 돌아왔습니다. 여기, 중요
한 대목이니까 재현할게요. 잘 들으세요."

시키의 표정이 대번에 진지해졌다.

"자, 잠깐만요, 시키 씨. 녹음해도 될까요?"

가에데는 허락을 받고 스마트폰의 음성 메모 앱을 실행했
다.

이 사건에는 분명 할아버지의 힘이 필요하다. 그런 직감이
들었기 때문이다.

"됐나요. 그럼—"

완전히 연극인의 얼굴로 변한 시키가 '재현극'을 시작했다.

"화장실에서 자리로 돌아온 H가 담배에 불을 붙인다.

그에게 맞은편에 앉은 나, 즉 F가 말을 건다.

'화장실, 비었어?'

H가 대답한다.

'아아, 아무쪼록 먼저……비었어.'

F는 자리에서 일어나 화장실로 향한다.

여자 화장실을 지나쳐 안쪽 남자 화장실에 들어가려 하지
만, 어째선지 문이 열리지 않는다.

살펴보니 안쪽의 회전식 빗장이 채워져 있다.

문을 두드려도 아무 반응이 없다.

문득 발 언저리를 보고 F는 깜짝 놀라 소리를 지른다.

'앗!'

왜 F, 즉 나는 무심코 소리쳤을까.

화장실 문 밑에서 피 같은 액체가 흘러나왔기 때문이다.

'무슨 일 있습니까? 괜찮으세요?'

말을 걸어도 대답은 없다.

F는 세면대에 올라가 화장실을 위에서 들여다본다.

그러자 빡빡 깎은 머리에 문신을 넣고, 양쪽 귀에 피어스를 한 호리호리한 중년 남자가 쓰러질 듯 구부정한 자세로 변기에 앉아 있다.

등에는 칼 같은 물건이 박혀 있고, 상처에서 솟은 피가 질질 흘러내린다.

바닥은 이미 피투성이다.

광택 있는 야구 점퍼가 새빨갛게 물들었는데도 중년 남자는 옴짝달싹도 하지 않는다.

그쯤에서 나, F는 확신한다.

이 사람은 이미 죽었어. 방금 여기서 살해당한 거야. 컷."

가에데는 손으로 입을 틀어막았다. 실마 시키가 시체를 발견했을 줄은 꿈에도 몰랐기 때문이다.

그리고 등을 찔렸다면, 자살이 아니라 타살인 셈이다.

이와타도 금시초문이었는지 묵묵히 팔짱만 끼고 있었다.

잠시 후 이와타가 먼저 물었다.

"그래서 어떻게 됐어? 당연히 경찰을 불렀겠지?"

“네. 일단 소란을 최대한 피하기 위해, 조용히 카운터 안쪽을 통해 주방으로 갔습니다. 사장님은 느긋하게 조리대에 팔꿈치를 짚고 턱을 괸 자세로 향신료를 첨가한 닭 요리인지 뭔지의 새로운 메뉴를 종이에 적고 있었는데요⋯⋯심상치 않은 제 표정을 보자마자 유성펜을 움직이던 손을 멈추고 종이를 찢어버렸습니다. 어쩌면 당황한 제 모습에 놀라 글씨를 잘못 적었는지도 모르겠네요. 아무튼 제가 재촉해서 경찰에 신고했습니다만 그야말로 망연자실한 상태였다고 할까, 야무진 사장님도 목소리를 벌벌 떨더군요. 통화를 마치자 그 자리에 풀썩 주저앉았습니다.”

“딱해라.”

가에데가 말했다.

고생을 무릅쓰고 열심히 일하는 사장님의 성품을 잘 아는 만큼 그 광경이 눈앞에 선명하게 떠올랐다.

“경찰차 세 대가 왔죠. 현장은 일시적으로 봉쇄됐고 즉시 조사가 시작됐습니다. 여기도 중요한 대목이니까 귀 기울여 들어주세요.”

가에데와 이와타는 다시금 몸을 내밀었다.

“사복 경찰관. ‘시신이 발견돼서 소란이 벌어지기 전에 볼일 보러 가신 분은 못 보셨습니까?’

1번 테이블, 화장실로 향하는 동선이 보이는 손님들의 증언.

'남자 손님 C. '밤 9시 30분 무렵까지는 다들 여러 번 화장실을 사용했지만, 그 후로는 기억에 없네요. 대표팀이 슛을 연발해서 분위기가 들끓은 직후인 10시쯤에 옆 테이블 손님이 갔던 건 기억나지만요.'

이 '옆 테이블 손님'은 당연히 H다.

여자 손님 D. '저도 못 봤어요. 텔레비전으로 축구를 보고 있었으니 누가 화장실에 가면 알아차렸을 텐데요.'

카운터의 손님들도 저마다 이렇게 증언했다.

'9시 반 이후로는 10시 무렵까지 아무도 화장실에 안 갔습니다.'

'네. 솔직히 그럴 상황이 아니었거든요. 가게에 있는 사람들 모두 자리에 앉아 있었어요.'

'어쨌거나 3대3이었으니까요. 눈을 뗄 수 없는 격전이었죠.'

2번 테이블에 앉은 손님들의 증언도 비슷하다.

즉, 밤 10시가 지나 시신을 발견한 F, 즉 나를 제외하면 마지막으로 남자 화장실에 간 사람은 그 직전에 볼일을 보러 간 H인 셈이다. 그리고 더 큰 문제는……."

그 순간 연기자로서 본분을 망각했는지 안타까움 같은 감정이 시키의 눈에 깃들었다.

"H가 '묵비권을 행사하겠습니다' 하고 증언을 거부한 탓에 경찰에 연행됐다는 것이다. 컷."

'설마 시키 씨의 동료가 연행됐을 줄이야.'

또 찾아온 잠깐의 침묵을 가에데가 나서서 깨뜨렸다.

"피해자의 신원은 밝혀졌나요? 이야기를 들어보니 손님은 아닌 것 같은데."

"아니요, 아마 밝혀지지 않았을 겁니다. 사장님도 모르는 사람이라고 했고, 사복 경찰관이 '면허증이고 뭐고 없네요'라고 말하는 걸 들었거든요."

"흉기인 '칼 같은 물건'은 누구 거였을까."

"아, 그쪽은 금방 판명된 모양이에요." 시키가 즉각 대답했다.

"이것도 감식반원의 이야기가 들려서 알았는데요. 피해자의 허리띠에 버터플라이 나이프를 넣어 다니는 가죽 케이스가 달려 있었대요."

이와타가 헝클어진 머리카락 사이에 손을 넣어 머리를 긁적였다.

"그럼 범인은 본인이 소지하고 있던 버터플라이 나이프를 빼앗기고 그 칼에 찔렸다는 건가."

"그렇겠죠."

"그럼 결론은 불 보듯 뻔하잖아. 너한테는 미안하지만 무슨 이유인지 H가 충동적으로 죽인 거 아니겠어? 3분이면 범행을 저지르기 충분해. 무엇보다 묵비권을 행사한다는 것 자체가 엄청나게 수상하잖아. 상식적으로 생각할 때 정상이 아니야.”

“선배, H는 아주 멀쩡한 녀석입니다. 연극인으로서는 치명적일 정도로요.”

“치명적?”

“네” 하고 시키는 이와타의 눈을 똑바로 보며 단언했다.

“연극인은 너무 ‘착한 사람’이어도 안 돼요. 그런데 H에게는 남을 밀어내고서라도 배역을 차지하겠다는 상승 욕구가 전혀 없죠. 하지만 성격이 좋다는 것만큼은 제가 보증합니다. 절대로 사람을 죽일 수 있는 녀석이 아니에요. 성실하고 착하고 정의감이 강한, 최고의 남자라고요. 그런 의미에서는 선배와 조금 닮았는지도 모르겠네요.”

이와타는 그만하라고 손사래를 치면서도 내심 기쁜지 얼굴 가득 환한 웃음을 지었다.

“내가 그렇게 최고의 남자야?”

“아니요, 그 부분 말고 그 앞이요. 성격이 좋다는 것 ‘만큼’은 보증한다는 부분.”

“야.”

“죄송합니다.”

“이번만은 용서하마.”

“그리고 만약 H가 범인이라면 제가 화장실에 가려고 했을 때 반드시 말리지 않았을까요?”

“확실히 그건 그래. 그럼 왜 H는 입을 꾹 다문 걸까. 아니,

그보다도.”

이와타는 곱슬머리에 또 손을 가져갔다.

“이 사건, 누가 어디서 어떻게 문신한 남자를 죽였을까.”

“그것까지 포함해서 전부 알쏭달쏭하네요.” 가에데도 한마디 거들었다.

“‘일어났을 일’과 논점을 시간 순서에 따라 다시금 정리해 보겠습니다.” 시키가 말했다.

“일단 9시 반 이후에는 누구도 화장실에 가지 않았죠. 10시 정각, H가 볼일을 보러 남자 화장실에 갑니다. 약 3분 후, 자리로 돌아온 H는 남자 화장실이 비었느냐는 제 질문에 <비었어> 하고 분명히 말했어요. 저는 즉시 남자 화장실로 향했습니다. 그런데 어째선지 문이 안쪽에서 잠겨 있었죠. 문을 두드리고 말을 걸어도 반응이 없었고요. 무슨 일인가 싶어 세면대를 밟고 위에서 화장실을 들여다보자, 분명 등을 찔려 죽은 지 얼마 되지 않은 시체가 있었습니다.”

“화장실에 누군가 숨어들 수 있을 만한 창문은 없는 거지?”

“없습니다. 그림과 똑같이요.”

“그렇다면 논점은 역시.”

“네, 선배 말씀대로예요. 대체 누가 어디서 어떻게 문신한 남자를 죽인 걸까요. 그리고 한 가지 덧붙이자면, 범인은 어디로 사라졌을까요.”

잠시 이어진 정적을 깨듯 벽의 올빼미가 또 꾸우, 하고 울었다.

지금까지 잠자코 두 사람의 대화를 듣고 있던 가에데가 입을 열었다.

"아주 복잡한 수수께끼가 내포된 사건인 것 같네요."

가에데는 직감을 그대로 입에 담았다.

"그래서 시키 씨가 우리에게 상담한 거고요."

시키는 어깨를 으쓱했다.

아하.

너도 어깨를 으쓱하잖아.

"저기, 시키 씨. 내일까지 기다려주지 않겠어요? 어쩌면 뭔가 도움이 될 수 있을지도 몰라요."

내일은 휴일이니 할아버지 집에 갈 수 있다.

가에데는 음성 메모 어플의 정지 버튼을 살짝 눌렀다.


# 3


할아버지 집에 도착한 것과 동시에 비가 딱 그쳤다. 근거는 없지만, 왠지 할아버지의 몸 상태가 좋을 것만 같았다.

빗물에 젖은 낙엽이 여기저기서 빛을 반사하는 정원을 지나치자 서재 창문으로 목소리가 흘러나왔다.

"아, 에, 이, 우, 에, 오, 아, 오."

"아, 에, 이, 우, 에, 오, 아, 오."

오늘은 아무래도 발성 재활 훈련을 하는 모양이다.

요즘 돌봄 현장에서 한 명이 재활 훈련을 담당하는 경우는 드물다. 목적에 맞춰 다양한 전문가로 팀이 구성될 때가 많다. '언어 청각사'는 '말한다', '듣는다', 그리고 '삼킨다'라는 행동 측면에서 재활을 돕는, 비교적 최근에 생긴 재활 훈련 전문가다.

가에데가 서재 문을 두드리고 이름을 대자 들어오세요, 하고 호감 가는 밝은 목소리가 들렸다.

"손녀분이 오셨어요. 상태가 좋아서 다행이네요, '히몬야 씨'."

옛날 만담가들이 사는 곳의 지명에 맞춰 '어디어디의 선생님'이라고 불린 것처럼, 라쿠고를 좋아하는 할아버지는 '히몬야'라는 자신의 별명을 옛날부터 아주 마음에 들어 했다.

고개 숙여 인사하며 슬며시 서재로 들어가자, 벗어지기 시작한 머리를 깔끔하게 밀어버린 날씬한 초로 남자가 양손에 의료용 고무장갑을 낀 채 할아버지의 목 앞쪽을 마사지하기 시작한 참이었다.

160센티미터인 가에데와 키가 비슷한 정도일까. 아니, 좀 더 작을까.

"고령자 중에 목 앞쪽 살이 낙타처럼 축 늘어진 분이 계시잖아요. 그런 분은 목 근육이 약해서 그래요. 당연히 삼키는 능력도 저하되고요. 평소 꾸준히 마사지를 하면 좋답니다."

"아아, 시원하군. 늘 고마워."

"그나저나 히몬야 씨는 머리숱이 참 많으시군요. 정말 부럽습니다."

남자는 머리를 빙그르르 돌려서 매끈한 정수리를 할아버지와 가에데에게 보여주며 웃음을 자아냈다.

"하지만 히몬야 씨의 머리숱이 아무리 훌륭해도 저희 딸은 못 당하죠. 길이는 물론 찰랑거림으로도요. 그리고 뭐니 뭐니 해도 윤기가 다릅니다."

"그야 당연하지. 자네 딸과 나 같은 늙은이를 비교해서 어쩌자는 건가."

할아버지는 소리 내어 웃었다.

"늘 그러니까 자네를 딸 자랑이 넘치는 '팔불출 군'이라고 놀리고 싶어지는 거야."

할아버지는 허물없이 지내는 주변 사람에게 별명 붙이기를 좋아한다. 분명 팔불출 씨와는 성격이 잘 맞는 것이리라.

동네 미용실에서 수다를 떠는 분위기랄까. 두 사람의 정겨운 대화를 곁에서 듣기만 해도 가에데까지 기분이 즐거워졌다.

마치 에도가와 란포의 훌륭한 에세이 『존 딕슨 카 문답』같다.

"할아버지가 말씀을 너무 많이 하셔서 불편하지는 않으세요?"

가에데가 묻자 팔불출 씨는 진심으로 뜻밖이라는 듯 아니요, 아니요, 무슨 말씀을, 하고 눈앞에 대고 손을 내저었다.

"박학하신 히몬야 씨의 이야기에 늘 감탄할 따름입니다."

코 밑이 불룩하니 어쩐지 원숭이같이 유머러스한 인상이다.

"스포츠에 비유하자면 10종 경기의 챔피언이라고 할까요. 온갖 분야에 정통하셔서 이야기만 들어도 정말 공부가 많이 됩니다. 강의료를 내고 싶을 정도라니까요."

예의상 하는 빈말은 아닌 듯했다. 웃으면 주름이 지는 동그란 눈은 호기심이 왕성해 보인다.

"오, 10종 경기라니 재미있는 비유로군."

할아버지는 장난스럽게 한쪽 입꼬리만 끌어 올렸다.

"그럼 팔불출 군한테 한번 물어볼까. 10종 경기에 무슨 종목이 포함되는지 아나?"

"나왔다. 좀 봐주십시오."

팔불출 씨는 이것 보란 듯이 가에데에게 얼굴을 돌려 쓴 웃음을 지으며 매끈한 머리를 쓰다듬었다.

"보세요, 가에데 선생님. 늘 이렇게 끽소리도 못 내게 하신다니까요."

"그럼 내가 대신 대답하지. 일단 100미터 달리기. 그리고 멀리뛰기와 포환던지기—"

"아이고, 알겠습니다! 오늘도 히몬야 씨가 이기셨어요."

팔불출 씨가 타이밍 좋게 끼어들어 장난스럽게 핀잔을 주자, 가에데도 분위기에 이끌려 웃음이 터졌다.

재활 훈련이 끝나는 시간에 맞추기라도 한 듯, 정원에서 방울벌레가 찌르륵찌르륵 울었다.

요즘은 가정집 정원에서 방울벌레를 찾아보기 힘든지, 이 방울벌레 소리가 할아버지의 자랑거리다.

"그럼 이만 가보겠습니다."

할아버지는 고맙다고 손을 들어 인사하면서도 아쉬운 듯 그러고 보니, 하고 말을 꺼냈다.

"요전에 방울벌레들이 합창한 건 잘 녹음됐나?"

"깨끗하게요. 딸에게 들려줬더니 아주 좋아하더군요."

"그거 다행이군. 방울벌레가 세 마리나 같은 풀잎 위에서 울다니, 여간해서는 그런 일이 없거든."

"비싼 녹음기를 산 보람이 있었어요. 힐링이 따로 있겠습니까. 그런 게 힐링이죠."

"그렇지. 세이 쇼나곤*이 말했잖아, "벌레, 하면 방울벌레"라고. 방울벌레의 음색을 최고로 꼽았을 정도야."

"어, 죄송합니다. 그게 아니라요."

팔불출 씨는 익살을 떨 듯 과장되게 고개를 꼬았다.

"방울벌레 소리를 듣고 좋아하는 딸의 웃음으로 힐링했다

———

\* 일본 헤이안 시대의 작가이자 시인

는 건데요.”

“아하하. 자네한테 한 방 먹었군.”

“그럼 가에데 선생님, 천천히 이야기 나누세요.”

가에데와 눈높이가 거의 같은 팔불출 씨가 몇 번이고 고개를 꾸벅꾸벅하며 서재를 나섰다.

‘할아버지는 행복한 사람이야.’

몸 상태를 돌봐줄 뿐만 아니라, 이렇게 웃겨주기까지 해서 정말로 고마웠다.

한참을 웃고 나니 돌봄 계획을 세울 때 케어 매니저가 강조했던 “돌봄에서 제일 중요한 건, 가족분도 포함한 팀워크와 웃음입니다”라는 말이 비로소 마음에 와닿았다.

가에데는 속으로 두 손을 마주 모아 돌봄에 도움을 주는 여러 전문가에게 감사를 표한 후, <하루노>에서 벌어진 사건을 할아버지에게 설명했다.

아직도 청력에 전혀 문제가 없다는 것이 할아버지의 자랑이다. 사건의 개요와 음성 메모를 들려주자 할아버지는 아련한 눈빛으로 중얼거리듯이 말했다.

“<하루노>라. 다리가 말을 듣지 않게 된 후로 안 간 지 참 오래됐군. 가에데도 알잖니, 거기의 내장찜은 최고야. 소스와 육수의 조합이 참 절묘하지. 혼자 장사하느라 힘들 텐데 어떻게 그런 맛을 내는지 몰라.”

할아버지는 좋아하는 녹갈색 컵을 들어 커피를 한 모금

마셨다.

가에데도 어젯밤부터 커피만 자꾸 마시고 있는 느낌이다.

일설에 따르면 DLB 환자에게 커피가 좋다고 하지만, 그래도 할아버지는 너무 많이 마신다.

"그 가게의 사장은 내가 가면 꼭 '히몬야 씨, 오늘은 몇 시까지 계실 거예요' 하고 물어봐. 돌아갈 시간을 말해주면 다가와서 귓속말로 '그럼 두 문제만 가르쳐주세요. 작은 걸로 술 한 병 서비스해 드릴게요' 하는 식으로 부탁하지. 그리고 손님이 줄어든 시간대에 수학이나 영어 참고서를 카운터에 척 펼쳐. 사장은 젊을 때 무슨 사정으로 학교를 그만둘 수밖에 없었다는구나. 그래서 고졸 검정고시를 치기 위해 내내 혼자 공부를 해왔단다. 문제를 이해했을 때 환히 웃는 건 초등학생이든 어른이든 다를 바 없지. 그 모습을 보면 나도 기분이 좋아서 더 가르쳐주게 되고 말이야. 결국, 거의 매번 영업이 끝날 때까지 머무르곤 했었는데."

"사장님은 시험에 합격했어?"

"물론이지. 누가 가르쳤는데."

할아버지는 장난기를 담아 눈썹을 치켜세웠지만, 목소리에는 어쩐지 적적함이 감돌았다.

"정말 마음 편한 가게야. 단골손님 H가 아닐까 싶은 각진 얼굴의 청년도 잘 알지. 가게가 바쁠 때 '저는 신경 안 쓰셔도 되는데' 하고 말버릇처럼 상냥한 목소리로 배려하는 것도 알고. 그 청년이 사장에게 돌아가신 어머니를 투영하고 있다는 것도 알아. 그리고 감정 표현이 서투른 만큼 본인도 잘 모르겠지만, 사장을 여자로서 의식하고 있다는 것도 알지.”

“그랬구나.”

“자……” 하고 할아버지는 마음을 다잡은 것처럼 본론으로 들어갔다.

“일단 시키 군은 범죄에 가담하지 않았다고 가정하고 이야기를 진행하자꾸나.”

“맞아. 아니면 스토리를 자아낼 길이 없으니까.”

“그렇다면 사건 그 자체의 수수께끼보다, 아무래도 간과할 수 없는 다른 커다란 수수께끼가 우선 두드러진단다. 어디 보자, ‘메뉴의 수수께끼’라고 해둘까.”

“메뉴의 수수께끼?”

가에데는 고개를 갸웃했다.

“그런 수수께끼가 있었나?”

“화장실에서 시신을 발견한 시키 군은 즉시 주방에 있는 사장에게 알리러 갔어. 그러자 ‘조리대에 느긋하게 팔꿈치를 짚고 턱을 괸 자세로 향신료를 첨가한 닭 요리인지 뭔지의 새로운 메뉴를 종이에 적고 있던’ 사장은 시키 군을 보자마자 ‘유성펜을 움직이던 손을 멈추고 종이를 찢어버렸다’고 했지. 대체 왤까?”

“시키 씨도 말했는데, 그냥 놀라서 글씨를 잘못 적은 거 아닐까? 그게 그렇게 신경 쓰여?"

"아주 신경 쓰이는구나."

할아버지는 사이드 테이블에 컵을 내려놓았다.

"잘못 썼다고 한들 굳이 찢어버릴 건 없겠지. 어찌 됐건 일단 시키 군의 이야기를 먼저 들어봐야 하지 않겠니? 무엇보다 그렇게 거칠게 행동하다니, 아무래도 <하루노>의 사장답지 않은 짓이야. 그런데 왜 사장은 메뉴 종이를 굳이 찢었을까. 아니, 찢어야 했을까. 이게 '메뉴의 수수께끼'란다. 그리고 이 수수께끼를 합리적으로 설명해야 비로소 이 스토리의 진상이 보일 거야."

잘 생각해보니 확실히 그럴 수도 있겠구나 싶었다. 가에데는 사장을 가게에서 몇 번 접한 게 전부지만, 메뉴를 잘못 썼다고 남 앞에서 찢어버릴 사람으로 보이지는 않았다.

하지만, 그렇다면?

할아버지는 '작게 앞으로 나란히' 자세를 취하듯 양손을 앞으로 살짝 내밀더니, 메뉴의 수수께끼는 일단 제쳐놓자며 손을 옆으로 옮겼다.

"원래 같으면 이쯤에서 가에데에게 '스토리'를 자아내어 보라고 하겠지만, 그 전에 예전 단골손님으로서 내 체험담을 들려줘야 공평하겠지."

할아버지의 얼굴에 복잡한 음영이 깃들었다.

"난 '문신한 남자'가 누군지 짚이는 구석이 있거든."

"앗."

"그는 사장이 고등학생일 때부터 폭력을 앞세워, 사장의 인생에 어두운 그림자를 드리워온 인간이야. 옛날에 사귀었던 남자가 나쁜 사람이었다고 사장이 에둘러 푸념하는 소리를 예전부터 가끔 들었고, 문신한 남자가 가게 문 앞에 서 있는 모습도 실제로 본 적 있어."

"그랬구나."

"1년쯤 전이었나. 누구나 불안해질 만큼 강풍이 몰아치는 추운 밤이었지. 난 평소처럼 가게에서 사장에게 공부를 가르쳐주고 있었는데, 그날은 웬일로 사장이 얼큰하게 취했지 뭐니. '히몬야 씨, 공부는 이만 됐고, 술은 내가 대접할 테니 요전에 가게 앞에 나타난 남자 이야기 좀 들어줄래요?' 하고 턱을 괴더구나."

'턱을 괬다니.'

그러고 보니 시키가 주방에 들어갔을 때도 사장님은 조리대에 팔꿈치를 짚고 턱을 괸 자세로 메뉴를 쓰고 있었다고 했다. 사근사근한 사장님에게 어울리는 귀여운 버릇이라고 가에데는 생각했다.

"난 두 사람 사이에 무슨 일이 있었는지 대체로 알고 있었으니까 '그 사람……나왔군' 하고 말했지. 그러자 사장은 카운터에 푹 엎드려 울음을 터뜨렸어."

"'나왔다'니, 어디서?"

"교도소."

할아버지는 툭 내뱉듯이 말했다.

"이십수 년 전, 세상을 떠들썩하게 만든 사건이 발생했지. 문신한 남자와 여고생 커플이 전국을 돌아다니며 강도 행각을 벌였어. 저항하던 피해자가 한 명 살해당했을 만큼 큰 사건이었지. 주범은 물론 십여 살이나 나이가 많았던 남자고, 여고생은 시키는 대로 따랐을 뿐인 종범이었어. 몸집이 작고 운동 신경이 좋았던 여고생은 오로지 높은 데 있는 창문으로 침입하거나 도주 경로를 확보하는 역할을 맡았을 뿐이지만, 세상 사람들은 그렇게 받아들이지 않았어. 희대의 악당 커플로 평가됐고, '일본의 보니와 클라이드'라는 악명이 퍼져나갔지."

'보니와 클라이드'

가에데도 들어봤다. 미국 뉴시네마의 이정표 같은 작품이자 명작 서스펜스 미스터리 영화인 '우리에게 내일은 없다'에 등장하는 두 주인공의 실제 모델로, 1930년대에 미국 중서부에서 잇달아 은행강도를 저지른 범죄자 커플, 보니 파커와 클라이드 배로를 가리킨다.

"아, 그럼 그 커플 중 여자가 당시 여고생이었던 사장님이었구나."

"그렇지."

안쓰러움을 표현하듯 할아버지의 이마에 주름이 여러 개 새겨졌다.

"두 사람은 결국 일본 최북단의 땅에서 체포됐어. 남자는 교도소에 수감되었고, 여고생, 현재의 사장은 여자 소년원에 보내졌지. 거기까지는 나도 보도를 통해 사정을 알고 있었어."

"응."

"그리고 세월이 흘러, 나는 가게 문 앞에 나타난 문신한 남자를 보자마자 일찍이 전국에 지명수배됐었던 '일본의 클라이드'라는 걸 알아차렸지. 그렇다면 사장은 필연적으로 '일본의 보니'인 셈이고. 긴 수감 생활을 마친 클라이드는 비겁하게도 또 보니 앞에 나타난 거야."

"그런 뻔뻔한……"

"술기운을 빌렸는지는 모르겠다만, 언젠가 내게 전부 털어놓을 생각이었겠지. 사장은 묻기도 전에 체포되고 나서 있었던 일을 들려줬어. 가난한 집에서 자란 사장은 '하루에 세 끼를 먹는다'는 사실을 소년원에서 처음 알았다는군. 그리고 거기서 먹은 찜의 맛을 잊지 못해 굳게 결심했다는구나. 장래에 반드시 자기 가게를 차리기로."

심금을 휘젓는 이야기였다.

가에데에게 '모험'이 초등학교 교사였다면, 사장의 인생을 건 '모험'은 자기가 만든 요리를 마음껏 내놓을 수 있는 가게를 차리는 것이었다.

"체포된 건 남자와 인연을 끊고 인생을 다시 시작하라는 하늘의 배려였다고 할 수도 있겠지. 그런데 어디서 가게의 위치를 알아냈는지 느닷없이 가게 앞에 문신한 남자, 클라이드 가 쑥 나타난 거야. 협박 재료는 단 하나. '야, 과거가 밝혀져도 돼? 가게가 망하고 말고는 내 손에 달렸어' 그런 식으로 협박했대. 사장은 어쩔 수 없이 돈을 내줬어. 나는 다시는 돈을 주면 안 된다, 만약 그 남자가 또 찾아오면 즉시 내게 연락하라고 충고했지만."

할아버지는 사이드 테이블에 기대둔 지팡이에 힐끗 시선을 주었다. 하지만 만약 사장이 무슨 형태로 연락했었던들, 지금의 할아버지로서는 도저히 그 가게까지 갈 수 없었을 것이다. 설령 지팡이를 사용했더라도.

가에데는 모르는 척하고 이야기를 본론으로 되돌렸다.

"그리고, 마침내 그날이 찾아온 거로구나."

"그렇지. 염치도 없이 클라이드는 또 돈을 뜯으러 나타났어. 손님이 많은 건 그에게 오히려 호재였겠지. 평소보다 더 돈을 뜯어낼 수 있겠다 싶어 실실 웃음이 났을 거야. 설마 인생 마지막 날이 될 줄은 상상도 못 했을걸. 뭐, 머지않아 경찰도 그의 신원을 알아내겠지. 어쩌면 사건 발표가 늦어지는 것도 그런 사정 때문 아닐까. 소동이 벌어지리라고 예상되니까 매스컴 대응책을 세운 후에 발표하자는 거겠지."

할아버지는 깍지를 끼고 가에데의 눈을 똑바로 보았다.

"자, 이제 사건에 관련된 재료 중에 빠진 건 없을 거야. 그럼 다시 물어보자꾸나. 그날 밤 대체 무슨 일이 있었을까. 가에데는 어떤 스토리를 자아내겠니?"

드디어 왔다.

가에데는 침을 꼴깍 삼킨 후 '스토리'를 자아내기 시작했다.

"스토리 하나. H가 범인이다."

가에데는 그렇게 말했다.

"H는 무슨 말썽을 계기로 문신한 남자를 남자 화장실에서 살해하고 안에서 문을 잠근 후, 벽의 수건걸이나 자물쇠를 발판삼아 화장실 위쪽으로 탈출했어. 그리고 시치미를 뚝 뗀 얼굴로 자리로 돌아와 담배에 불을 붙인 거야. 사건에 관해 입을 꾹 다물었다는 사실이 이 스토리를 뒷받침한다고 할 수 있겠지."

할아버지는 잘생긴 턱에 다보록하니 자란 수염을 쓰다듬으며 "모순이 있구나" 하고 대꾸했다.

"만약 H가 범인이라면 시키 군이 화장실은 비었느냐고 물었을 때, 왜 비었다고 대답했을까. 안에서 문을 잠근 이상, 당연히 시체가 발견되는 걸 조금이라도 늦추고 싶었을 텐데. 하물며 마지막으로 화장실에 갔으니까 자기가 의심받을 게 뻔해. 인간의 심리를 고려하건대 아무래도 긍정할 수가 없겠는걸."

확실히 그렇다.

H가 범인이라면 그런 말로 자신의 범행을 드러낸 셈이나 마찬가지이기 때문이다. 그리고 H가 착한 성격이라는 이야기를 들어서 그런지, 범인 취급하려니 마음이 조금 아팠다. 가에

데는 어쩐지 안도하면서도 당혹스러운 기분으로 다음 스토리를 꺼냈다.

"스토리 둘. H는 범인이 아니다. 다른 사람이 문신한 남자를 살해하고 안에서 문을 잠근 후, 화장실 위쪽으로 탈출했다."

그렇게 말하고 나서 가에데는 직접 그 스토리를 부정했다.

"하지만 이건 아니야. 여기에는 첫 번째 스토리보다 더 큰 모순이 있는걸."

할아버지는 여러 의미로 받아들일 수 있는 웃음을 지었다.

무슨 생각을 하는 걸까.

"그게 그렇잖아. 9시 반 이후로 아무도 화장실을 사용하지 않았어. 그리고 10시에 화장실에 다녀온 H가 남자 화장실은 비었다고 한 말이 만약 진실이라면."

다음 말을 꺼내려면 용기가 약간 필요했다.

"고작 몇 분 사이에 피해자가 화장실에 홀연히 나타났고, 동시에 범인도 자취를 감춘 셈이야. 이를테면 넓은 의미의 '밀실 살인'이 돼버린다고."

"맞는 말이야."

할아버지는 서가의 그림자가 드리워진 서재 한구석을 가만히 응시했다.

"응, '그림'이 보였어. 범인은 사장이야. 지금 내 눈앞에서 사장이 외출할 준비를 하고 있어."

"뭐?"

외출할 준비를 하고 있다니, 도주를 꾀하려 한다는 건가.

"가에데의 스토리로 따지자면 두 번째가 정답이야. 즉, 이건 틀림없이 넓은 의미의 '밀실 살인사건'인 셈이지."

할아버지는 그렇게 단언했다.

"그날 밤, 무슨 일이 있었는지 자세하게 돌아다보도록 하자꾸나."

할아버지는 또 이마에 주름을 잡았다.

"9시 반까지는 손님들이 여러 번 화장실에 갔어. 하지만 그 이후로는 경기가 열기를 띠어서 화장실에 갈 상황이 아니었지. 손님들은 전부 축구 경기를 틀어놓은 텔레비전에 시선을 집중했어. 그리고 일본의 슛 공세로 손님들이 모조리 일어나서 열띤 응원을 보냈던 9시 50분경, 클라이드가 염치도 없이 또 돈을 뜯으러 왔지. 그가 가게 문 앞에 있다는 걸 알아차린 사람은 카운터 너머에서 그 모습을 본 사장뿐이었어. 클라이드가 먼저 화장실 쪽을 가리키며 이쪽으로 오라고 신호했는지, 아니면 사장이 눈짓을 보내서 화장실로 유도했는지는 확실치 않아. 하지만 가게에서 소란이 날까 봐 겁나는 건 사장일 테니, 역시 후자일 가능성이 높겠지. 그리고 주방에서 만나는 건 너무 위험한 짓이야. 회칼이며 식칼 같은 흉흉한 물건이 널렸으니까. 상대는 가정 폭력을 그림으로 그린 듯한 인간이야. 신변의 위험을 느낀 사장이 화장실을 선택한 건 당연한 행동이라고 할 수 있어. 일본의 폭풍 같은 슛 공세로 손님들의 시선이 텔레비전에 붙박인 가운데, 사장은 카운터 뒤쪽을 지나 슬그머니 화장실로 향해. 클라이드는 가게 입구에서 벽을 따라 재빨리 나아가다 오른쪽으로 열리는 통로 문을 열고 화장실로 숨어들고. 손님들은 다들 일어서서 열렬히 응원하느라 누구도 이 두 사람의 행동을 눈치채지 못했어. 그리하여 사장은 남자 화장실에서 대화에 나섰지만, 역시 다툼이 벌어졌지. 용기를 낸 사장은 돈을 달라는 요구를 단호하게 거절했지. 처음으로 명확한 의사를 밝힌 거겠지. 그러자 그 태도에 격분한 클라이드는 폭력으로 일을 해결하려고 해. 단언하건대 목을 조르려고 했을 거야."

"목을? 그럼 정당방위라는 거야?"

"음. 이건 분명 정당방위에 해당하는 사안이야. 그렇게 판단할 수 있는 이유는 나중에 설명하마."

할아버지는 막소금이라도 핥은 것처럼 씁쓸한 표정으로 말을 이었다.

"그것도 모자라 클라이드는 허리띠에 달린 케이스에서 버터플라이 나이프를 꺼내 사장을 찌르려 하지. 그렇게 밀치락달치락 실랑이를 벌이다가 사장이 실수로 클라이드를 찔러버린 거야."

가에데의 머릿속에 으스스하게도 선명한 대비를 이루는 이미지가 떠올랐다.

새빨간 피.

순백색에 번지는 붉은 빛깔.

그 이미지 때문에 더더욱 과거의 '그 일'이 연상됐다.

"'어쩌지? 찌를 생각은 없었는데' 하며 사장은 허둥지둥 응급처치에 나서려 했겠지. 하지만 클라이드는 이미 숨진 뒤였어. 사장은 어떻게 대처해야 할지 화장실 안에서 필사적으로 생각했어. 됨됨이가 좋고 착실한 사람이니만큼 당연히 자수하자는 생각이 제일 먼저 머리를 스쳤겠지. 하지만 가게의 앞날이 마음에 걸렸어. 설령 정당방위가 인정되더라도 사람들의 평가는 바닥을 치겠지. 여기저기 빚을 내서 여자 혼자 손으로 겨우 시작한 가게인데, 사장이 '일본의 보니'였다는 사실이 알려지면 순식간에 망할 거야. 하물며 죽은 사람이 나온 음식점에 누가 가겠니? 사장은 사건이 금방 발각되는 것만큼은 어떻게든 피하고 싶었어. 클라이드의 시신이 발견되는 것만큼은 절대로 피하고 싶었을 거야. 일단 하룻밤만이라도, 적어도 축구 경기가 끝나고 손님을 돌려보낼 때까지만이라도 시신이 사람들 눈에 띄지 않는다면. 혼란에 빠진 사장이 그렇게 생각한 것도 무리는 아니겠지. 그리고 사장이 남자 화장실 문을 살짝 열고 주변 상황을 살피려 한 바로 그 순간, 즉 오후 10시에 단골손님 H가 볼일을 보러 온 거야. 그러자 사장은 얼른 남자 화장실로 다시 들어가서 문을 잠그고 H에게 말했어. '미안해 H씨. 여자 화장실에 사람이 있는 것 같길래 남자 화장실을 좀 쓰려고. 금방 나갈게'라고. 그리고 H가 사라졌을 즈음을 노려 지갑 등 클라이드의 소지품을 앞치마 주머니에 넣고, 문은 잠가둔 채 휴지 걸이나 자물쇠를 발판 삼아 남자 화장실 위쪽으로 탈출한 거야.”

“어.”

가에데는 고개를 갸웃했다.

“화장실 위쪽 틈새로 나왔다고? 으음……사장님이 그렇게 몸을 잘 놀릴 수 있으려나.”

할아버지는 표정을 누그러뜨리면서 검지를 관자놀이에 댔다.

“자, 자. 범죄에 손을 댔던 시절에 사장의 특기가 뭐였는지 잊어버려서는 안 되지. 몸집이 작고 운동 신경이 뛰어났던 사장은 높은 데 있는 창문으로 침입하는 역할을 맡았어. 게다가 가게에서는 늘 털털한 청바지 차림이지. 화장실에서 탈출하는 건 일도 아니야. ‘요리주점의 여자 사장’ 하면 무의식중에 요리복이나 기모노 차림을 떠올리기 십상이지. 하지만 요리주점이라고 해서 꼭 격식 있는 복장을 차려입어야 한다는 규칙이 있는 건 아니잖니.”

그 말이 맞다.

사실 사장의 털털한 차림새도 한몫해서 드나들기 쉬운 가게였기 때문에, 가에데도 이와타를 데려갈 수 있었던 것 아니었던가.

시키를 비롯한 젊은 극단 배우들도 마찬가지다.

격식에 매이지 않는 가벼운 분위기의 가게이기에 마음 편히 문턱을 넘을 수 있었으리라.

"자, 화장실 위쪽 틈새로 솜씨 좋게 빠져나온 사장은 퍼뜩 깨달았어. 화장실 사용을 금지하면 하다못해 영업이 끝날 때까지는 시체가 발견되지 않으리라는 걸."

"과연. 그렇겠네."

"한편 H는 발걸음을 돌려 자리로 돌아갔어. 사실 이때 여자 화장실 문은 닫혀 있되 자물쇠는 잠겨 있지 않았지만, H는 확인해보려 하지 않았지. 사장이 금방 나온다고 했으니 굳이 여자 화장실을 사용할 생각은 없었을 거야."

"하지만 할아버지."

"아아. 가에데가 의문스러워하는 것도 모르는 바는 아니야."

고개를 끄덕이는 할아버지의 얼굴에는 좋은 지적이라고 적혀 있었다.

"여자가 남자 화장실을 사용하다니 이상하다고 느낄 수도 있겠구나. 하지만 실제로 고속도로 휴게소 같은 곳에서는 흔한 일이란다. 그러한 여성의 피치 못할 행동에 불평하는 건 신사답지 못한 짓이야. 하물며 술집이잖니. '종업원이 사용하는 경우가 있습니다. 양해 부탁드립니다'라는 안내문이 있는 가게는 드물지 않아."

확실히 그렇겠다는 생각이 들었다.

더구나 그 가게의 주방에는 화장실이 없다.

사장은 당연히 손님과 같은 화장실을 사용할 것이다.

"이야기로 돌아가서, 자리로 돌아온 H는 이렇게 생각했어. 담배를 한 대 피운 후에 다시 볼일을 보러 가자고. 우리 같은 흡연자에게는 흔한 일이란다. 그리고 이 행동이 결과적으로 불가능 범죄 같은 상황을 낳은 가장 큰 요인이야."

　할아버지는 또 방구석을 응시했다.

　"H가 비흡연자였다면, 화장실 앞 통로에서 가게 내부로 이어지는 문을 열고 거기 서서 사장이 나오기를 기다렸겠지. 그리고 만약 H가 화장실 앞에 서 있었다면 아무리 주위가 시끌벅적했더라도 1번 탁자에 앉은 손님들 눈에 띄었을 거야."

　"그러게. 그리고 경찰 조사 때 '안에 누가 있는지 화장실 앞에서 기다리는 사람이 있었습니다' 하고 증언했겠지."

　"하지만 H는 흡연자였던 까닭에 일단 자리로 돌아왔어. 자, 그때 F, 즉 시키 군이 '화장실, 비었어?' 하고 물어보자 H가 입에 담은 기묘한 말을 떠올려보렴. '아아, 아무쪼록 먼저……비었어.' 어떠니? 말에 기묘한 간격이 생겼다고 할까, 앞쪽 말이 아무래도 군더더기 같지 않니? '비었어'라는 뒤쪽 말만으로도 족할 텐데. 잘 아는 극단 동료에게 '아아, 아무쪼록 먼저'라니……아무래도 너무 서먹한 것 같지 않아?"

　그렇다.

　시키 씨는 '동갑내기 남자 극단 배우'라고 했다.

　"실은 이 순간, H는 시키 군의 어깨 너머로 화장실에서 나온 사장을 본 거야. 그래서 '아아, 아무쪼록 먼저'라는 기묘한 말, 즉 '아아, 나도 다시 가려고 했지만 담배에 불을 붙인 참이고, 사장님이 나왔으니 아무쪼록 먼저 가'라는 뜻이 담긴 말이 입에서 툭 나온 거지."

그럼, 하고 가에데는 또 의문을 꺼냈다.

"왜 손님들은 하나같이 '9시 반 이후로는 아무도 화장실에 가지 않았다', '아무도 볼일을 보지 않았다'라고 증언했을까?"

할아버지는 명쾌하게 대답했다.

"그건 화장실에서 나온 사람이, 손님이 아니라 사장이었기 때문이야. 그리고 사장이 화장실 비품을 들고 있었기 때문이지."

가에데는 흠칫 놀랐다.

어, 이건…….

설마 '보이지 않는 사람'을 말하는 건가?

"예를 들어 사장이 쓰레기통을 들고 있었다면 어떨까. 볼일을 보러 간 것처럼은 보이지 않겠지. 비품을 정리하거나 교환하러 갔다고 생각하지 않겠니?"

역시……!

"그래. 이때 사장은 G. K. 체스터튼이 소설에서 활용한 이른바 '보이지 않는 사람'이 된 셈이야. 아, 그리고 이건 말할 필요도 없겠지만, 쓰레기통에는 피가 튄 앞치마와 클라이드의 소지품이 들어 있었겠지."

정원에서 방울벌레 소리가 났다.

이로써 사건의 경위는 대강 해명된 것 같았다.

"하지만……" 하고 가에데는 끝까지 물고 늘어졌다.

"어쩐지 상상에 상상을 더한 느낌이기는 하지만, 예를 들어 사장님과 H가 공모했을 가능성은 없을까?"

"없지. 그랬다면 왜 H는 시키 군이 화장실에 가는 걸 허락했을까. 공모했다면 둘이서 무슨 핑계를 대고 당장 가게를 닫아버리면 되지 않겠니?"

"사장님의 계획적인 단독 범행일 가능성도ー"

"그건 더 생각하기 어렵지. 손님으로 가득한 가게에서 위험을 무릅쓰고 사람을 죽일 필연성이 전혀 없어."

"맞아, 그건 그래. 분명, 분명 할아버지 말대로지만."

하지만.

이런 소리를 해도 될까.

"뭐랄까, 마치 직접 보고 온 것 같이 이야기하는 게 신기해서."

"아무렴."

할아버지는 눈을 가늘게 뜨고 방구석에 시선을 모은 채 선선히 대답했다.

"지금 저기서 사장이 클라이드와 다투고 있어. 화장실 문을 잠근 채 H와 이야기를 나누기도 하고. 그리고 실랑이를 벌이다가 실수로 클라이드를 찌르기도 해. 그 모습이 내게는 보인단다. 이만큼 확실한 증거가 어디 있겠니. 뭐, 정확하게는 '보고 온 것 같은 이야기'가 아니라 '보이는 이야기'지만."

가에데는 놀란 나머지 입을 틀어막았다.

이건.

이제껏 없었던 추리 방법 아닐까.

사장님의 따스한 성품과 옛날 남자친구의 악랄한 심성 등 캐릭터의 성격을 파악한 후 정보를 순식간에, 그러면서도 철저하게 음미한다.

그리하여 도출된 필연적인 진상이 환시라는 명확한 형태로 눈앞에 나타난다.

방울벌레가 또 찌르륵 울었다.

"자, 드디어 '메뉴의 수수께끼'를 고찰해 보도록 할까."

"사장님은 왜 메뉴 종이를 찢었는가. 그 수수께끼를 풀 수 있다는 거야?"

"물론이지. 처음에 말했듯이 이 수수께끼야말로 진상을 밝혀내는 열쇠야."

"메뉴 종이를 찢은 이유를 합리적으로 설명할 수 있으려나."

"있고말고. 그리고 그 수수께끼 같은 행동이 바로 사장이 범행을 저질렀다는 것과 그 범행이 정당방위였음을 명확하게 암시해. 그럼 반대로 한번 물어볼까. 허둥지둥 주방으로 돌아간 사장이 된 기분으로 생각해보렴. 남자 화장실을 못 쓰게 하고 싶으면 어떻게 해야 할까."

"글쎄."

가에데는 잠시 생각한 후 대답했다.

"'고장, 사용 금지'라고 얼른 종이에 써서 붙이겠지."

할아버지는 손으로 권총 모양을 만들었다.

"명답이야."

"어? 하지만 실제로 사장님이 쓴 건 향신료를 첨가한 요리 메뉴인데—"

거기까지 말하고 나서 가에데는 오른손으로 입을 막았다.

고장.

후추.<sup>*</sup>

설마.

"알아차린 모양이구나."

할아버지는 기다란 검지를 얼굴 앞에 세웠다.

"사장은 남자 화장실 문을 잠그고 나왔으니 설마 당장 시신이 발견되지는 않을 거라고 생각했겠지. 그리고 네 말처럼 얼른 '고장, 사용 금지'라는 안내문을 적으려고 했어. 그런데 클라이드에게 졸린 목이 아픈 데다 초조하고 혼란스러웠던 탓에 '고장'이라는 한자가 금방은 떠오르지 않았어. 그래서 어쩔 수 없이 '코쇼'라고 히라가나<sup>**</sup>로 적은 거지. 덧붙여 이 부분이 중요한데, 사장은 그때 결코 턱을 괴고 있었던 게 아니야. 무의식중에 통증이 심한 목 언저리를 문지르고 있었던 거지. 그리고 이 자각 없는

---

행동이 바로 사장의 범행이 정당방위였음을 나타내는 증거야."

"그렇구나. 그때 시키 씨가 온 거네."

"맞아. 사장 입장에서는 엄청난 오산이었겠지. 시키 군이 화장실 밑으로 흘러나온 피를 보고서 시신이 있다는 걸 알아차리고 주방으로 왔으니까."

"그리고 시키 씨는 '코쇼'라고 적힌 종이를 보았다."

"순간적으로 얼핏 봤으니 착각하는 것도 무리는 아니지. 시키 군은 그 두 글자를 보고 유자후추로 양념한 닭구이같이 향신료를 첨가한 요리 메뉴라고 생각한 거야. 하지만 사장으로선 당연히 화장실 안내문을 남이 봐서는 안 돼. 자기가 관여했다는 사실이 금방 들통날 테니까. 그래서 반사적으로 종이를 찢어버린 거지. 뭐, 평범하게 생각해보면 알잖아. 빈자리 하나 없이 손님이 넘치는 와중에 메뉴를 새로 만들 여유가 어디 있겠니. 하물며 느긋하게 턱까지 괴고서 말이야."

'고장'과 '후추'

확실히 요리주점에서 흔히 볼 수 있는 말의 대표급 아닐까.

"시키 군이 시신을 발견하고 주방으로 가서 알리자, 사장이 '망연자실'한 상태에 빠져 경찰에 신고할 때 '목소리를 벌벌 떨었던' 것도 무리는 아니지. 안내문을 붙이기 전에 시체가 발견됐으니까 말이야."

"하지만 할아버지. 아직 모르겠는 점이 있는데."

"뭐니?"

"앞치마와 남자의 소지품은 어디로 갔어? 당연히 경찰이 수색했을 텐데."

할아버지가 보기에 따라서는 심술궂게 느껴지는 웃음을 지었다.

"가에데, 그 정도는 알아차려야 하지 않겠니. 경찰이라도 쉽사리 조사하기 힘든 곳은 한 군데밖에 없지. 내장찜을 위한 특제 소스를 담아둔 들통이야."

"아……!"

"사장도 많이 망설였겠지. 가게를 지키기 위해 사건을 은폐하려고 했는데, 들통에 앞치마와 지갑을 숨기면 특제 소스가 엉망이 돼. 그 행동도 결국은 가게를 망치는 결과로 이어질지도 모르지."

가에데는 상상해보았다.

그럴 경우, 만약 자신이라면 어떻게 행동했을까.

하지만 결론은 나올 것 같지 않았다.

"한 가지만 더 덧붙일까. 경찰에 연행된 H가 왜 묵비권을 행사하기로 결심했는지에 대해서 말이야."

할아버지는 환시의 파편이라도 찾듯 눈을 살짝 오므렸다.

"사장을 감쌌다는 게 제일 수긍이 가는 이유겠지. 즉, H는 경찰이 출동한 시점에 사장이 범인이라는 걸 알아차렸다는 뜻이야. H는 정의감이 강하고 착한 사람이야. 어쩌면 사장에게 클라이드의 악행을 자세하게 들었는지도 모르지."

"하지만 할아버지. 뭐랄까, 두 사람에게는 슬픈 결말이네."

"어째서?"

"그게, 아까 사장님이 외출할 준비를 하고 있다고 했잖아. H가 입을 꾹 다물고 있는 사이에 자기만 도망치려는 거 아니야?"

"그건 아니야."

할아버지의 눈이 더 가늘어졌다.

"사장이 외출 준비를 한 건 도망치기 위해서가 아니야. 보렴, 지금 내 눈앞에서 경찰에 전화를 걸고 있어. 사장은 자신을 감싸준 H를 위해 자수하는 길을 선택한 거야."

'그 그림만큼은 아무래도 너무 희망적인 관측 아닐까?'

그런 기분이 들었지만, 할아버지가 이렇게까지 분명하게 단언하자 그게 진실인 것 같기도 했다.

그때, 이번에는 방울벌레 여러 마리가 찌르륵찌르륵 울었다.

동시에 당장이라도 잠들 것처럼 가늘어졌던 할아버지의 눈이 크게 벌어졌다.

"그렇구나. 이런, 나도 참 이런 실수를……."

할아버지는 창밖에 시선을 주며 쓴웃음을 지었다.

"중요한 사실을 무시할 뻔했어. 방울벌레 암컷과 수컷 중에 우는 건 수컷뿐이지. 이야, 이건 방울벌레에 주의를 기울이게 해준 팔불출 군 덕분이라고 해야 하려나. 아무래도 내가 큰 착각을 한 모양이구나."

앗.

방울벌레?

착각?

당황한 가에데를 본체만체 할아버지는 수수께끼 같은 웃음을 띤 채, 다보록한 수염을 또 쓰다듬었다.

"그나저나 수염은 신경 쓰이기 시작하면 한없이 신경 쓰이는 법이로군."

가에데에게는 종잡을 수 없는 이야기로 느껴질 따름이었다.

"간병인이나 가나에에게 깎아달라고 할 걸 그랬어. 가에데는 손놀림이 너무 거칠거든. 그래서 말인데, 수염을 깎는 것 대신에 부탁 하나 하자꾸나."

설마. 하지만 분명, 그 대사가 나온다.

할아버지는 가에데가 직감한 그대로 말했다.

"가에데. 담배 한 대 주지 않으련?"

할아버지는 허공에 골루아즈의 연기를 내뿜었다. 그리고 다시 의자에 몸을 깊이 파묻었다.

눈을 감은 걸까 아니면 실눈을 뜨고 있는 걸까. 이윽고 할아버지는 담배 연기 속을 응시한 후 입을 열었다.

"가에데, 미안하구나. 아까 자아낸 스토리는 제일 적절한 답이 아니야. 실로 커다란 모순이 있거든."

"뭐?"

"결코 놀린 건 아니란다. 가능성을 찾는 동안 '그림'은 늘

변해. 그리고 아쉽게도 역시 담배 연기 속에 떠오르는 '그림'이 데생에 착오가 없어."

할아버지는 담배 연기를 더 자세히 들여다보고 나서 불쑥 말했다.

"범인은 사장이 아니라, 역시 H였어."

싸늘한 정적이 흘렀다.

어느 틈엔가 방울벌레 울음소리가 뚝 끊겼다.

"방울벌레가 몇 마리든, 우는 건 수컷뿐이지. 즉, 우리 집 정원의 방울벌레들이 아무리 울어도 수컷과 암컷의 비율을 정확하게 파악하려면 결국 눈으로 보고 헤아리는 수밖에 없어. 하지만 그날 요리주점의 남녀 비율은 명확하게 판명되지 않았니."

'남녀 비율?'

"그게 사건이랑 무슨 상관인데?"

"자, 그날 가게에 있었던 손님들을 떠올려보렴. 테이블 자리와 카운터 자리를 합쳐서 손님은 모두 열세 명. 그중 여자 손님은 1번 탁자에 앉은 두 명뿐이었어. 반대로 말하면 열한 명이나 되는 남자 손님이 축구 경기가 끝나고 한꺼번에 남자 화장실로 몰려갈 가능성이 있는 거야."

"응."

"그렇다면 아까 이야기에 커다란 모순이 생기는 셈이야. 요컨대."

이마에 늘어진 머리칼 안쪽에서 할아버지의 눈이 빛났다.

"'남자 손님들이 몰려들 위험성이 있건만, 왜 사장은 남자 화장실을 클라이드와 대화할 장소로 골랐는가?'라는 모순이야."

"그렇구나!"

가에데도 드디어 할아버지가 무슨 말을 하려는지 이해했다.

"사장님 입장에서 생각해보면 알겠네. 주방은 칼이 많으니까 제외한다 치고, 대화를 금방 끝내고 클라이드를 돌려보낼 작정이었다면 장소는 화장실 앞 통로나, 최악의 경우라도 여자 화장실일 거야. 남자 화장실은 선택권 밖이겠지."

"맞아. 그럼 공백의 3분 동안 무슨 일이 있었는지 다시 고찰해 보자꾸나. 일단 9시 50분경에 클라이드가 가게 문 앞에 나타나. 사장은 눈짓을 보내서 그를 화장실로 유도해. 여기까지는 아까 전 고찰과 같지. 하지만 두 사람이 대화를 나눈 건 화장실 안이 아니라 화장실 앞 통로였어. 잠시 후 두 사람은 심하게 다투다가 클라이드가 사장의 목을 졸랐고, 칼을 꺼내 사장을 찌르려는 순간 H가 온 거야. H는 사장을 구하기 위해 클라이드의 손에서 칼을 빼앗으려다 힘을 주체하지 못하고 그의 등을 찔러 버린 거지."

"응, 그랬겠지. 사장님 힘으로는 잔뜩 화가 난 클라이드를 당해낼 수 없을 거야."

할아버지는 덧붙여, 하고 검지를 세웠다.

"만약 사장이 범인이라면 실랑이를 벌이다가 찌를 만한 곳은 상대의 복부겠지. 등을 찔렸다는 사실이 제삼자, 즉 H의 범행임을 명확하게 나타내.”

듣고 보니⋯⋯!

“사실 이때 클라이드는 아직 숨이 붙어 있었어. 치명상을 입기는 했지만 말이야. 칼이 배나 등에 깊이 박히면 인간은 목숨을 부지할 수 없는 법이거든. 하지만 이 시점에서는 사장도 H도 설마 클라이드가 죽을 줄은 몰랐어. 사장은 신음하면서도 욕을 퍼붓는 클라이드를 일단 여자 화장실로 끌고 들어갔어. 남자 화장실로 데려가는 것보다 일이 발각될 위험성이 훨씬 낮으니까. ‘H씨 미안해. 내가 어떻게든 조치할 테니까 맡겨둬! 만약의 경우에는 구급차를 부를게!’ 그런 사장의 목소리를 등지고 H는 망연자실한 상태로 자리에 돌아갔지. 한편 사장은 클라이드에게 ‘괜찮아?’, ‘구급차 부를까?’라고 말을 걸었지만, 클라이드는 또 난폭한 성질을 드러내며 사장을 죽이려 하지. 등에 박힌 칼이 마개 역할을 해서 아직 눈에 띄는 출혈은 없어. 당황한 사장은 복도 안쪽으로 달아났고, 미친 듯이 덤벼드는 클라이드를 마침 문이 열려 있던 남자 화장실로 떠밀었어. 클라이드가 비척비척 좌변기에 주저앉는 순간, 등에 박힌 칼이 물탱크에 세게 부딪혀서 동맥이 완전히 절단된 거야. 하지만 자기 몸을 지키기 위한 이 돌발적인 행동을 범죄라고 단정하는 건 가혹한 짓이겠지. 어디까지나 불가항력의 산물이고, 클라이드의 죽음을 아주 잠깐 앞당겼을 뿐이니까.”

“그렇구나⋯⋯. 사장님은 그 후에 남자 화장실 문을 안쪽에서 잠그고 위쪽 틈새로 탈출한 거네. 클라이드의 소지품과 앞치마는 쓰레기통에 넣어서 홀로 돌아왔고."

"아마도 가게의 앞날을 위해서라기보다, 오히려 H에게 피해가 가지 않도록 그런 순간적인 기지를 발휘한 것 아닐까. 한편 자리로 돌아온 H는 볼일을 보는 것조차 잊고 동요한 마음을 조금이라도 가라앉히기 위해 담배에 불을 붙였어. 그리고 시키 군이 '화장실, 비었어?'라고 물었을 때, 시키 군의 어깨 너머로 사장의 모습을 본 거지. H가 알기로 남자 화장실은 확실히 비어 있으니까, 어쩔 수 없이 '아아, 아무쪼록 먼저……비었어'라고 대답한 거고. 하지만 실제로는 예상치 못한 말썽 때문에 피로 물든 시신이 남자 화장실에 홀연히 나타나는 결과가 나오고 말았지. 당연히 H는 이렇게 착각했을 거야. 사장이 다시 손을 써서 죽였다고 말이야. 그래서 H는 사장을 보호하고자 지금도 묵비권을 행사하는 거야. 범인이 자기인 줄도 모르고서."

할아버지는 뭐라 형용하기 힘들 만큼 복잡한 표정을 지었다.

요리주점의 단골손님으로서 구면이었던 H의 상냥한 모습을 담배 연기 속에서 찾고 있는 걸까.

"취조실 책상 밑에다 주먹을 꽉 움켜쥔 채 침묵을 지키는 H의 모습이 보이는구나. H는 사장이 나타나지 않는 한 아무 말도 하지 않기로 맹세했어. 그리고 사장이 무슨 소리를 하든, 전부 그 증언에 맞춰 진술하기로 결심했지. 다만 사장이 진실을 밝히면 H는 망설임 없이 자기가 찔렀다고 금방 '자백'할 거야. 그러면······음, 보인다."

할아버지는 미간을 모으고 담배 연기 속을 더 유심히 들여다보았다.

설마.

아니, 틀림없이 아주 가까운 미래의 광경이다.

때때로 담배 연기 스크린은 다가올 미래의 그림마저 비춰 내는 것이다.

"사장이 펑펑 울고 있어. 사장은 틀림없이 이렇게 말해. 'H 씨가 찌르기는 했지만 결코 일부러 그런 건 아니에요. 저를 구해준 거라고요!'라고. 그 말을 들은 H는 말버릇처럼 하던 말을 꺼내. '저는 신경 안 쓰셔도 되는데.' 그리고 그때 H는 비로소 자기가 사장을 어떻게 생각하는지 확신해. 그저 모성을 그리워할 뿐이라고 믿었지만, 실은 사장을 여자로서 좋아한다는 걸. 사랑한다는 걸."

연애에 숙맥인 가에데도 이해할 수 있을 것 같았다.

H는 묵비권을 행사하는 동안, 어쩌면 사장님에게 품은 감정을 자문자답할 귀중한 시간을 얻었는지도 모른다.

가에데는 생각에 잠겼다.

경찰은 H의 범행을 어떻게 판단할까.

일종의 긴급피난 같은 행동으로 받아들일까.

사장님의 행동은 어떻게 해석할까.

어찌 되든 가에데는 서로를 아끼는 두 사람의 마음이 새로운 길을 밝혀줄 것이라 믿고 싶었다.

잠시 후, 재떨이에 놓아둔 골루아즈의 담뱃불이 꺼졌다.

할아버지는 커피 컵을 들여다보며 아까와는 달리 졸린 듯한 목소리로 중얼거렸다.

"가에데, 젓가락 좀 주겠니? 이 집의 내장찜은 정말로 최고야."

가에데는 속으로 중얼거렸다.

'할아버지, 밖에 많이 못 데리고 나가서 미안해.'

그리고.

만약 그 가게가 다시 문을 열면 반드시 할아버지와 함께 가기로 결심했다.

# 제3장

# 수영장의 '인간 소실'

## 1

재개발이 진행된 탓일까. 이제는 쓰레기 하나 떨어져 있지 않은 시모키타자와역 앞에서, 할아버지가 말하는 '난잡하기에 최고'라는 이 거리 특유의 매력을 금방은 느낄 수 없었다.

그래도 금강역사상 같은 자세를 미동도 없이 유지하는 두 공연자 주변에 둘러서서, 냉소 하나 없이 진지한 표정으로 퍼포먼스를 지켜보는 젊은이들이 눈에 들어오자 역시 여기는 '시모키타자와'*구나 싶었다.

그 소극장은 한때 유서 깊은 영화관이었다는 피트니스 클럽 근처에 있었다.

세움 간판에는 유성펜으로 아주 굵게 기묘한 글이 적혀 있

---

었다.

　<극단 '청코너' 3개월마다 돌아오는 기대 만발 공연 '작가는 당신 VOL 3'>

　'작가는 당신'이라니 무슨 뜻일까. 하지만 3탄이라니까 적어도 어느 정도 관객이 있는 연중 기획일 것이다.

　이웃한 튀김 전문점의 기름 냄새가 풍기는 계단을 내려가자 빨간 머리를 짧게 자른 안내 담당자가 보조개가 생기도록 웃으며 "어서 오세요" 하고 가에데를 맞이했다.

　머리카락의 색에 맞춰서 새빨갛게 바른 입술이 인상적이었다.

　가에데는 '무대 스태프일지도 모르겠네. 어쨌거나 이 사람 역시 연극계의 일원이야'라고 생각했다.

　"여기요." 안내 담당자가 종이와 연필을 내밀었다.

　'설문지인가. 좋아……종이 가득, 빽빽이 써야지.'

　가에데가 의욕을 보이는데 예상치 못한 말이 날아들었다.

　"이건 '대본 용지'예요. 상연하기 15분 전에 회수하니까, 그전까지 작성해 주세요."

　종이에 시선을 떨어뜨리자 첫 부분에는 '무대에서 보고 싶은 인물의 설정을 자유로이 적어 주시기 바랍니다', 그리고 끝부분에는 '~의 인생사'라고 적혀 있었다.

　그렇구나.

　이건 '즉흥극'이다.

문을 열자 정원이 30명쯤 되는 소극장은 이미 관객으로 거의 꽉 찬 상태였다.

가에데는 빈자리를 찾으려고 어스름한 실내를 둘러보았다.

그러자 먼저 와 있던 이와타가 "옆자리 맡아놨어요" 하고 말을 걸었다.

고맙다고 인사하고 자리에 앉자, 이와타는 이미 종이에 글을 술술 적어 내리다 "이런 형식은 나도 처음이지만" 하고 솜씨 좋게 연필을 빙글 돌렸다.

"가에데 선생님은 의외로 이런 걸 잘 못 할 것 같네요."

"대본 용지 말이에요?"

"네. 따지자면 이건 오기리*의 주제어나 다름없잖아요. 왜, 나는 개그를 좋아하잖습니까."

"처음 듣는데요."

"그랬나요. 아무튼 가에데 선생님처럼 진지한 사람은 좀 힘들 거예요."

'확실히 그럴지도.'

가에데는 연필을 들고 생각에 잠겼다.

가에데를 포함한 관객 모두의 '대본 용지'가 회수되고 5분쯤 지났을 때. 극장에 링 아나운서 투의 안내 방송이 울려 퍼졌다.

"오래 기다리셨습니다. '청코너', 배우들과 단장의 입장이

_____

* 사회자나 관객에게 주제어를 받아 대답하거나 공연하는 예능 형식을 가리킨다.

있겠습니다."

댄스곡과 함께 슬림핏 슈트를 입은 시키가 무대에 나타났다.

"이야……저 녀석, 단장이 됐네." 이와타가 중얼거렸다.

관객, 특히 젊은 여자 관객들이 극장이 떠나갈 듯 큰 박수를 보냈다.

자신의 인기를 아는지 모르는지.

시키는 박수 소리가 잦아들기를 기다렸다가 주의 사항을 알린 후, 한층 열띤 목소리로 "여러분. 오늘도 멋진 대본을 써주셔서 정말 감사합니다" 하며 머리를 숙였다.

가슴이 쿵 내려앉았다.

낮은데도 극장 구석구석까지 잘 들리는 목소리.

먼 옛날, 어디선가 들어본 것 같은 음색.

"어……여느 때처럼 제 마음대로 다섯 개 골랐습니다. 이제부터 저희 배우 일동이 최선을 다해 즉흥극을 선사하겠습니다. 사전 준비나 조작은 일절 없어요! '작가는 당신 VOL 3', 곧 시작하겠습니다."

그리고 시키가 "쇼는?" 하고 운을 띄우자 가에데를 제외한 관객 모두가 입을 맞추어 "계속돼야 한다!" 하고 소리쳤다.

이것이 극단 '청코너'의 고정 멘트인 것이리라.

가에데가 약간 소외감을 느끼는 가운데, 무대가 캄캄해졌다.

관객이 작가로서 참여한다는 기묘한 긴장감과 기대감이 칠흑 같은 소극장을 감쌌다.

개막을 알리는 벨 소리와 함께 무대가 밝아졌다.

그로부터 90분간, 연기자와 관객이 함께 무대를 만드는 생동감과 행복으로 가득한 시간이 이어졌다.

'구속 150킬로미터로 투수에게 새 공을 던져주는 베테랑 주심'의 인생사.

또는 '전국시대*로 타임 슬립하지 않고 귀족들이 시를 읊고 공놀이를 즐기는 헤이안 시대로 가버린 자위대원**'의 인생사.

'타이틀전 대기실에서 너를 위해 이기겠다고 주먹을 불끈 쥔 후, 명인전에 임한 장기 기사'의 인생사는 손에 땀을 쥐면서도 지금까지 본 적 없는 사랑 이야기로 마무리됐다.

그리고 '경마로 전 재산을 날리고 참치잡이 배에 탄 20대 여자'의 인생사.

이때 가에데는 '아자, 채택됐다!' 하고 속으로 쾌재를 불렀다.

'대본'이 내레이션으로 발표될 때마다 일단은 사방에서 웃음이 터진다.

하지만 그 대본을 바탕으로 한 연극은 아주 진지하고 본격

———

* 15세기 말부터 16세기 말까지 일본 열도의 패권을 놓고 전란이 빈번했던 시대.
** 자위대가 전국시대로 타임 슬립하는 이야기를 다루는 '전국 자위대'라는 작품이 있다.

적이다.

그게 참신하다고 가에데는 아마추어 나름대로 생각했다.

그리고 마지막으로 배우들 모두가 출연해 30분 넘게 연기한 건, 같은 서커스단에서 함께 공연하는 노부부가 펼쳐내는 일대 서정시.

'공연 전날, 너 죽고 나 죽자로 싸운 공중그네 연기자 부부'의 인생사였다.


# 2


연극의 쫑파티 장소는 소극장에서 걸어서 약 7분 거리의 미즈타키*** 가게라고 한다.

굴 요리 전문점, 구제 옷집, 다트 게임장 등 통일감이 전혀 없는 점포가 늘어선 길을 나아가며 이와타는 억울한 듯 불평을 늘어놓았다.

"그 자식, 내 대본을 떨어뜨리다니."

"아, 그랬구나……무슨 내용이었는데요?"

"학창 시절 야구부였던 초등학교 교사요."

'너무 평범하잖아.'

'그 정도로 채택될 거라 생각한 거야?'

———

*** 한국의 닭백숙과 비슷한 후쿠오카의 향토 요리.

'그래 놓고 지금 당당하게 불평하는 당신이 오히려 독특해 보이는데.'

수많은 말이 한꺼번에 머리를 스쳤지만 "안 됐네요"라는 한마디로 넘어갔다.

미즈타키 가게에 도착해 단체 객실에서 음식을 먹으며 술을 마셨다.

가격대는 좀 있는 가게지만, 음료가 무한 리필이라 가성비가 아주 좋은 곳이라고 한다.

가에데는 할아버지에게 "연극인은 공연 자체보다 공연 후의 쫑파티를 위해 연극을 하는 거란다"라는 이야기를 들은 적이 있다.

왁자지껄 술자리를 즐기는 사람들을 보자 새삼 할아버지의 말이 이해가 갔다.

'청코너'는 무대 스태프를 포함해도 총인원이 열 명도 되지 않는 소극단이지만, 가에데의 반 아이 서른두 명이 떼 지어 덤벼도 못 당할 만큼 활기가 넘쳤다.

얼마 전 요리주점 <하루노>에서 벌어진 사건은, 역시 사장님이 경찰에 출두해 H의 범행임이 밝혀졌지만, 고의적 행위는 아니라고 판단될 추세라고 들었다.

H의 동료들이 태평하게 떠드는 것도, 그래서인지 모른다.

결과적으로는 할아버지의 소망 같았던 추리가 완벽하게 적중한 셈이다.

하지만 그 이야기를 술안주 삼는 건 너무 볼썽사나운 짓이리라.

큼지막한 직사각형 테이블에서는 "쇼는, 계속돼야 한다!"라는 선창과 함께 연신 건배가 계속됐다.

시키의 초청을 받고 참석했지만, 가에데는 이 들뜬 분위기를 따라갈 수 없어서 아무래도 마음이 불편했다.

하지만 이와타는 고작 몇 번밖에 '청코너'의 연극을 본 적이 없으면서 "그 부분은 말이지" 하고 마치 오래 한솥밥을 먹은 극단원처럼 자연스레 대화에 녹아들었다.

이렇듯 붙임성 좋은 성격이 학교에서 아이들이 이와타를 아주 잘 따르는 이유 중 하나이리라.

한 시간쯤 흘렀을까.

티셔츠 차림에 긴 머리를 뒤로 묶은 시키가 "모셔놓고 내버려 둬서 죄송합니다" 하며 생맥주잔 세 개를 들고 가에데와 이와타 사이에 끼어들었다.

"이 가게의 음료 무한 리필은 마신 술잔을 가져다주지 않고도 계속 시킬 수 있어서 좋아요. 실컷 드세요."

"생맥주는 이제 됐어."

이와타가 떨떠름한 표정을 지었다.

"더 마시면 배 나오겠어. 그나저나 네가 부럽다. 스포츠를 엄청 싫어하면서 어떻게 그런 몸매를 유지할 수 있는 거람."

확실히 그렇다고, 가에데도 속으로 맞장구를 쳤다.

처음 만났을 때는 여자처럼 가냘프게 느껴졌지만, 자세히 보면 분명 근육질이다.

배가 식스팩으로 갈라졌다는 걸 티셔츠 위로도 알 수 있다.

시키는 "몸을 단련하는 것과 스포츠는 별개입니다" 하고 말하면서 가에데 쪽으로 생맥주를 밀어주었다.

"뭐라고 하면 될까……제가 스포츠를 싫어하는 건 번역된 고전 미스터리 소설이 입맛에 맞지 않는 이유와 일맥상통하는지도 모르겠네요."

응?

또 나한테 뭔가 시비를 걸려는 걸까?

"그게 무슨 말이죠?"

"명탐정이 사람들을 모아놓고 추리를 펼치는 유명한 클리셰가 있잖아요. 요전에도 말씀드렸지만 옛날 해외 미스터리 소설은 너무 '형식'에 치우쳐 있어요. 예를 들어 명탐정은 진범을 지적한 후 반드시 의기양양하게 손으로 콧수염을 꼬죠. 왜 거울도 보지 않고 콧수염을 꼴 필요가 있을까요? 좌우 균형이 깨지면 보기 싫잖아요. 한쪽 콧수염이 삐뚤어진 채 뛰어난 추리인지 뭔지 선보인들 아무 설득력도 없습니다. 제가 진범이라면 웃음이 나올걸요."

백 번, 아니, 여기서는 천 번 양보하자. 온 힘을 다한 연극이 끝난 직후니까.

"무슨 말인지 이해가 안 되는 건 아니에요. 그런데 그게 스포츠를 싫어하는 거랑 무슨 상관인가요?"

"생중계나 경기 후의 연출이 역시 너무 '형식'에 치우쳐 있어서 싫습니다. 지적할 부분이 너무 많아서 넌더리가 난다고 할까요."

어느새 이와타는 테이블에 푹 엎드려 있었다.

음료 무한 리필은 이와타에게 맞지 않는다.

"예를 들면 프로야구 수훈 선수 인터뷰요." 시키는 이와타를 무시하고 말을 이었다.

"'방송석, 방송석. 수훈 선수 인터뷰입니다' 자, 컷. 회선 상태가 불량했던 옛날이라면 모를까 왜 '방송석'을 연달아 부를 필요가 있을까요? 한 번이면 족하고, 애당초 '방송석'이라는 말 자체가 사라진 말이잖아요? 그래도 리포터는 자성하는 기색 없이 말을 이어나갑니다. '오늘의 수훈 선수는 물론 끝내기 홈런을 날린 아무개 선수입니다. 때린 순간 홈런인 걸 알 수 있는 타구였는데요!' 자, 컷. 때린 '순간' 홈런인 걸 어떻게 압니까. 공을 때리는 소리가 나고 영점 몇 초 후, 공의 각도와 뻗어 나가는 기세를 보고서야 홈런임을 알 수 있겠죠. 그런데도 전형적인 표현에 빠진 나머지, 결과적으로는 실로 부끄러워해야 할 거짓말을 하는 셈이라고요. 그리고 역시 뭐니 뭐니 해도……."

시키는 목을 축이려는지 맥주를 꿀꺽꿀꺽 마셨다.

"이봐요, 이와타 선생님. 야구 생중계 때 그만뒀으면 하는

121

전형적인 표현 제1위는."

"이와타, 일어나."

"나 좀 도와줘!"

"'자, 투 아웃 만루 상황에서 투쓰리 풀 카운트. 안타 하나로 끝나는 중요한 국면입니다'."

틀렸다.

이제 아무도 못 말린다.

"다음 투구 때 주자는 일제히 뛰겠죠! 투수, 여섯 번째 공을 던집니다……쳤다! 공이 유격수 뒤쪽으로 뜹니다……이거 재미있네요!' 자, 컷, 컷, 컷, 완전히 컷입니다. '이거 재미있네요'? 아니, 아니, 절대로 재미있지는 않죠. 두 팀의 팬들이 마른침을 삼키며 지켜보는 숨 막히는 장면입니다. '재미있다'니 얼마나 대단하답시고 그렇게 말하는 겁니까. 이런 대사는 야구의 신이나, 미스터 프로야구*에게만 허용될 겁니다. 결국……제가 하고 싶은 말은요……주어진 상황을 자기 입맛에 맞춰서 착각하면 안 된다는 건데……."

어라?

뭐야, 좀 이상한데.

수다스러운 것과는 좀 다른 느낌이다.

이 사람, 혹시 잔뜩 취한 거 아니야?

———

* 일본의 프로 구단 요미우리 자이언츠의 선수이자 감독이었던 나가시마 시게오의 별명.

화제를 바꿔볼까.

그렇다기보다 이 이야기는 아직 시키가 제정신을 유지하고 있을 때 하고 싶었다.

"저기, 시키 씨. 그보다 오늘 연극을 본 감상을 아직 말 안 했는데요."

시키 앞에서 생맥주를 살짝 치웠다.

"아, 참……. 꼭 들어보고 싶네요."

가에데는 자세를 약간 바로 한 후 말했다.

"최고였어요."

진심이었다.

연극을 본 후 연기자가 감상을 물었을 때 나올 대답은 '최고였습니다'밖에 없단다. 연기자는 아직 도취한 상태에서 빠져나오지 못해 칭찬받고 싶을 뿐이거든. 할아버지에게 그런 충고를 듣기는 했지만, 방금 가에데가 한 말은 마음속 깊은 곳에서 우러난 진심이었다.

시키는 무방비한 웃음이 가득한 얼굴로 "감사합니다" 하고 기쁜 듯이 말했다. 시키가 이런 표정을 짓는 건 처음 보았다.

"즉흥극 자체의 완성도도 물론 높았지만, 다양한 역할을 차례차례 연기하는 배우들을 보고 완전히 압도당했어요. 예를 들면, 여자 역할이 많았잖아요."

"네."

"시키 씨도 여자 역할을 두 번쯤 했었죠? 전혀 위화감이 없던걸요. 아, 여자 역할도 연기해야 하니까 머리를 길렀구나 싶었어요."

"아니요, 그런 건 아니고요. 귀찮아서 안 자르는 것뿐입니다." 시키는 머리를 쓸어올리려고 했지만 손이 허공을 갈랐다.

머리카락을 모아서 뒤로 묶었다는 것조차 잊어버릴 만큼 취한 모양이다.

"애당초 극단원 중 여자는 한 명밖에 없지 않아요?"

가에데는 테이블 맞은편에 앉은 빨간 머리 극단원에게 시선을 주었다.

"그런데 그토록 남녀가 뒤섞이는 군상극을 만들어내다니, 정말 대단해요."

그러자 몇 명이 소리 내어 웃었다.

"가에데 선생님. 아쉽게도." 사키가 약간 혀 꼬인 목소리로 말했다.

"저희 극단에 여자는 한 명도 없습니다. 어이."

그러자 빨간 머리 극단원이 머리에 쓰고 있던 새빨간 가발을 벗고 말했다.

"저희 극단은 현재 여자 극단원을 모집 중이에요. 가에데 씨, 어떠세요?"

혼자 여러 역할을 연기하느라 육체적으로 피로했던 건 물론이고, 단장으로서 느꼈을 압박감에서 해방된 것도 영향을 주었으리라.

　시키는 좌식 의자에 몸을 맡긴 채 위를 보고 곯아떨어졌다.

　그러자 테이블에 엎드려 있던 이와타가 "녀석, 드디어 기운이 다 빠진 모양이군" 하며 고개를 번쩍 들었다.

　"어!" 가에데는 놀라서 목소리를 높였다.

　"이와타 선생님, 취해서 잠든 거 아니었어요?"

　"쯧쯧, 눈치 못 챘어요? 꽤 오래전부터 우롱차만 마셨는데. 오늘 밤은 이 녀석이 분명 곤드레만드레 취할 것 같았거든요."

　이와타는 자기 코트로 시키를 살짝 덮어주었다.

　"아니나 다를까 까칠한 스포츠 비판이 시작돼서 피해야겠구나 싶었죠. 오늘 밤은 짧은 편이에요. 평소 같으면 야구 다음으로 축구 중계와 마라톤 중계에 관한 불평으로 넘어가거든요."

　그렇구나.

　아까 그건 즉흥극이 아니라, 연기에 이골이 난 상연 목록이었던 셈이다.

　실은 말이죠, 하고 이와타는 입을 헤 벌린 채 잠든 시키를 다정한 눈빛으로 바라보았다.

　"이 녀석이 스포츠를 싫어하게 된 데는 이유가 있어요."

　"네?"

"고등학교 시절 야구부에서 있었던 일 때문이죠. 당시 저는 주장이자 포수였고, 시키는 1학년이지만 빠른 구속을 높이 평가받아서 에이스를 맡았죠. 뭐, 야구부 담당 선생님이 야구에 문외한이라, 실은 제가 녀석에게 맡긴 거지만요."

"그랬군요."

야구의 배터리.

잘은 모르지만 평범한 선후배 관계보다 유대감이 더 강할 것 같았다.

"저희 3학년에게는 마지막 여름이었죠. 동점으로 상대 팀이 공격에 들어간 9회 말, 투 아웃 만루 상황에서 투쓰리 풀카운트였죠."

'아까 시키 씨가 불평한 장면과 똑같아.'

"시키는 제가 사인을 준 대로 한복판에 똑바로 던졌겠죠. 하지만 땀 때문에 볼이 미끄러지는 바람에 폭투가 나와서 볼이 타자 얼굴로 날아갔어요. 당연히 밀어내기로 졌습니다. 하지만 경기 결과는 상관없어요. 경기 종료를 알리는 사이렌 소리보다 구급차의 사이렌 소리가 지금도 귓속에 남아 있네요. 위험한 부위에 볼을 맞았는지, 타자는 왼쪽 눈이 실명되고 말았습니다."

가에데는 할 말을 잃었다.

"그날부로 시키는 야구를 그만뒀어요. 그리고 어떤 형태로든 상대를 다치게 할 우려가 있는 스포츠라는 장르 자체를 싫어하게 됐죠.”

마음은 이해가 간다.

하지만.

‘싫어하는 척하는 것뿐인지도 몰라.’

실은 지금도 아주 좋아하는지도 모른다. 야구를, 스포츠를.

그런 기분이 들었다.

“가에데 선생님. 제가 왜 이 녀석이 오늘 밤 곤드레만드레 취할 거라고 생각했는지 알려줄까요?”

“네.”

“오늘 공연 전에 대기실에서 시키와 이야기를 하고 있는데, 어쩐지 낯익은 사람이 대기실에 인사를 하러 왔어요. 먼저 알아차린 건 시키였죠.”

“설마.”

“맞아요. 어디서 들었는지……그날 타자였던 그 학생이 처음으로 연극을 보러 온 거예요. 시키 녀석, 눈물을 질질 짰죠.”

그러는 이와타도 목소리가 떨렸다.

“그야 실컷 마시고 취하고 싶을 만도 하죠. 가에데 선생님. 이 녀석은, 입은 험하지만 착한 녀석이에요. 보호해주고 싶어질 만큼 약한 녀석이기도 하고요. 하지만”

이와타는 억지로 웃음을 지은 것처럼 보였다.

“처음에 말했다시피 정말 괴짜 중의 괴짜거든요. 그러니까 절대로 이 녀석을 좋아하면 안 됩니다.”


# 3


‘숙취가 심한데도 결국 왔네.’

가에데는 자신의 행동에 스스로 놀랐다.

대학 동기들의 점심 모임에 참석하는 건 3년 만이었다.

어쩐지 갑자기 주변 사람들과의 관계에 적극적으로 나서게 된 것 같은 기분이었다.

어쩌면 자신과는 딴판으로 기묘한 현시욕을 내보이는 시키라는 존재와 접촉한 탓인지도 모른다.

신주쿠 3번지의 전철역 근처, 수제 햄버그스테이크가 인기인 레스토랑으로 들어갔다.

비교적 저렴한 런치 코스가 명물로, 빈말로도 고급 음식점이라고 하기는 힘들지만 문턱이 낮아서 가에데 입장에서는 고마웠다.

전에 참석했을 때는 오모테산도의 비스트로였지만, 아기를 데려오는 동기도 늘어나서인지 자연스럽게 이런 곳으로 장소가 바뀐 모양이다.

그렇지만 깔끔하게 청소한 레스토랑 내부는 나름대로 공들여 장식해놓았다.

핼러윈을 보름 앞두고 테이블마다 작은 호박 유령이 자리를 차지하고 있다.

벽에 설치된 격자 모양 선반에도 일찌감치 분장용 굿즈와 의상을 진열해놓았다. 개중에서도 새빨간 날개 장식이 달린 귀족풍 철가면이 눈길을 끌었다.

철가면을 보자 가에데는 어제 보았던 극단원의 빨간 가발이 떠올랐다.

식사가 끝났다. 아이가 칭얼대니까 먼저 돌아가겠다는 동기를 바깥까지 배웅하고 아기를 얼러준 후 자리로 돌아오자, 테이블 맞은편에는 그리운 친구가 앉아 있었다.

"가에데, 오랜만이네. 여전히 피부가 하얗고 깨끗하구나."

"또 그런다. 숙취 때문에 안색이 안 좋을 뿐이야."

3년 만인데도 단번에 마음을 터놓을 수 있다는 게 어쩐지 기뻤다.

미사키는 대학생 때, 가에데와 늘 점심을 함께 먹었던 몇 안 되는 친구 중 한 명이었다.

'하지만 결국은 보통 친구에 지나지 않는 관계였을지도 몰라.'

그러고 보니 언제부터 절친을 만들기가 두려워진 걸까.

역시 어머니에 얽힌 그 일을 알았을 때부터였던 것 같다.

연애는 물론이고, 사람을 만나 진지하게 친분을 쌓기가 아직 무섭다.

평생 낫지 않는 상처.

"아참, 가에데한테는 알려줘야지." 미사키가 말했다.

"나 지금, 너희 할아버지가 교장 선생님으로 계셨던 초등학교에서 일해."

"우와."

"그렇게 멋진 할아버지는 또 없지. 잘 지내셔?"

응, 뭐. 가에데는 모호하게 대답했다.

할아버지가 치매라는 사실이 결코 부끄러운 건 아니지만, 오랜만의 점심 모임에서 화제로 삼아 떠들 이야기는 아니기 때문이다.

그나저나 할아버지가 교장이었던 초등학교에서 미사키가 교편을 잡았다니 놀랐다.

교육학부이므로 동기는 대부분 교사고, 초등학교 선생님이 된 사람도 드물지 않다.

그렇더라도 역시 이건 기이한 인연이라 해야 할 것이다.

"너희 할아버지는 '창문 닦는 선생님'이라고 불리셨잖아? 교장 선생님을 그만두신 지 10년 넘게 지난 지금도 학부모회에서는 전설적인 존재로 회자되고 있어."

'이야!'

평범하게 자랑스러웠다.

"중요한 건 그다음이야." 미사키는 가게의 창문을 힐끔 보았다.

창문은 두꺼운 마분지를 오려서 만든 유령, 마녀, 검은 고양이로 장식돼 있었다.

"지금 교장 선생님도 아주 훌륭하신 분인데, 너희 할아버지 이야기를 누구한테 들었는지, 요즘 학교를 돌아다니며 창문을 열심히 닦고 계셔. 덕분에 '2대 창문 닦는 선생님'이라는 호칭을 얻었지."

그 말을 듣고 가에데는 생각했다.

역시 '창문 닦기'의 효과는 얕볼 수 없다고.

할아버지가 '창문 닦기'를 시작한 건 창문을 깨끗하게 유지하는 한편으로 복도를 지나다니는 학생과 이야기를 나누고 싶었기 때문이지만, 실은 비밀스러운 목적이 하나 더 있었다.

이른바 '깨진 유리창 이론*'의 실천이다.

가에데는 할아버지가 해준 이야기를 떠올렸다.

폐가나 버려진 차의 창문이 깨져도 그냥 놔두거나, 지하철의 낙서를 방치하면 '그렇구나. 이게 당연한 거구나', '아무도 신경 쓰는 사람이 없구나'라는 인식이 생긴다.

그리하여 유리가 더 깨지고 낙서도 늘어난다.

주변 주민들의 윤리 의식은 점차 낮아지고, 결국 그러한 경범죄가 한층 심각한 흉악 범죄를 초래한다는 것이다.

그럼 범죄를 사전에 방지하는 방법은 뭘까.

'창문 닦기'다.

---

* 1982년, 제임스 윌슨이 조지 켈링과 함께 발표한 이론

1990년대 초, 흉악 범죄의 증가로 골치를 앓던 뉴욕 시장은 깨진 유리창 이론을 바탕으로 거액의 예산을 투입해 지하철의 낙서를 모조리 지웠다.

그러자 흉악 범죄가 격감해 뉴욕의 치안은 극적으로 회복됐다고 한다.

"딱히 아이들이 범죄를 저지를 거라고 생각하는 건 아니지만" 하고 할아버지는 웃었다

"창문이 깨끗하면 바닥과 복도도 깨끗하게 유지하고 싶어지지. 교실의 먼지도 신경 쓰이는 법이고. 창문은 마음이야. 깨끗한 창문을 보면 마음도 깨끗해진다고 난 진심으로 믿는단다."

가에데가 예전에 들었던 할아버지의 말을 곱씹고 있자니.

"얘, 가에데, 듣고 있어?" 하고 미사키가 끼어들었다.

"미안, 미안. 무슨 이야기였지?"

"2대 창문 닦는 선생님은 1대처럼 교정의 꽃에 물을 주는 것도 좋아해서, 2층에 있던 넓고 근사한 교장실을 화단 앞에 있는 1층의 좁은 방으로 옮겼을 정도야. 그렇게까지 꽃을 사랑하다니, 나로서는 도무지 이해가 안 되지만."

미사키는 덧니를 내보이며 웃었다. 자신의 덧니가 마음에 들어서 부모님이 교정하라고 권해도 한사코 거절한 전력이 있다.

잘 어울려, 미사키.

강한 자의식도 포함해서 다 멋져.

나 같은 사람보다 훨씬.

"그러고 보니, 좀 다른 이야기인데." 미사키가 화제를 바꾸었다.

"가에데, 아직도 미스터리 소설 좋아해?"

'좀 다른' 정도가 아니다.

방향을 너무 꺾었다.

"응. 취미가 그것뿐인걸."

"그럼……우리 학교에서 수수께끼 같은 일이랄까, 어쩌면 꽤 미스터리 소설 같은 일이 일어났는데, 들어줄래?"

"진짜? 듣고 싶어."

"미스터리 소설에서는 유형이랄까, 장르랄까, 그런 걸 세세하게 구별하지? 예를 들면 '밀실물'이나 '알리바이 깨기물' 같이."

"응, 그렇지."

"그렇게 구분할 때 이런 경우는 뭐에 해당할까. 왜, 모두가 보는 앞에서 사람이 홀연히 사라지는 거 말이야."

'인간 소실물이다.'

너무 골수 마니아 같은 인상은 주고 싶지 않았다.

그래서 가에데는 즉답을 피해 말을 꿀꺽 삼켰다.

말을 꺼냈으면 분명 조금 들뜬 목소리가 나왔으리라.

본격 미스터리에 열과 성을 바쳤던 엘러리 퀸과 존 딕슨 카는 밤새 미스터리에 관해 토론한 후 '미스터리 소설의 발단으로 인간 소실 수수께끼를 당해낼 것은 없다'는 결론에 다다랐다고 한다.

장르에 대해서는 잘 모르지만, 하고 가에데는 입을 열었다.

"괜찮으면 그 이야기를 녹음해도 될까?"

그리고 스마트폰에서 음성 메모 앱을 찾았다.

"녹음한다니까 어째 긴장되네" 하고 미사키는 쑥스러운 듯한 웃음을 짓다가, "어디서부터 이야기하면 되려나" 하며 눈살을 모았다.

"있지. 작년 봄에 대학교를 막 졸업한 초임 교사가 우리 학교에 들어왔거든. 이목구비가 뚜렷하고 몸매도 늘씬해서 누가 봐도 예쁜 애인데······그렇지, 쇼와*시대 느낌의 미인이랄까."

쇼와시대 느낌의 미인.

'미인'이라는 한마디면 될 텐데, 그냥 칭찬하고 넘어가지 않는 점이 기가 센 미사키답다.

"실명을 거론하기는 좀 그러니까, '아이돌 선생'이라고······아니, 쇼와시대 느낌이니까 '마돈나 선생'이라고 할까."

"그렇게 부르면 나쓰메 소세키의 『도련님』인데. 메이지**시대까지 거슬러갔잖아."

---

\*   1926년~1989년까지 사용된 일본의 연호

\*\*   1868년~1912년까지 사용된 일본의 연호

"뭐, 어때. 실제로 그런 이미지였는걸."

가에데는 과거형으로 표현한 미사키의 말이 으스스하게 느껴졌다.

"아무튼 어느 직장이나 마찬가지겠지만, 엄청난 미인이 나타나면 주변에서 난리를 치잖아. 우리 학교도 예외는 아니어서 아직 미혼인 남선생은 물론, 학부형들도 노골적으로 관심을 보여서……어쩐지 뭔가 불상사가 일어날 듯한 낌새는 있었어."

"그랬구나."

"그러고 보니 가에데도 타입은 다르지만 미인이잖아? 학교에서 핑크빛 이야기는 없어?"

"없어, 없어." 가에데가 손을 내저었을 때, 활짝 웃는 이와타의 얼굴이 한순간 머릿속을 스치고 지나갔다.

"없어, 없어." 가에데는 한 번 더 말한 후, 얼른 이야기하라고 미사키를 재촉했다.

"올해 봄부터였나, 명랑했던 마돈나 선생의 얼굴에서 느닷없이 웃음이 사라졌어. 소문으로는 사생활에 뭔가 말썽이 생긴 모양인데, 구체적으로 무슨 말썽인지는 몰라. 하지만 장마철 들어 갑자기 병가를 내는 날이 늘어났으니, 역시 '무슨 일'이 있기는 했을 거야."

"그러게." 가에데는 고개를 크게 끄덕였다.

자기 자신을 돌이켜봐도 2년 차 신입 교사가 갑자기 몇 번이나 학교를 쉬는 건 상상할 수 없는 일이기 때문이다.

"그리고 문제의 그날이 찾아왔지. 여름방학이 코앞으로 다가온 1학기 마지막 날이었어."

미사키는 주변에 들릴까 봐 걱정이라도 되는 듯, 목소리를 조금 낮추었다.

"장마가 끝나고 맑고 푸른 하늘에서 뙤약볕이 쏟아지는 더운 날이었지. 당시 마돈나 선생은 4학년 담임으로 학생 서른 명을 담당했는데, 4교시가 수영 수업이었어. 옆 반에서 아이들이 환호성을 질렀던 게 아직도 기억나."

가에데도 그 분위기는 손바닥 들여다보듯이 잘 안다.

"다들 옷 갈아입고 수영장에 모이렴!" 하고 말했을 때, 아이들이 기뻐하는 모습을 보면 언제나 그만 표정이 확 풀어진다.

이 일을 하길 정말로 잘했다고 느끼는 순간 중 하나다.

"하여튼 수영 수업이 시작됐는데. 맞다, 여기서부터는 그림이 있어야 설명하기 편하겠네."

미사키는 "잠깐만 있어봐" 하고 작은 체구에 오히려 잘 어울리는 큼지막한 토트백에서 펜과 다이어리를 꺼냈다.

그리고 대형 마트의 포인트 카드를 자 대신 사용하며 아주 요령 있게 수영장 주변의 배치도를 그려나갔다.

그 모습을 보자 가에데는 왠지 즉흥극 무대에서 자유자재로 연기하던 시키가 떠올랐다.

이런 것도 타고난 센스이리라.

"대충 이런 느낌이려나."

미사키는 완성된 배치도를 역시나 솜씨 좋게 찢어내서 테이블에 내려놓고, 스마트폰을 문진처럼 그 위에 올려놓았다.

"여기서부터는 아이들에게 들은 이야기를 시간 순서대로 말할게."

미사키는 다시 다이어리를 펼쳤다.

뭐든지 시원시원하게 해내는 타입. 아무래도 미사키는 메모광이기도 한 모양이다.

"수업은 오전 11시 15분에 시작됐어. 마돈나 선생은 수영부 출신이라, 숨쉬기하는 방법을 아주 꼼꼼하게 가르쳐줬대. 4학년쯤 되면 제법 머리가 굵어지거든. '수영모랑 물안경을 써도 선생님은 엄청 예뻤어요' 하고 칭찬한 남학생도 있고, '선생님 같은 몸매가 되고 싶네요' 하고 당시를 떠올린 여학생도 있었어."

응, 그야말로 동감이다.

'이것이 바로 4학년'이라는 느낌.

"어쩌면 마돈나 선생은 수영부 출신이라 몸매가 좋았을지도 모르겠네. 11시 40분에 마돈나 선생은 호루라기를 불고 이렇게 소리쳤대. '여러분, 수업을 잘 들었으니 마지막 20분은 자유시간을 줄게요.'"

분명 커다란 환성이 터져 나왔을 것이다.

예나 지금이나 아이들은 급식시간에 나오는 카레와 수영

수업 때 주어지는 자유시간을 정말 좋아한다.

하물며 여름방학 직전의 마지막 수영 수업이자, 물놀이를 하기에 딱 좋은 날씨 아닌가.

"서른 명의 아이들은 1코스부터 3코스까지, 그림을 보면 알겠지만 수영장의 오른쪽 절반을 차지하는 세 코스에서 일제히 놀기 시작했대. 물속에서 가위바위보를 하는 아이, 자유형과 접영으로 누가 빠른지 겨루는 아이 등등으로 아주 시끌벅적했다나 봐."

미사키는 잔에 담긴 탄산수를 한 모금 마셨다.

탄산수가 한여름에 수영장에서 느껴지는 투명감을 상기시켰다.

"12시 정각에 수업이 끝났음을 알리는 종이 울렸지. 학생들은 당연히 노는 데 정신이 팔렸지만, 그림의 A지점에 서 있던 마돈나 선생이 호루라기를 불었어. 그리고 양손을 몇 번 치켜들면서 수영장에서 나오라는 동작을 했대. 아이들은 못내 아쉬워하면서도 B지점으로 올라갔지. 이제 샤워하고 교실로 돌아가면 돼. 그런데 그 순간, 수영장에 뛰어드는 소리가 들렸다는 거야. 아이들은 돌아보면서 이렇게 생각했지. '선생님 혼자서만 좀 더 헤엄치려는 거구나'라고."

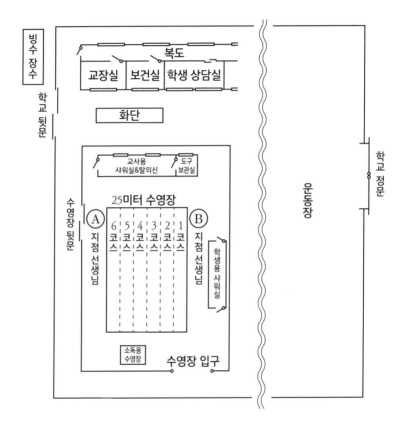

학교 뒷문

빙수 장수

복도

| 교장실 | 보건실 | 학생 상담실 |

화단

교사용
샤워실&탈의신

도구
보관실

25미터 수영장

수영장 뒷문

Ⓐ 지점 선생님

| 6코스 | 5코스 | 4코스 | 3코스 | 2코스 | 1코스 |

Ⓑ 지점 선생님

학생용 샤워실

소독용 수영장

수영장 입구

운동장

학교 정문

"수영부였다면서. 혼자서 잠깐만 더 수영한들 뭐라 그럴 수는 없겠지."

"그것도 그렇지만 아이들이 수영모 같은 걸 잊어버리지는 않았는지 확인할 필요도 있으니까, 마지막에 수영장에 들어가 보는 건 교사에게 일종의 업무잖아? 하지만 그런 면에서는 역시 어린애들이라 '늘 선생님만 혼자 수영하다니 너무해' 하고 불평하는 소리도 여기저기서 들렸다나 봐." 미사키는 귀여운 덧니를 내보였다.

가에데의 머릿속에 그 여름날의 이미지가 또렷하게 떠올랐다.

수영으로 단련된 아름다운 몸이 '<' 모양을 그리며 한순간 허공을 난다.

강한 햇살이 반짝이는 수면에 선명한 실루엣을 남긴다.

마돈나 선생은 사생활에 관련해 뭔가 고민을 안고 있었다고 한다.

물안경 안쪽의 눈에 깃들어 있었던 건 고뇌의 빛일까.

아니면 그 고뇌가 사라졌다는 기쁨의 빛이었을까.

그런 가에데의 생각을 미사키가 예상치 못한 말로 박살 냈다.

"마돈나 선생이 수영장에 뛰어드는 소리가 들린 후, 30초가 지나고, 50초가 지나고, 1분이 지났어. 그런데도 마돈나 선생은 올라올 낌새가 없었지. 누군가 '얘들아……선생님……사고 난 거 아니야?' 하고 소리쳤어. 헤엄을 잘 치는 남학생 네다섯 명이 차례차례 수영장으로 뛰어들어 마돈나 선생을 찾았어. 그런데."

미사키는 말을 한 번 끊었다가 진지한 표정으로 말했다.

"마돈나 선생은 수영장 어디에도 없었어. 그대로 사라져버린 거야."

다른 테이블에는 미사키의 말소리가 들리지 않았을 것이다.

그런데도 지금까지 대학 동기간의 대화로 몹시 시끄러웠던 레스토랑이, "사라져버린 거야?"라는 말과 동시에 갑자기 기묘한 정적에 휩싸였다.

아니면 창문에 붙어 있는 마분지 마녀가 마술을 부려서 시끄러운 소리를 없앤 걸까.

'무슨 말도 안 되는……'

"사라져버렸다니, 그게 무슨 소리야?" 가에데는 질문으로 정적을 깼다.

"마돈나 선생이 실제로 수영장에 뛰어든 순간을 본 사람은 없지? 어디까지나 '수영장에 뛰어드는 소리'가 들렸을 뿐이잖아. 그럼 예를 들어—"

"네가 무슨 말을 하려는지는 알겠어." 미사키가 손을 들어 가에데의 말을 막았다.

"나도 미스터리 소설을 싫어하지는 않아. 예를 들어 마돈나 선생은 무슨 이유로 아이들 앞에서 모습을 감추고 싶었다. 그래서 자기 대신 얼음덩이나 드라이아이스를 수영장에 던졌다. 선생님이 수영장에서 나오지 않는다며 아이들이 웅성웅성하는 동안 탈의실에서 옷을 갈아입고 한동안 숨죽여 숨어 있었다. 그리고 아이들이 사라졌을 무렵을 노려 몰래 수영장 뒷문과 학교 뒷문을 빠져나와 밖으로 탈출했다. 그런 유의 트릭을 쓰지 않았겠냐는 거잖아."

가에데는 고개를 끄덕였다.

미스터리에서는 일단 거울과 얼음을 의심하라.

이것이 기본이다.

하지만, 하고 미사키는 또 다이어리를 넘겼다.

"많은 아이가 그건 틀림없이 사람이 수영장에 뛰어드는 소리였다고 단언했어. 아이들 말을 믿어주고 싶다는 심리는 제쳐두고서 나도 알 것 같아. 평범하게 생각할 때 얼음이 떨어지는 소리를 사람이 뛰어드는 소리로 착각할까? 물론 '100퍼센트' 그럴 리 없다고는 하지 않겠지만."

응, 하고 가에데는 옛날 본격 미스터리에서 사용된 안이한 트릭을 원망하며 대답했다.

"거의 '100퍼센트'겠지."

"맞아. 하지만 가령 아이들이 뭔가 다른 소리를 사람이 수영장에 뛰어드는 소리로 착각했다고 칠까. 그래도 역시 앞뒤가 안 맞아."

"그건 어째서?"

"그림을 다시 한번 봐봐."

미사키는 배치도를 가에데 앞으로 밀어주었다.

"그날 일어난 일을 시간과 함께 다시 정리할게. 12시에 종소리가 울리자 마돈나 선생이 A지점에서 호루라기를 불고 이제 그만 수영장에서 나오라고 몸동작으로 지시했어. 학생들은 마지못해 B지점으로 나와서 샤워실로 향했지. 그때 아이들 뒤쪽에서 '틀림없이 사람이 수영장에 뛰어드는 소리'가 들렸어. 1분을 기다렸지만 아무도 올라오지 않았지. 당황한 아이 몇 명이 차례대로 수영장에 뛰어들었어. 하지만 아무도 마돈나 선생을 찾아내지는 못했고. 여기까지는 이해했지?"

응, 하고 가에데는 대답했다.

이건 '인간 소실' 수수께끼가 분명하다는 감이 왔다.

"아이들은 교실로 돌아가 서둘러 옷을 갈아입고, 즉시 2층 교무실로 달려가 몇몇 교원에게 '수영장에 뛰어든 선생님이 사라졌어요!' 하고 알렸어."

그 학생은 아주 불안하고 긴장된 모습이었으리라.

"실은 그때 나도 교무실에 있었어." 미사키는 약간 의표를 찌르는 투로 말했다.

"당장 교장 선생님께 알리러 1층으로 내려갔지. 그게."

미사키는 다시 배치도를 가리켰다.

"교장실은 1층의 여기에 있는데, 화단의 꽃은 전부 크기가 자잘하거든. 그래서 교장실 창문으로 수영장이 한눈에 다 들어와. 수영장 시설의 외벽은 눈이 성긴 철망이니까 투명한 유리와 비슷한 셈이지. 그래서 내가 교장 선생님께 물어봤어. 뭔가 묘한 일은 없었느냐고, 수영장 뒷문이나 학교 뒷문으로 나가는 사람 못 봤느냐고. 그랬더니."

"뭐랬는데?"

"마침 교장실 창문을 닦고 있었으니까 뒷문으로 빠져나가는 사람이 있으면 반드시 알아차렸을 텐데, 아무도 못 봤다는 거야."

하지만, 하고 가에데는 누구라도 머리를 스칠 의문을 꺼냈다.

"이렇게 말하면 좀 그렇지만, 교장 선생님이 꼭 진실을 말했다는 보장은 없지 않나?"

동기들이 하나, 둘 돌아갔다. 하지만 일일이 정중하게 인사를 나눌 겨를도 심적 여유도 없다.

"게다가 아무리 창문을 닦고 있었더라도, 깜박 놓쳤을 가능성이 없지는 않을 것 같은데."

"가에데 말이 맞아. 하지만 아무도 못 봤다고 증언한 사람은 교장 선생님만이 아니야."

미사키는 배치도를 가리켰다.

"이 뒷길을 봐봐. 실은 우리 학교의 여름 명물이랄까, 너희 할아버지께 들었을지도 모르지만 여름이면 12시 종이 땡 치자

마자 차를 몰고 다니며 장사하는 빙수 장수가 나타나. 그런데 이 빙수 장수도 정오부터 장사를 마치는 저녁 6시 무렵까지 교내에서 나온 사람은 한 명도 못 봤다는 거야."

"그럼 반대로, 정공법이라고 하기는 뭐하지만."

가에데 스스로도 가능성은 낮을 거라 생각했지만, 선택지를 줄이기 위해 일부러 물어보았다.

"학교 뒷문이 아니라 정문으로 당당히 나간 것 아닐까. 교장 선생님의 눈만 잘 속이면 맹점을 쿡 찌르는 방법일 것 같은데."

"꽤 어렵겠는걸······그렇다기보다 불가능할 거야. 그날 수영장 동쪽의 운동장에서 축구랑 소프트볼 수업을 했거든. 수십 명이나 되는 학생들의 눈을 피해 정문으로 나가다니······뭐랄까, 이 탄산수처럼 투명해지지 않는 한 무리일 거야."

가에데는 잠시 말문이 막혔지만 "어, 그럼." 하고 배치도의 한 곳을 가리켰다.

'항변'하기 위한 재료가 점점 줄어든다.

"수영장에 뛰어들었을 때 들린 소리의 문제는 일단 제쳐두고, 역시 마돈나 선생은 여기 교사용 탈의실에 숨어 있었던 거 아닐까? 아니면 그 안쪽 도구 보관실에."

"바로 그거야." 미사키가 말했다.

"수업이 다 끝난 후, 교무실에 있던 선생님 중 한 명이 혹시 탈의실이나 도구 보관실에 쓰러져 있는 거 아니냐고 해서 선생님들이 다 함께 살펴보러 갔지. 문이 잠겨 있지 않아서 들어가기는 간단했어. 하지만 거기에는."

생생한 체험이 머릿속에 되살아난 것이리라.

미사키는 겁먹은 듯한 표정을 감추지 않고 목둘레가 넓은 튜닉의 가슴께를 양손으로 눌렀다.

"거기에는 작은 사물함과 비트 판, 로프와 청소 도구만 있을 뿐 사람은 어디에도 없었어. 역시 마돈나 선생은 수영장에 뛰어들어 사라진 거야."

"잠깐만, 미사키."

가에데는 약간 강한 말투로 의문을 제기했다.

"이거 행방불명이랄까 실종사건이랄까, 적어도 뭔가 사건성이 있는 거 아니야? '사라졌다'는 말로 끝내도 되는 거야?"

"그러니까." 미사키는 가에데보다 더 언성을 높였다.

"이렇게 너한테 상의하는 거잖아. 걔는 너무 예쁜 탓에 걸돌기는 했지만, 선배 말을 잘 듣는 착한 애였고, 교장 선생님을 아주 존경하는 마음도 전해져왔고⋯⋯난 꽤 좋아했어. 걔가 부임한 해의 여름이었나. 해수욕장으로 소풍을 갔는데, 걔가 아이들과 수박 깨기를 하다가 갑자기 우는 거야. 옆으로 살짝 데려가서 이야기를 들어보니, 낙도 출신이래. 바다 냄새를 맡으니 고향이 생각나서 울음이 터졌나 봐. 바위턱 뒤편에서 남학생 네다섯 명이 우리 이야기를 훔쳐 듣고 있길래 내가 버럭 화를 냈더니 해변으로 뿔뿔이 도망쳤지. 새로 온 선생님이 집 생각나서 눈물을 찔찔 흘렸다고 다른 아이들한테 말을 퍼뜨리지 않을까 싶었는데 아니었어. 그 아이들, 제일 큰 수박 조각을 마돈나 선생한테 주면서 '선생님 울지 마세요' 하고 달래주더라고."

미사키는 한순간 눈물 섞인 웃음을 짓더니 손수건을 눈꼬리에 댔다.

"난 걔랑 좀 더 오래 같이 일하고 싶었어. 그래서 가에데라면 그날 무슨 일이 있었는지, 경찰 대신 가르쳐주지 않을까 싶어서 상의한 거야."

'미안해, 미사키.'

가에데는 속으로 사과했다.

무관심했던 건 오히려 나았다. 사람이 자취를 감췄건만, 마음속 한구석에서는 미스터리로서 재미를 추구했는지도 모르겠다.

"그럼, 경찰은 수사에 나서지 않은 거구나."

"응. 걔의 가족 중 유일하게 살아 있는 아버지가 어째선지 실종신고를 하지 않았어. 그래서 결국 이 이야기는 이걸로 끝이야. 사람이 없어져서 설령 가족이나 친척이 실종신고를 해도 어지간해서는 사건으로 다루지 않는다나 봐. 실종신고를 해야 비로소 행방불명자로 인정되는데, 마돈나 선생은 행방불명자 취급조차 못 받는 거지."

역시 미사키답게 자세하게 조사했다는 생각이 들었다.

자꾸 밖을 배회하는 치매 환자의 경우, 그대로 행방불명되는 사례가 적지 않다.

다행히 할아버지는 그런 행동을 보이지 않지만, 케어 매니저에게 설명을 들은 적이 있어서 가에데도 행방불명에 대해 대강은 알고 있었다.

얼마 전까지 실종신고가 접수된 행방불명자는 자신의 의사로 실종됐다고 추정되는 '일반 가출인'과 사건성이 의심되는 '특이 가출인'으로 구분됐다고 한다.

하지만 요즘은 가출이라고 단정하지 말라는 가족들의 심정을 배려했는지 '일반 행방불명자', '특이 행방불명자'로 호칭이 변경됐다고 한다.

즉, '행방불명자 취급'이라는 미사키의 말은 정곡을 찌른 셈이다.

"그런데 미사키. 이건 어디까지나 가정인데." 가에데는 물어보았다.

"마돈나 선생이 자발적으로 실종됐다고 치자. 그리고 무슨 방법을 사용해 아무에게도 들키지 않고 학교에서 빠져나갔다고 가정하자."

"응."

"그 후에 마돈나 선생이 학교 근처 역에서 전철을 탔든지―"

할아버지가 근무했던 초등학교에서 도보로 고작 5분 거리에 전철역이 있을 것이다.

"아니면 근처에 세워둔 차를 몰고 사라졌을 가능성은 없을까. 버스를 탔을 가능성도 있겠고."

"그건 아닐 거야."

미사키는 단호하게 대답했다.

"그 전철역 앞에는 상점가에서 설치한 방범 카메라가 아주 많거든. 여기서만 하는 이야기인데."

미사키가 검지를 입술에 댔다.

"마돈나 선생의 팬이었던 선생님 중 한 명이 상점가 진흥 조합의 회장님과 친하거든. 사정사정해서 방범 카메라 영상을 확인했대. 하지만 그날도 그다음 날도 마돈나 선생 같은 사람은 카메라에 찍히지 않았어. 버스 정류장에 가려면 반드시 전철역 앞을 지나가야 하니까 버스도 탔을 리 없지. 남은 건 자가용인데, 마돈나 선생은 차가 없어. 차가 뭐야, 운전면허조차 없었는걸."

또 없을까.

뭔가 없을까.

가에데는 설득력 있는 가능성을 찾기 위해 머릿속 서랍을 열심히 열어보았다.

하지만 지금으로서는 아무것도 찾아낼 수 없었다.

"그러니까 역시."

미사키는 가늘게 뜬 눈으로 탄산이 날아간 물잔 속의 물을 멍하니 바라보았다.

"걔는 수영장에 뛰어들어 사라진 거야."

어느덧 점심 모임에 참석한 대학 동기 여덟 명 중 가에데와 미사키 둘만 남았다.

미사키는 고개를 약간 숙인 채 "그런데 말이야, 가에데" 하며 음료용 스틱으로 탄산수를 휘저었다.

마음에 든 후배, 마돈나 선생이 사라져서 쓸쓸한 마음도 영향을 주었을까.

오랜만에 '가에데'라고 친구의 이름을 부를 수 있어서 기뻐하는 미사키의 심정이 가에데에게도 전해졌다.

"사건으로 다루어지지 않으면……남의 말도 석 달이라는 속담이 있잖아."

"응."

"마돈나 선생을 대신할 임시 담임이 급히 투입됐지. 여름 방학이 끝나고 수업이 시작되자, 어느 틈엔가 어른들 사이에서는 겨우 평범한 일상이 돌아왔다는 분위기가 퍼져나갔어. 이제는 교무실에서 마돈나 선생에 관해 이야기하는 것 자체를 금기시하는 분위기야……. 그런 게 은근히 가슴 먹먹하게 다가온다니까."

가에데도 안다.

젊은 교사가 정신적인 이유나 가족의 사정으로 갑자기 학교에서 자취를 감추는 일은 결코 드물지 않다.

가에데의 동기 중에도 피불이의 죽음으로 크게 상심해 '남을 교육할' 의욕을 잃은 교사가 적어도 세 명은 있었다.

그렇다. 세상에는 '등교를 거부하는 학생'만 있는 것이 아니다.

교사도 인간인 이상, 등교를 거부하는 사례가 가끔 생긴다.

오늘 점심 모임에도 동기 교사 두 명이 아무 설명도 없이 갑자기 불참했다.

분명 저마다 나름의 사정이 있을 것이다.

"아참, 가에데."

동기 중에서도 마음이 굳센, 아니, 적어도 '굳센 모습을 보여주려' 하는 미사키가 귀여운 덧니를 드러내며 웃었다.

"할아버지 뵈러 가면 이거 꼭 보여드려."

미사키는 스마트폰 어플로 사진 한 장을 가에데에게 보냈다.

"작년에 교직원들이 단체 여행 갔을 때 찍은 사진이야. 근사하지?"

어느 불당을 배경으로 노란색 원피스 차림의 젊고 예쁜 여자를 담아낸 사진이었다.

혼자 찍었는데도 머리가 작아서 그런지 키가 크고 비율이 좋게 느껴졌다.

햇빛에 눈이 부셨던 걸까.

아니면 갑자기 사진을 찍어서 당황한 걸까.

허둥지둥 지은 듯한 쑥스러운 웃음이 참으로 귀여워 보였다.

그 얼굴에서 고뇌의 빛은 전혀 찾아볼 수 없었다.

'그녀가 안고 있던 고민은 대체 뭐였을까?'

'그리고 왜 갑자기 사라져버린 걸까?'

가에데는 스마트폰 화면을 살짝 만져서 그녀의 얼굴을 확대한 후 생각에 잠겼다.


# 4


가에데는 오전 시간대를 담당한 간병인에게 미리 할아버지의 몸 상태를 물어보고 나서 할아버지 집을 방문했다.

루이소체 치매와 상관없이, 파킨슨병 증상을 보이는 환자는 대부분 기온이 낮아지면 혈액 순환이 안 좋아져서 몸 상태가 나빠질 때가 많다.

하지만 할아버지는 각종 약이 골고루 효과를 잘 발휘했는지, 다행히도 몸 상태가 갑작스레 나빠지진 않았다.

현관에 들어서자 복도 안쪽 서재에서 할아버지와 젊은 남자가 대화하는 소리가 작게 들려왔다.

급하게 설치한 탓인지 슬라이드식 문이 꽉 닫히지 않아서,

방에서 나는 소리가 다 새어 나온다.

"방울벌레 소리는 잘 녹음됐나? 스마트폰이라 좀 불안했는데."

"선명하게 잘 들리던걸요. 당장 수신음으로 설정했습니다."

'할아버지, 귀여워.'

정원에서 들리는 방울벌레 소리가 큰 자랑거리인 것이리라.

가에데는 자연스레 표정이 풀어졌다.

잠시 후 서재에서 낯익은 물리치료사가 나와 "오늘은 상태가 정말 좋으세요"라며 하얀 이를 보였다.

"재활 훈련이 끝나자마자 책의 세계로 돌아가셨지만요."

다양한 사정으로 손실된 운동 기능을 회복시키기 위한 훈련을 보조하고, 마사지나 전기 요법 등의 시술을 하는 것이 물리치료사의 업무다.

재활 훈련, 하면 일반적으로 떠오르는 게 이 직업일지도 모르겠다.

할아버지의 담당자는 짧은 머리에 체격이 실팍한 30대 초반 남자였다.

운동복이 터질 것처럼 두 다리의 햄스트링*허벅지 뒤쪽에 있는 세 가지 근육을 가리키는 말

—이와타가 '제일 필살기 이름 같은 신체 부위'라고 표현해

---

\* 허벅지 뒤쪽에 있는 세 가지 근육을 가리키는 말

서 기억하는 근육—이 팽팽하다.

야무진 생김새와 금욕적으로 느껴지는 행동거지가 어쩐지 미국으로 건너가 안타 신기록을 세운 야구선수와 비슷해 보였다.

이만 가보겠습니다, 하고 그가 말했을 때 달콤한 향기가 가에데의 콧속을 간질였다.

"바닐라 에센스네요. 냄새 좋다."

"아니요. 정확하게는 바닐라 빈입니다."

그는 굵고 진한 눈썹을 한쪽만 추켜세우며 미소 지었다.

"저희 가게에서는 빈을 엄선해서 소프트아이스크림을 만들어요. 편하게 에센스를 쓰면 노포의 체면이 깎인다는 게 아버지 말버릇이거든요."

"그렇구나, 잘 알지도 못하면서 실례했네요."

"아니요, 아니요. 가에데 선생님도 잡숴보시게 가져다드리고 싶지만, 그랬다가는 취업규칙 위반이라서요. 다음에 가게에 한번 들르세요."

"꼭 갈게요."

"그럼 또 뵙겠습니다."

소프트아이스크림 가게의 아들인 그에게 할아버지는 '소프트크림 군'이라는 별명을 붙였다.

사실 그 가게가 있는 JR 터미널역 앞의 건물 자체가 부모님 소유라, 본가는 꽤 재력이 있다.

마음만 먹으면 가게를 물려받아 유유자적하게 살 수도 있었을 것이다.

그렇지만 그는 할머니가 돌아가시기 전에 간병한 걸 계기로 물리치료사가 되는 길을 선택했다고 한다.

지금도 짬이 나면 가게를 돕는 모양이다. 바닐라 향기가 희미하게 풍기는 걸 보면, 오늘도 가게에서 일하다 왔으리라.

가끔 우연히 마주쳐서 이야기를 나눌 뿐이므로, 가에데가 그에게 이만한 정보를 알아내는 데는 한 달이 걸렸다.

원래는 과묵한 성격이겠지만, 이쪽에서 말을 걸면 오늘처럼 쾌활하게 말을 받아준다.

'우리 학교에 이런 느낌의 사람은 없어.'

가에데 본인도 낯을 가리고 말수가 적은 성격인 만큼, 소프트크림 씨에게는 어쩐지 동질감이 들었고, 할아버지를 돌보는 돌봄 전문가 중에서도 특히나 성실하고 좋은 사람으로 느껴졌다.

"잘 왔다. 하지만 또 가나에와는 엇갈렸구나."

서재 의자에 앉아 있던 할아버지는 싱글벙글 웃으며 책을 덮어서 사이드 테이블에 내려놓았다.

소설인 줄 알았는데 장기 묘수풀이 책이었다.

예전에는 십자말풀이가 취미 중 하나였지만, 손이 떨려서 감질나는지 요즘은 장기 묘수 문제를 풀 때가 많다.

어쨌든 그럴 때는 반드시 몸 상태가 좋다.

두뇌를 최대한 활용할 수 있는 상태라는 뜻이리라.

'규칙은 전혀 모르지만, 장기는 참 좋아.'

그런 바보 같은 생각이 머리를 스쳤다.

일단은 예열을 위한 공회전이다.

가에데는 그저께 보았던 시키의 연극부터, 쫑파티에서 있었던 일까지 자세하게 들려주었다.

"좋은 연극이구나" 하고 할아버지는 뜻밖에도 덮어놓고 칭찬했다.

"관객이 쓴 '대본'의 재미에만 기대지 않는 점이 멋지잖니. 왜냐하면 제일 중요한 건 무대에서 펼쳐낼 스토리의 재미거든. 스토리가 재미없으면 아무 의미도 없어. 취향은 결국 취향에 지나지 않으니까. 대본을 바탕으로 무대에서 펼쳐진 스토리를 보고, 가에데가 재미있다고 느꼈다면."

할아버지는 약간 떨리는 손으로, 장군을 두는 시늉을 했다.

"그 연극은 100점이야."

100점.

만나본 적도 없는 남의 연극에 할아버지가 100점을 주다니.

가에데도 지금까지 할아버지가 제시한 주제어로 다양한 스토리를 자아내봤지만, 100점을 받은 적은 한 번도 없다.

하지만 어쩐지 기쁘다. 왤까.

이유는 가에데 자신도 몰랐다.

'일단 넘어갈까?'

대답은 나중에 찾기로 하고 가에데는 미사키와 만났다는 것과 '2대 창문 닦는 선생님' 이야기를 보고한 후, "이것 좀 들어볼래" 하고 음성 메모 앱의 아이콘을 눌렀다.

팔짱을 낀 채 미사키와 가에데의 대화를 듣던 할아버지는 가끔 양손으로 입을 막으며 얼굴을 기묘하게 일그러뜨렸다.

그 이상한 표정은 보기에 따라서는 웃는 것처럼 보이기도 했고, 일종의 공포에 사로잡힌 것처럼 보이기도 했다.

마돈나 선생의 행방, 또는 목숨이 걱정돼서 그런 것이리라.

빨리 할아버지의 '스토리'를 들어보고 싶었다.

녹음한 대화를 재생하는 동안 끼어들 수가 없어서 답답한 심정이었다.

너무 성급하다는 건 안다. 하지만.

시험 삼아 가에데는 재생이 끝나자마자 "어떻게 생각해?" 하고 단도직입적으로 물어보았다.

하지만 역시 할아버지는 "그건 뒤로 미뤄둘까?" 하더니 말을 덧붙였다.

"일단 미사키 선생에게 받았다는 사진을 보여주지 않겠니. 그리고 네 스토리도 들어보고 싶구나."

흥미진진하게 사진을 요모조모 살펴보는 할아버지를 보자 언뜻 이런 생각이 들었다.

'시키 씨라면 분명 "왜 명탐정은 예나 지금이나 얼른 결론을 말하지 않고 잔뜩 뜸을 들이는 걸까요?" 하고 불평하겠지.'

잠시 후 할아버지가 드디어 가에데에게 말을 꺼냈다.

"자, 일단 물어보자꾸나. 물론 미사키 선생이 들려준 이야기가 전부 사실이라는 전제하에, 가에데는 어떤 스토리를 자아내겠니?"

가에데는 호흡을 한 번 가다듬고 나서 신중하게 입을 열었다.

"이야기 하나. 마돈나 선생은 수영장에서 나오지 않았다. 정확하게는 나올 수 없었다."

말을 잇기가 조금 괴로웠다.

"마돈나 선생은 돌발적인 사정으로 익사했다. 그럼 왜 시신이 발견되지 않았을까? 그건 배수구 때문이다. 전국의 수영장에서는 배수구에 신체 일부가 빨려들어 사망하는 사고가 거의 매년 발생한다. 마돈나 선생이 떠오르지 않은 것도 당연하다. 시신은 지금도 수영장 배수구에 걸려 있기 때문이다."

말을 마친 가에데는 머뭇머뭇 할아버지의 안색을 살폈다.

그러자 "할아버지는 다행스럽게도 모순이 있구나" 하고 단정했다.

"유수 풀일 경우가 많지만, 배수구에 빨려드는 사고가 지금도 끊이지 않는 건 사실이야. 그러나 그런 사고의 피해자는, 안타깝게도 몸집이 작은 어린아이가 대부분이지. 마돈나 선생처럼 성숙한 성인 여성이 배수구에 빨려들었다고 보기는 힘들지 않을까. 애당초 수영장 배수구 사고에서 시신이 발견되지 않은 사례는, 내가 알기로 한 건도 없어."

가에데는 이 스토리를 부정당해서 오히려 안도했다.

"이야기 둘. 마돈나 선생은 수영장에 뛰어들지 않았다. 뭔가 개인적인 이유로 현실에서 도피하기 위해 몰래 실종 계획을 세웠다. 뭔가 사생활에 관련된 고민으로 여러 번 학교를 쉬었다는 사실이 이 스토리를 보완한다. 그럼 왜 학생들은 하나같이 '선생님이 수영장으로 뛰어든 후 사라졌다'라고 증언했을까?"

가에데는 일단 말을 끊은 후, 할아버지의 눈을 똑바로 보았다.

이 스토리에는 어느 정도 자신이 있었기 때문이다.

"반 아이들 모두 거짓말을 했기 때문이다. 학생들은 좋아하는 선생님을 위해 일치단결해서 실종 계획에 가담한 것이다."

할아버지가 높은 콧대를 오른손으로 만지작거렸다.

생각에 잠겼을 때 나오는 버릇이다.

가슴이 쿵 뛰었다.

혹시 할아버지가 자아낸 스토리에 근접한 걸까.

그러자 할아버지는 "70점. 아니, 60점이야" 하고 말했다.

앗, 할아버지는 몇 점을 줄지 고민했던 건가.

"첫 번째 이야기보다는 낫지만 역시 간과할 수 없는 모순이 있어. 일단 서른 명이나 되는 아이들이 전부 입을 맞추는 건 쉽지 않아. 사람 입에 자물쇠는 못 채운단다. 하물며 어린아이라면 더욱."

언젠가 할아버지와 대화하다가 나왔던 해리 케멜먼의 소설 속 '9마일이나 걷기는 쉽지 않아. 하물며 비라도 내리면 더욱'이라는 대사를 연상시키는 말투였다.

"덧붙여 마돈나 선생은 대체 어디로 갔을까? 교장 선생도, 빙수 장수도 학교 뒷문으로 나간 사람은 아무도 없다고 했지. 탈의실이나 도구 보관실에 숨지 않았다는 건 다른 교사들이 증명했어. 전철역 앞 방범 카메라에도 찍히지 않았다는 사실은 또 어떻게 설명할 거니? 너도 설마 그들이 전부 결탁해서 거짓말을 했다고는 생각지 않겠지. 이러한 문제들이 전부 해결되지 않는 한, 두 번째 스토리는 근본부터 무너져. 즉."

서양식인지 동양식인지 따지면 동양식인 장기 묘수풀이에 맞췄는지.

커피를 좋아하는 할아버지가 오늘은 찻잔의 차를 한 모금 마셨다.

"이 수수께끼에는 다른 스토리 X가 존재하는 거야."

'우와, 양식미가 넘치네.'

이쯤 되면 다음 말이 기다려진다.

할아버지가 의식하고 그러는 것인지는 모르겠다.

하지만 역시 할아버지는 그 말을 입에 담았다.

"가에데. 담배 한 대 주지 않으련?"

「골루아즈를 피워본 적 있어?」

할아버지 말로는 옛날에 그런 희한한 제목의 노래가 인기를 끌었다고 한다.

골루아즈의 담배 연기가 서재를 감쌌다.

서재는 여섯 평 크기지만, 레일식 서가가 들어차서 세 평 정도로 좁게 느껴진다.

한편으론, 여러 겹으로 죽 늘어선 서가를 보면 마치 자신의 모습을 앞뒤 거울로 마주 비춰봤을 때처럼 방이 한없이 넓게 느껴지기도 한다.

할아버지는 약간 열어둔 창틈에 도넛 모양의 담배 연기를 세 번째로 내뱉고 나서 말했다.

"'그림'이 보였어. 환시의 힘을 빌리지 않고도 말이야."

환시의 힘을 빌리지 않고도?

무슨 뜻일까.

이 수수께끼가 할아버지에게는 아주 쉽다는 걸까.

"일단 마돈나 선생이 사생활에 관련해 무슨 고민을 품고 있었을지부터 생각해볼까. 사람의 고민은 크게 '질병', '금전 문제', '인간관계', 크게 이 세 가지로 구분되지. 그럼 마돈나 선생의 고민은 대체 뭐였을까?"

할아버지는 창밖으로 나가서 사라지는 담배 연기에 한순

간 눈길을 주었다.

가에데에게는 그 모습이 마돈나 선생의 고민도 사라지기를 바라는 것처럼 느껴졌다.

"나이도 젊고 수영부 출신이라니까 '질병'은 제외할까. 그리고 남자 교사들도 싱숭생숭했을 만큼 미모가 뛰어났다는 점을 고려해 그 고민이 인간관계, 더 나아가 치정 문제라고 가정해보자꾸나. 덧붙여 마돈나 선생이 남자 교사와 사귀고 있었다고 치자. 그럼 모든 의문이 단숨에 녹아내리지."

가에데는 스마트폰에 띄워놓았던 사진에 무심코 시선을 주었다.

확실히, 이렇게 예쁜데 '사귀는 사람'이 없었을 리 만무하다.

"그날 일어났을 일을 시간 순서대로 재현해보자꾸나. 일단 11시 15분에 4교시 수영 수업이 시작됐지. 물놀이하기 딱 좋은 날씨인 데다, 1학기 마지막 수영 수업이라 학생들은 아주 신이 났을 거야. 11시 40분. 예정대로 마돈나 선생은 호루라기를 불고 이렇게 외쳤어. '여러분, 수업을 잘 들었으니 마지막 20분은 자유시간을 줄게요'라고. 여기까지는 아무 사건성도 없지." 할아버지는 말끝을 조금 올렸다.

가에데는 고개를 끄덕였다.

"하지만 여기서부터 사태는 살인으로 발전해."

"뭐?"

"아이들은 노는 데 정신이 팔려서 선생님의 행동에는 일절 눈길을 주지 않아. 바로 그때야. 아마도 탈의실 뒤쪽에서 어떤 인물이 마돈나 선생에게 손짓했겠지. 마돈나 선생이 절대로 거역할 수 없는 인물이자, 만에 하나 남의 눈에 띄어도 이상하지 않을 인물, 예를 들면 늘 화단에 물을 주거나 앞장서서 교내를 청소하는 인물. 그리고 마돈나 선생과 치정 문제로 얽힌 인물, 더 쉽게 말하자면 삼각관계였던 인물이 말이야."

가에데는 등골이 오싹했다.

"설마."

"그래, '2대 창문 닦는 선생님'인 교장이 범인이야." 할아버지는 선언했다.

"11시 45분에서 55분 사이였겠지. 교장은 탈의실에서 마돈나 선생을 살해해. 혈흔이 남지 않은 것으로 보건대, 도구 보관실의 로프를 사용해 목 졸라 죽였을 가능성이 크다고 할 수 있겠군. 교장은 시신과 자기 옷을 일단 도구 보관실에 숨겨. 그리고 옷 밑에 입고 있던 수영복 차림으로, 밖으로 나가. 물론 수영모와 물안경을 쓰고 말이야."

어, 자, 잠깐만.

가에데는 순간적으로 떠오른 의문을 얼른 꺼내놓았다.

"할아버지, 잠깐만. 설마 교장 선생님이 마돈나 선생으로 변장했다는 거야? 아무리 그래도 그건 아니지 않을까."

그러자 할아버지는 "아직 모르겠니?" 하고 입매를 누그러뜨린 후 허를 찌르듯이 말했다.

"교장 선생은 젊은 여자야."

"그게 무슨……."

가에데는 여전히 이해가 되지 않았다.

"하지만 교장 선생님인데."

자신도 모르게 목소리가 커졌다.

"여자가 교장을 맡는 건 드문 일이 아니란다. 더구나 요즘은 젊고 우수한 교사가 교장으로 취임하는 사례도 간혹 있어. 32세의 사상 최연소 교장이 탄생했다는 소식이 화제가 된 것도 벌써 몇 년 전 이야기야."

가에데도 그 소식을 텔레비전으로 접했던 기억이 났다.

"요즘 시대에 40대 전후 여성이 교장으로 취임했다고 해서 이상할 건 하나도 없지. 애당초 늘 창문을 닦을 만큼 깔끔한 걸 좋아하고, 화단의 꽃을 사랑하는 선생님, 하면 오히려 여자를 먼저 연상해야 하지 않으려나. 가에데, 내 이미지가 너무 강해서 무턱대고 남자라고 단정한 건 아니니?"

"하지만 그렇다면."

가에데는 약간 따지는 투로 말했다.

"왜 미사키는 그걸 내게 말하지 않았을까. '2대 창문 닦는 선생님'이 젊은 여자라면, 그 사실을 제일 먼저 말하고 싶지 않겠어?"

"맞는 말이야." 할아버지는 인정했다.

"미사키 선생은 지금 교장이 '2대 창문 닦는 선생님'이라고 불린다고 말한 후, 이야기의 흐름상 틀림없이 '게다가 젊은 여자야'라는 식의 말을 꺼냈을 거야. 그런데 그때 네가 다른 생각, 예를 들면 내 생각을 하느라고 아주 잠깐이지만 미사키 선생의 이야기를 한 귀로 듣고 한 귀로 흘린 건 아닐까. 어떠니?"

가에데는 흠칫했다.

그렇다.

'그때 나는……' 가에데는 당시를 돌이켜보았다.

'2대 창문 닦는 선생님'이라는 말에 '깨진 유리창 이론'을 실천한 할아버지가 떠올라서 생각에 잠기지 않았던가.

맙소사.

그 탓에 제일 중요한 부분을 흘려들었다.

"내 말이 맞는가 보구나." 할아버지가 눈을 가늘게 떴다.

"하지만 내 생각에는, 그래도 넌 교장이 여자임을 알아차릴 수 있었어. 아니, 알아차려야 했다고 봐."

"그건 무슨 소리야?"

"그렇잖니. 운 좋게도 전날 밤 보러 간 연극에 '섣불리 성별을 넘겨짚어서는 안 된다'는 힌트가 잔뜩 널려 있었으니까."

'아……!' 가에데는 소리 없는 탄성을 질렀다.

"일단 네가 보고서 여자인 줄만 알았던 빨간 머리 극단원은 사실 남자였지. 그리고 무엇보다도 너 자신이 제출한 대본이 '경마로 전 재산을 날리고 참치잡이 배에 탄 20대 여자의 인생사' 아니었니? 뭐, 난 요즘 개그의 웃음 포인트는 잘 모른다만."

할아버지는 천천히 담배를 빨아들였다.

"아마도 그 대본으로 '설정상 남자가 먼저 떠오를 등장인물이 실은 젊은 여자였다'라는 반전의 재미를 노린 것 같은데?"

가에데는 아무 대꾸도 하지 못했다.

게다가 '왜 재미있는지'를 할아버지가 새삼스레 찬찬히 설명하자 몹시 부끄러웠다.

"그 외에도 힌트가 있었어. 연극이 끝난 후 쫑파티에서 시키 군이 술에 취해 곯아떨어지기 직전에 한 말이야. 시키 군이 분명 이렇게 말하지 않나. '주어진 상황을 자기 입맛에 맞춰서 착각하면 안 된다는 건데'라고 말이야. 우연이라고는 하나 그야말로 교장의 나이와 성별을 암시한 것 같은 말이잖니."

날카로운 지적에 놀라는 것 이상으로, 가에데는 오히려 다른 부분에 놀랐다.

어째서일까.

어째서 할아버지는 대화하다 나왔을 뿐, 음성 메모 앱으로 녹음하지 않은 말까지 기억하고 있는 걸까.

"그래도" 하고 가에데는 의문을 짜냈다.

"어떻게 교장 선생님이 젊은 여자라고 단언해? 물론 가능성은 있지만, 역시 그건 드문 사례일 것 같은데."

"간단해. 미사키 선생의 심정을 헤아리면 당연히 그런 결론에 귀결되기 때문이야."

"무슨 말인지 모르겠어."

"어제 미사키 선생이 너랑 헤어지기 직전에 '할아버지 뵈러 가면 이거 꼭 보여드려'라고 했지?"

"맞아."

"생각해보려무나. '1대 창문 닦는 선생님'인 내게 보여주고 싶었던 사진이야. 평범한 심리로든, 더 나아가 예의로든 그건 '2대 창문 닦는 선생님' 사진이어야 자연스럽지 않겠니? 사실상 행방불명된 마돈나 선생의 사진을 선뜻 보내줄 리는 없을 것 같은데. 애당초 개인정보에 민감한 요즘 세태를 감안해, 미사키 선생은 행방불명된 후배의 본명을 꺼내지 않고 '마돈나 선생'이라고 부른 거 아닐까."

"그럼." 가에데는 스마트폰에 띄워놓은 사진을 다시 보았다.

"노란색 원피스를 입은 이 여자는―"

"그래. 바로 살인범인 '2대 창문 닦는 선생님'이야."

열어놓은 창문 틈새로 금목서 향기가 풍겼다.

금목서의 꽃말은 분명 '진실'이었을 것이다.

"그날 일어난 일로 이야기를 되돌리자." 할아버지가 말했다.

"12시 정각에 종이 울려서 수업이 끝났음을 알렸지. 아이들이 아직 수영장에서 놀고 있을 때, 탈의실 뒤편에서 수영복을 입고 마돈나 선생으로 변장한 교장이 나타나. 교장은 A 지점에서 호루라기를 불고, 양손을 크게 치켜들며 몸동작으로 아이들에게 이만 나오라고 지시했어. 수영모와 물안경을 쓴 데다 마돈나 선생과 몸매도 비슷한 교장을 수영장 반대편에서 보고서, 과연 누가 사람이 바뀐 걸 알아차릴까. 한쪽은 남달리 젊어 보이는 마흔 전후의 여자 교장. 한쪽은 '마돈나 선생'이라는 별명에 전혀 위화감이 없는 '쇼와시대 느낌의 미인'으로, 제 나이보다 성숙해 보이는 여교사. 수영복 차림이라면 어른들이더라도 전혀 구분이 안 되겠지."

"확실히―"

"자, 아이들은 아무 의심도 없이 B 지점으로 올라가서 서둘러 샤워실로 가려고 했겠지. 교장은 아무도 자기를 보지 않는다는 걸 확인한 후 다시 탈의실로 모습을 감췄고."

"응, 거기까지는 알겠어."

하지만, 하고 가에데는 가장 큰 수수께끼에 대해 질문했다.

"그 직후에 '사람이 수영장에 뛰어든 소리'는 뭐였을까? 아이들 모두 '선생님이 뛰어들었다'고 했잖아."

"정확하게 말하면 '모두'는 아니지." 할아버지는 장난스럽게 검지를 폈다.

"가에데도 담임이니까 분명 경험해봤을 텐데. 교장이 호루라기를 분 직후에 아이들 중 한 명, 시선 끌기를 좋아하고 촐랑거리는 남학생이 관심을 받으려고 수영장에 뛰어든 거야."

일리가 있다.

일리 있는 게 뭐야, 우리 반도 그렇잖아.

수영 수업 때 호루라기를 한 번 불어서는 자유시간을 끝내기가 힘들 정도다.

대개는 한두 명이 호루라기 소리를 못 들은 척 수영장에 뛰어들곤 한다.

하지만.

그런 모습이 솔직히 귀엽기도 하다.

"알았다. 그럼 그 남학생은 숨을 참으며 수영장에 숨어 있었던 거구나."

"바로 그거야."

"하지만 초등학교 4학년 남학생이 물속에서 1분 가까이나 숨을 참을 수 있을까?"

"그럼 물어보자. 물속에서 숨 참기 세계 기록은 얼마나 될까?"

"음."

프리 다이버가 주인공인 영화 '그랑블루'에 나온 장 르노가 생각났지만, 공교롭게도 동그란 선글라스를 낀 모습밖에 떠오르지 않았다.

"기껏해야 5분쯤 아닐까."

"무슨 소리를."

할아버지는 소리 내어 웃었다.

"내 기억에 남아 있는 기록만 해도 약 24분이란다. 지금은 기록이 더 좋아졌을지도 모르지. 아이라지만 4학년 남학생쯤 되면 1분은 일도 아니야."

듣고 보니 확실히 그렇다.

할아버지의 판단에 억지스러운 부분은 없다.

4학년은커녕 1학년쯤 되는 아이가 1분도 넘게 물속에서 숨을 참는 영상이 인터넷에 수두룩하다는 게 생각났다.

"1분쯤 지나자 마돈나 선생이 걱정된 남학생 네다섯 명이 차례차례 수영장에 뛰어들었지. 그때 이미 잠수 중이었던 개구쟁이는 숨이 막혀서 물 밖으로 고개를 내밀었다가⋯⋯우왕좌왕 어쩔 줄 모르는 아이들의 모습에 놀라서 얼른 다시 잠수한 거야."

"그렇구나. 그 후에는 무서워졌겠지⋯⋯. 이제 와서 선생님이 아니라 자기가 수영장에 뛰어들었다고는 도저히 말할 수 없는 분위기였을 거야."

"그러게나 말이다. 설마 자신의 사소한 장난이 이렇게까지 불가사의한 상황을 연출할 줄은 상상도 못 했겠지."

이건 미사키에게 알려줘야겠다고 가에데는 마음먹었다.

"자, 탈의실로 돌아가서 재빨리 수영복 위에 옷을 껴입고 몰래 숨어 있던 교장은, 웅성웅성 떠드는 소리가 잦아들고 학생들이 수영장 입구로 나갔을 때를 노려 수영장 뒷문을 지나 복도 뒷문으로 교장실에 돌아갔어. 여기서 유의해야 할 점은."

할아버지는 말을 한 번 끊었다.

"교장실 문이 복도 쪽으로 열린다는 거야. 즉, 교장은 교장실 문을 미리 반쯤 열어놨겠지. 그러면 살인을 저지른 후 서쪽의 뒷문으로 건물에 들어올 때, 만에 하나 누군가가 복도를 지나가더라도 전혀 눈에 띄지 않거든."

가에데는 출력해 온 배치도를 다시 확인했다.

'과연'

12시에 종이 울린 후 바로 1층의 보건실과 학생 상담실 앞 복도를 지나가는 사람은 거의 없을 것이다.

하지만 '100퍼센트' 없다고 장담은 못 한다.

화단 옆을 지나쳐 뒷문으로 들어와서 문으로 가려진 복도를 몇 미터만 나아가면 교장실에 들어갈 수 있다.

"잠시 후, 아이들이 교무실에 상황을 알리자 미사키 선생을 비롯한 교사들이 교장실로 보고하러 와. 그때 교장은 이미."

할아버지는 사이드 테이블의 찻잔에 시선을 주었다.

"차라도 마시면서 한숨 돌리고 있었을지도 모르지."

"그런데 도구 보관실에 숨겨둔 시신은 어디로 사라졌을까? 방과 후에 선생님들이 살펴보러 갔을 때는 아무것도 없었잖아."

"그 전에 재빨리 처리했겠지. 평소 행동거지 덕분에 교장이 화단에 손을 대도 이상하게 생각할 사람은 아무도 없어. 리어카를 수영장 뒷문으로 끌고 들어와서 도구 보관실에 있는 마돈나 선생의 시체를 싣고, 방수포로 덮어. 그리고 리어카를 화단 옆에 당당히 놔뒀을지도 모르지."

가에데의 머릿속에 무서운 이미지가 떠올랐다.

"그럼 마돈나 선생의 시신은—"

목덜미에 소름이 쭉 끼쳤다.

"그날 늦은 밤, 달빛 속에서 교장 선생님이 화단에 묻은 거구나."

"그렇게밖에 생각할 수 없겠지. 그리고 교장은 지금도 매일 교장실 창문을 닦으며 시신이 묻힌 화단을 감시하고 있어. 시신을 언제, 어디로 옮길지 고민하면서."

"무서운 일이지만, 교장실을 2층에서 1층으로 옮긴 게 교장 선생님에게는 유리하게 작용했네."

"그렇지. 하지만 그렇게 따지자면 애당초 교장실을 옮긴 것 자체가 살해 동기와도 연관이 있지 않을까 싶다만."

"뭐라고?"

"예를 들어 이런 '스토리'는 어떨까. 미인에다 재능도 있는 교장은 어떤 남자 교사와 사귀는 사이였지. 그런데 이 남자 교사가 신출내기인 마돈나 선생과 사랑에 빠진 거야. 자, 그 학교에서 밀회하기에 가장 적합한 곳은 어디일까?"

가에데의 머릿속에서 뭔가 번쩍였다.

"수영장에 딸린 교사용 탈의실!"

"정답." 할아버지는 고개를 끄덕였다.

"어느 날, 교장은 자기 연인이 마돈나 선생과 함께 교사용 탈의실로 들어가는 모습을 목격했어. 처음에는 잘못 봤을 거라고 스스로를 타일렀을지도 모르지. 하지만 몇 번이나 같은 장면을 목격하자 더는 참지 못하고 수영장 철망 너머로 늘 탈의실을 감시할 수 있는 1층으로 교장실을 옮긴 거야. 이렇게 말하면 뭣하지만, 내가 교장이었던 시절부터 교육위원회에 굵은 연줄이 있었거든. 아이들에게 꽃을 사랑하는 마음을 키워주고 싶다는 둥 미사여구를 늘어놓으면 방을 옮기기는 간단했을 거야. 그렇게 압력을 가함으로써 연인과 관계가 회복됐다면, 교장은 마돈나 선생을 용서했을지도 몰라. 하지만 젊은 두 사람은 밀회를 그만두지 않았지. 그리고 사태는 결국."

가에데가 말을 이어받았다.

"살인으로 발전한 거로구나."

조금 차가운 바람이 또 금목서 향기를 날라왔다.

가에데는 '유혹'과 '도취'도 금목서의 꽃말이라는 것이 생각났다.

가에데는 경찰에 신고하기 전에 일단 돌아가서 미사키와 상의해보기로 결심했다.

하지만 오늘은 웬일로 할아버지가 담배를 한 대 더 청해서, 그야말로 '도취'된 표정으로 바깥의 금목서를 향해 담배 연기를 내뿜었다.

담뱃불을 제대로 껐는지 확인하지 않고 돌아갈 수는 없다.

가에데가 차를 다시 우리고 있는데, 할아버지가 느닷없이 말을 꺼냈다.

"장기 묘수풀이는 가끔 정답이 여러 개 나오기도 해."

대체 무슨 이야기일까.

"출제자는 가능하면 정답을 하나만 내놓고 싶겠지. 그래야 설명이 복잡해지지 않을 테니까."

할아버지가 사이드 테이블의 장기 묘수풀이 책을 집어 들었다.

"하지만 아주 드물게 출제자조차 알아차리지 못한 '또 하나의 정답'이 더 아름다울 때가 있지. 실제로 난 이 책에서 그런 문제를 두어 개 찾아낸단다."

뭘까. 뜬금없이……그냥 자랑?

"이번 사건도 마찬가지지. 이제 또 하나의 '아름다운 그림' 이야기를 해볼까."

'앗'

"뭐야, 할아버지. 설마……스토리가 또 있다는 거야?"

"그래. 그리고 가에데는 이쪽을 더 좋아하지 않으려나."

'대체 뭐길래?'

"이야기해줘, 할아버지."

가에데는 접의자를 펼치고 다시 앉았다.

"일단 마돈나 선생의 고민부터 다시 고찰해 보자꾸나. 아까도 말했다시피 사람의 고민은 크게 '질병', '금전 문제', '인간관계', 이 세 가지로 구분되지. 그 중 '질병'과 아까 스토리에 나왔던 '인간관계'를 제외한다면, 소거법으로 남는 건 하나뿐이야."

"금전 문제?"

"그래. 마돈나 선생은 어머니를 여의고 아버지만 살아계신다고 했지. 그럼 왜 아버지는 소중한 딸이 사라졌는데, 실종신고를 하지 않았을까. 아무래도 마음에 걸리지 않니?"

"그러고 보니 이상하네."

"예를 들어 아버지가 빚을 지고 어쩔 수 없이 개인파산을 했다고 치자. 그래도 반사회적인 색채를 띤 악덕 채권자라면 결코 그냥 물러나지 않겠지. 원금은 물론이고 막대한 이자를 마돈나 선생에게 요구했을 거야. 어쨌거나 공무원은 연대 보증인으로서 최적의 조건이니까."

이해할 수 있을 법한 가정이었다. 그러나 가에데에게는 의문이 남았다.

'너무 비약해서 상상하는 것 아닐까'

"자, 그렇다면 마돈나 선생은 대체 누구한테 상담할까. 평소 존경해 마지않던 교장이라고 봐야 자연스럽지 않을까. 여기까지는 이해했니?"

"솔직히, 가설에 가설을 더하는 느낌이기도 한데."

175

가에데는 솔직하게 대답했다.

"하지만 일단 말은 된다고 생각해. 끝까지 들어볼게."

그때, 가에데는 어째선지 한순간 할아버지가 소리 내어 웃은 것 같은 기분이 들었다.

"마돈나 선생의 사정을 들은 교장은 고민한 끝에 야반도주를 제안한 거야."

"야……야반도주?"

너무 뜻밖이라 가에데는 그 말의 뜻을 파악하는 데 시간이 조금 걸렸다.

"그리하여 교장과 마돈나 선생은 아까 설명한 과정에 따라 수영장에서 '인간 소실사건'을 일으켰어. 다른 점은 살인사건이 아니라, 단순히 수영복을 입은 두 사람이 서로 바뀌었다는 것뿐이야."

가에데의 가슴속에서 '진실'이 서서히 형태를 이루어갔다.

"11시 40분, 마돈나 선생은 아이들에게 자유시간을 준 후 탈의실로 들어갔어. 탈의실에는 이미 교장이 있었겠지. 마돈나 선생은 수영복 위에 원피스를 입고, 젖은 머리를 밀짚모자 따위로 감춘 후 준비해둔 여행 가방을 들고 수영장 뒷문을 지나 학교 뒷문으로 나갔어. 여기까지 10분도 걸리지 않았을 거야. 교장 선생이 옷 갈아입는 것부터 이것저것 도와줬을 테니까."

확실히 아까 스토리보다 훨씬 마음에 든다.

"12시에 온다는 빙수 장수가 나타나기 10분쯤 전, 학교 뒷길로 나간 마돈나 선생은 미리 불러둔 택시를 타고 근처 전철 역을 지나쳐 방범 카메라가 없는 변두리 전철역으로 향해. 그 리고 역에서 인파에 섞여 신칸센을 타고 지방 도시로 도망친 거야."

"즉, 마돈나 선생은 지금도 살아 있다는 거지? 그리고 그 사실을 마돈나 선생의 아버지도 알고 있다는 거고?"

"옛날부터 야반도주는 그런 법이었단다."

하지만 가에데는 아무래도 미심쩍었다.

"아무리 의협심과 행동력이 있는 젊은 교장 선생님이라도, 그렇게 거창한 야반도주 계획을 세워서 실행에 옮길 수 있을 까?"

"그럼 이건 어떨까."

할아버지가 말을 이었다.

"마돈나 선생에게 상담을 받은 교장은, 지금도 연락하고 지내는 '한 인물'과 상의했어. 만약 그 인물이 자기도 교편을 잡았던 학교를 아주 사랑하는 인물이자, '2대 창문 닦는 선생 님'이라고 불리는 후배 교장에게 평소 마음을 쓰던 인물이며, 많이 약해져서 편지지 한 장을 채우는 게 고작이긴 하지만, 그 래도 후배 교장과 꾸준히 편지를 주고받는 인물이라면? 그리고 지방 도시로 야반도주한 마돈나 선생에게 사립학교 교사 자리 를 소개해줄 수 있을 만한 인맥을 지금도 가지고 있는 인물이 라면—"

할아버지는 나지막한 서가 위의 편지꽂이에 눈길을 주었다.

"그리고 언젠가 사태가 잠잠해졌을 때, 미사키 선생에게 건네기로 되어 있는 마돈나 선생의 편지도 두 사람의 편지 사이에 끼워져 있을지 몰라. 물론 개인적인 편지니까 그 인물은 내용을 살펴보지 않았지만, 설령 읽지 않더라도 편지가 좋아하는 선배인 미사키 선생을 그리워하는 마음으로 넘친다는 건 걸 알아. 아니, 알고 있을지도 모르지."

설마.

그런, 설마.

할아버지가 창문에 대고 담배 연기를 뿜었다. 그리고 연기 너머에서 또 장기를 두는 시늉을 하더니, 과장된 투로 "장군이야" 하고 말했다. 어째선지 아까와 달리 그 손은 조금도 떨리지 않았다.

"가에데. 오늘은 스토리의 결말을 알고 있어서, 처음부터 웃음을 참을 수가 없었단다. 뭐, 놀이 삼아 다른 '정답'도 생각해봤다만, 시체를 옮기는 부분에 약간 무리가 있었을지도 모르겠어. 그리고……그렇지, '꽃을 사랑하는 사람 중에 나쁜 사람은 없다'는 걸 가에데가 알아줬으면 하는구나. '2대 창문 닦는 선생님'은 1대 이상으로 꽃을 좋아해서 교장실을 옮겼을 뿐이야."

설마 모든 계획을 세운 인물이 눈앞에 있었을 줄이야.

하지만 가에데는 아직 이해가 안 되는 점이 있었다.

"저기, 할아버지. 하나만 가르쳐줘."

"뭐니?"

"왜 '그 인물'은 굳이 '수영장의 인간 소실'이라는 거창한 계획을 세웠을까. 이상하잖아. 야반도주가 목적이라면 밤에 택시를 불러서 변두리 역으로 도망치면 그만인걸."

그러자 할아버지는 껄껄 웃었다.

"그런 스토리는 재미고 뭐고 없잖니."

"뭐?"

"시키 군의 연극에 관해 이야기할 때도 말했을 텐데. 스토리가 재미없으면 아무 의미도 없다고."

가에데는 할 말을 잃었다.

그럴 수가, 사건의 '동기'가……'재미를 주기 위해서'라니.

그런 어처구니없는.

"여름방학 직전의 마지막 수영 수업. 장마가 끝나서 하늘에는 구름 한 점 없지. 쏟아지는 햇볕 아래서 모두가 동경하던 마돈나 선생이 신기루처럼 사라졌어. 그 일은 평생 누군가에게 들려주고 싶어질 스토리로 아이들의 가슴속에 새겨질 거야. 예나 지금이나 아이들에게 한여름에 겪은 신기한 일보다 더 짜릿한 경험은 없단다."

그때, 담뱃불이 쉭, 소리를 내며 꺼졌다.

"아아." 할아버지가 탄성을 지르더니 "물이 들어왔구나" 하고 말했다.

환시다.

바닥이 침수되는 광경은 루이소체 치매 환자가 보는 전형적인 환시 중 하나다.

"저기 부두에 마돈나 선생이 서 있어. 마음이 편한지 아주 환한 표정이야. 마돈나 선생은 몰려오는 파도를 바라보며 빨리 여름이 오길 바라. 그리고 이 섬의 해안에서 아무 고민도 없이 실컷 헤엄치고 싶어 해."

'섬이라고 말했네. 채권자가 듣기라도 하면 큰일 나겠어.'

할아버지는 낙도 출신인 마돈나 선생이 잘 적응하도록, 고향이 연상되는 지방 섬의 초등학교를 소개해준 것이리라.

가에데는 스르르 잠에 빠져들려고 하는 할아버지에게 이불을 살짝 덮어주었다.

제4장

# 33인이 있다.

## 1

수달이 침대 밑에 집을 만들었다고 할아버지가 하소연하는 모양이다. 아무리 말려도 침대를 치우려고 한다는 간병인의 말을 듣고 가에데는 암담한 기분으로 히몬야로 향했다.

할아버지는 환시를 볼 때 기본적으로는 DLB의 산물이라고 자각하지만, 아주 드물게 그 광경을 현실로 받아들이곤 한다. 그리고 그럴 때는 거의 100퍼센트 몸 상태가 별로인데, 뭔가 스트레스가 원인일 경우가 많았다.

가에데는 할아버지가 왜 스트레스를 받는지 확신했다.

'아이들의 목소리가 들리지 않기 때문이야.'

어릴 적에 가에데는 히몬야를—그래봤자 행동 범위는 기껏해야 사방 300미터 정도였지만—'빨간 사탕 동네'라고 불렀다.

서민 동네 특유의 고색창연한 주택가는 좁은 일방통행 길이 이리저리 얽혀 있고, 일시 정지를 알리는 빨간 역삼각형 표지판이 여기저기 눈에 띈다. 어렸을 때 가에데의 눈에는 그 표지판이 구멍가게에 있는 빨간 삼각형 모양 사탕으로 보인 것이다.

할아버지 집 앞을 가로지르는 길도 폭이 좁고 대문 옆쪽에 '빨간 사탕'이 서 있었지만, 며칠 전에 표지판이 철거되고 앞으로 1년은 걸린다는 하수도 공사가 시작됐다.

그 때문에 근처 유치원에 다니는 아이들이 길을 빙 돌아서 등·하원하는 터라 할아버지는 아이들의 귀여운 목소리를 들을 수 없게 됐다.

현관문을 열자 간병인 중에서 제일 선배급인 아주머니가 기다렸다는 듯이 가에데의 손을 잡고 안으로 맞아들였다.

나이는 40대 후반쯤일까. 한일자로 싹둑 자른 머리가 패션이라기보다 업무에 열심히 임한다는 인상을 주었다.

앞으로 오래 볼 테니 탁 터놓고 지내자고 아주머니 본인이 희망하기도 해서, 할아버지와 가에데는 친애하는 마음을 담아 아주머니를 '바가지머리 씨'라고 부른다.

"여러모로 생각해봤는데, 아무래도 침대 밑을 보여드리는 수밖에 없을 것 같아요."

"알겠어요. 할아버지가 폐를 끼쳐서 죄송합니다."

"무슨 말씀을요. 하지만 그렇게 머리가 좋으신 분이 이렇게 되다니, 정말 신기한 병이라니까."

말을 가려서 하지 않는다는 점이 오히려 믿음직스럽다.

"그럼 바로 가볼까요."

바가지머리 씨는 가에데를 재우치듯 등을 밀며 서재로 향했다.

간병용 전동식 리클라이닝 의자는 절대로 혼자서 옮길 수 있을 만한 물건이 아니다.

"치워보면 알 거다. 수달이 두 마리, 아니, 세 마리 있어."

뚱한 표정으로 채근하는 할아버지 앞에서 가에데는 바가지머리 씨와 함께 의자를 치우고 아무것도 없는 바닥을 보여주었다.

"봐봐, 할아버지, 안심해. 수달들은 다른 데로 이사 갔나 봐."

"어, 아아. 그런가 보구나."

가에데의 말에 장단을 맞추듯 대답했지만, 할아버지는 아직 믿기지 않는 모양이었다.

"날씨가 부쩍 추워져서 그런지도 모르겠군."

할아버지는 기운 없이 어깨를 축 늘어뜨렸다.

수달이 환시임을 미처 깨닫지 못한 자기 자신이 한심하게 느껴진 것이리라.

쫓아내려고 한 건지, 아니면 침대 밑에 수달이 산다는 게 기뻐서 보여주려 했는지는 모르겠다.

하지만 어쩐지 후자였을 것 같았다.

바가지머리 씨가 돌아가자 할아버지가 약간 졸린 듯한 목소리로 화제를 바꿨다.

"그런데 학교는 어떠니?"

역시 그랬다.

할아버지는 아이들의 목소리를 못 들어서 적적한 것이다.

그래서 가에데가 일하는 학교 이야기를 꺼낸 것이다.

"음……최근 일은 아니고 반년 넘게 지난 일인데."

가에데는 미리 준비해 온 이야기를 꺼냈다.

"괴담 같기도 하고 판타지 같기도 하지만, 결국은 미스터리 같은 이야기야."

'호오'하고 할아버지는 아까와 딴판으로 만면에 미소를 띄웠다.

미스터리는 두말할 것도 없고, 괴담이든 판타지든 SF든 '재미있는 스토리'라면 뭐든지 좋아하기 때문이리라.

가에데는 말을 한 번 끊은 후 목소리를 살짝 낮추었다.

"그날 교실에 있던 건, 모두 서른두 명. 그런데 갑자기 서른세 명으로 늘어났어."

"들어봐 할아버지. 당시 난 처음으로 6학년을 맡았는데, 그 반에는 아주 특이한 3인조가 있었어. 뭐랄까……판타지 소설로 말하자면 J.K 롤링의 『해리 포터』 시리즈에 나오는 꼬마 마법사 3인조를 상상하면 이해하기 쉬우려나. 첫 번째는 정의

감이 강하지만 장난을 좋아하는 안경 낀 남학생. 얘를 '해리'라고 부를게. 두 번째는 소심하지만 사람 좋고 주근깨가 귀여운 남학생. 얘는 '론'이야. 그리고 마지막은 되바라졌지만, 그런 점도 포함해서 남학생들에게 엄청난 인기를 끄는 아이돌 같은 여학생. 얘는 당연히 '헤르미온느'지. 얼핏 보기에는 서로 공통점이 전혀 없지만, 어째선지 친하게 지내며 늘 반의 중심에 있었어. 나중에 알았는데, 실은 셋 다 미스터리와 판타지 소설을 좋아해서 죽이 잘 맞았나 봐. 어쨌든 그날도 이 셋은 평소처럼 시끌벅적하게 지냈는데, 그날 마지막 수업이 '영어 회화'였어. 응, 이제는 당연히 공립에서도 5학년쯤부터 영어 회화를 가르쳐. 덧붙여 우리 반 학생은 총 서른두 명. 남학생 열여섯 명에 여학생 열여섯 명이지. 할아버지가 선생님으로 일했던 시절에 비하면 꽤 적게 느껴지겠지만, 요즘은 이게 보통이야. 평면도를 그려 왔는데 한번 봐봐. 안경이 어디 있더라, 찾아줄게.

　　ー수업종이 울리자 난 손뼉을 치고 이렇게 말했어. '그럼 평소처럼 둘씩 짝을 지어서 영어로만 이야기해보자. 교과서에 실린 예문을 보면서 해도 상관없어. 다만 일본어는 절대로 안 돼! 일본어를 꺼낸 사람은……졸업 못 해!' 그러자 비명과도 비슷한 웃음소리가 여기저기서 들렸지. 수업의 일환이지만 게임이라도 하듯 가벼운 분위기였으니까, 기본적으로는 다들 한껏 즐겁게 해보려고 했을 거야. 그런데……그때 해리가 안경을 중지로 밀어 올리더니 손을 들고 일어서서 '그런 건 재미없지 않을까요? 학급위원으로서 제안합니다. <무서운 이야기 대회>를 여는 게 어떨까요?' 하고 말했어. 난 '지금은 수업 시간이야' 하고 주의를 줬지만, 아이들 모두 '찬성!', '무서운 이야기 듣고 싶어요!' 하고 아우성을 쳤지. 평소 착실한 헤르미온느도 이때만큼은 '그게 좋겠어요, 선생님!' 하며 동의하고 나섰어. 남학생들 모두 한마디씩 거들었지. 역시 헤르미온느를 좋아하는 론도 이의는 없었고. 결국 딱 15분 동안만 무서운 이야기 대회를 열기로 했어.

　—다른 아이들이 어디서 들어본 듯한, 그렇기에 웃음이 묻어나는 '무서운 이야기'를 몇 가지 발표한 후, 해리가 '다음은 제가 할게요' 하고 일어섰어. '저기, 이 교실에 우리 또래 여자아이의 귀신이 나온다는 이야기 아세요?'. 안경 안쪽의 눈에는 두려운 빛이 서려 있었지만, 평소처럼 표정으로는 감정을 전혀 읽어낼 수 없었지. 아까까지 떠들썩했던 교실이 찬물을 끼얹은 것처럼 조용해졌어. 해리는 개의치 않고 말을 이었어. '어젯밤에 증조할아버지한테 들었는데요. 전쟁 때 우리 학교 근처는 커다란 방공호였대요. 늘 아이들의 울음소리가 울려 퍼졌는데, 어둠 속에 울려 퍼지는 울음소리만큼 무서운 건 또 없다나요. 공습경보와 그 여자아이의 서글픈 목소리는 죽을 때까지 못 잊을 거래요—'

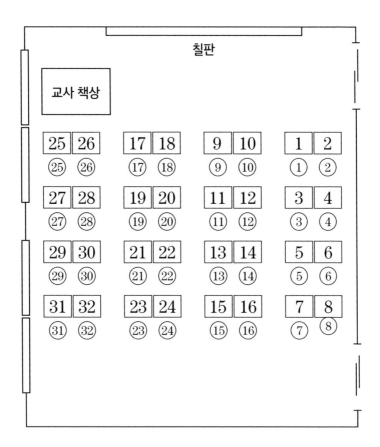

'잠깐' 순간, 이쪽 여자아이가 걱정됐지만 난 무심코 이야기에 끼어들었어. '증조할아버지의 말씀은 아주 귀중한 증언이야. 하지만 방공호는 어디까지나 학교 근처에 있었잖니. 그럼 이 교실에 귀신은 안 나올 것 같은데' '바로 그거예요, 선생님. 어제 도서관에서 찾아보고 알았는데요. 방공호가 있었던 곳은 학교 근처가 아니라—' 해리는 교실 뒤편을 가리켰어. '우리 교실 저쯤이었대요' 반 아이들이 일제히 교실 뒤편을 돌아봤지. 그때부터는 누가 '무서운 이야기'를 발표해도 다들 조용히 입을 꾹 다물고 있을 따름이었지. 이래서야 오락 시간의 범위를 벗어난 것 같길래 '자, 무서운 이야기 대회는 여기서 끝!' 하고 손뼉을 쳤더니 다들 어쩐지 안심한 눈치였어. 그리고 드디어 영어 회화 수업을 시작했지.

 —'시간은 2분이야. 준비됐니? 그럼……시작!' 다들 남녀 두 명, 또는 세 명이 어깨를 맞대고 열심히 영어로 대화를 나누기 시작했어. 아이들에게 2분은 짧은 듯하면서도 의외로 긴 시간인 모양이더라고. 교과서의 예문만으로는 시간이 너무 많이 남는지, 책상 위에 있는 물건을 보며 'Is this a book?'이라는 둥 'I have a……pencil'이라는 둥 당연한 소리를 하면서도 제법 대화에 열을 올리더라. 나는 책상 사이의 통로를 천천히 걸어서 교실 뒤편으로 향했지. 창문으로 보이는 벚꽃은 아직 반쯤 핀 상태였지만, 멀리서 보기에는 거의 만개한 것처럼 보였어. 한복판 통로의 뒤쪽에 앉아 있는 론과 헤르미온느 옆까지 왔

을 때 칠판 쪽으로 몸을 돌려서 아이들을 둘러봤지. 그러다 교실 시계가 눈에 들어왔는데, 이미 2분이 지났더라고.

　─문제는 여기서부터야. '시간 됐다, 그만!' 하고 말했는데……내 바로 옆에 있던 론과 헤르미온느가 붙이고 있던 몸을 확 떼더니 갑자기 말다툼을 벌이지 뭐야. 평소 얌전한 론이 화난 표정으로 헤르미온느에게 언성을 높였어. '들었어! 아까 일본어 썼잖아!' 헤르미온느도 가만히 있지 않았지. '무슨 소리야? 일본어를 쓴 건 너잖아!' 내가 끼어들어 달래면서 이야기를 들어보니……둘 다 일본어 말소리를 똑똑히 들었다는 거야. 더구나 '서글프게 울먹이는 목소리'였대. 그래서……더 자세하게 물어보니 그 목소리는 등 쪽에서 들렸대. 걔들 바로 옆에 있었던 나는 물론 뭔가 말한 기억이 전혀 없어. 내 등 쪽, 즉 교실 뒤편에는 아무도 없었다고 단언할 수 있고. 이윽고 반 아이들이 웅성거리기 시작했지……. 서른두 명이 있어야 할 교실에 아이가 한 명 더 나타난 거 아니냐고. 그리고 그 아이는 방공호 속에서 울고 있던 아이의 귀신 아니냐고. 바로 그때, 그야말로 방공호처럼 어둡고 평소보다 갑갑하게 느껴졌던 교실 뒤편의 한구석에 햇빛이 비쳐들었어. 복도에서 불어든 바람에 피어오른 먼지가 반짝이며 너풀거렸지……. 여학생 몇 명이 비명이라도 참듯 손으로 입을 막은 게 기억나.

　─초봄인데도 뼛속까지 시릴 만큼 추운 날이라 교실 창문은 전부 잠가놨어. 앞뒤 문은 살짝 열어놓았지만, 누가 들어온

기척은 나지 않았고. 교실 뒤쪽은 건물 가장자리에 해당하니까 옆 반 아이의 목소리가 들렸을 가능성도 없지. 해리도, 그리고 론과 헤르미온느도 거짓말을 할 아이들은 아니니까 모두를 속인 것도 아니야. 이걸로 서른두 명이 있었던 교실에 갑자기 서른세 번째 사람이 나타났다는 이야기는 끝. 자, 할아버지는 어떤 스토리를 자아내려나."

가에데는 할아버지가 중간에 잠들지 않도록 일부러 단숨에 이야기를 마쳤지만, 다행히 전혀 쓸모없는 배려였던 듯하다.

할아버지는 아까와 달리 또렷한 어조로 말했다.

"가에데. 담배 한 대 주지 않으련?"


## 2

점심시간인지, 아까 전부터 하수도 공사하는 소리가 뚝 끊겼다. 대신에 초겨울의 맑은 공기가 '꾸우'하고 새소리를 날라 왔다.

"멧비둘기로구나. 올빼미 울음소리와 똑 닮았어."

할아버지는 그야말로 너희 반 3인조의 이야기에 딱 어울리지 않느냐며 웃었다.

그 대답을 듣고, 가에데는 기뻤다.

'마법사 소년 해리 포터는 흰올빼미를 키운다.'

그 점에 바로 생각이 미쳤으니, 할아버지의 지성이 실시간으로 되살아나고 있다는 뜻이리라.

"이를테면 이건 '독자에게 보내는 도전장'이 아니라 '독거노인에게 보내는 도전장'이로군."

어깨를 풀기 위해서인지 할아버지는 천천히 목을 돌리며 또 기쁜 듯이 미소 지었다.

"네 이야기에는 수수께끼를 풀기 위한 단서가 전부 숨겨져 있어. 그리고 만약 이 수수께끼에 제목을 붙인다면 『33인이 있다!』밖에 없겠지."

가에데도 할아버지가 무슨 말을 하는지 이해했다.

일찍이 할아버지의 권유로 읽었던 하기오 모토의 명작 만화 『11인이 있다!』는 탑승원이 열 명이어야 할 우주선—이른바 궁극의 밀실—에 수수께끼의 '열한 번째' 탑승원이 홀연히 나타난다는 내용의 단편 미스터리다.

할아버지는 목을 돌리는 걸 멈추고 자, 하며 가에데의 얼굴을 똑바로 보았다.

\* \* \*

"이 이야기에는 커다란 모순점이 하나 있어. 그리고 그것만 알아차리면 '서른세 번째 사람의 수수께끼'는 즉시 풀리지."

가슴이 두근거렸다.

"그럼 그 모순점은 뭘까."

할아버지는 가에데의 눈 속 깊은 곳이라도 들여다보듯 눈을 약간 오므렸다.

"그림에도 확실히 표현돼 있어. 바로 '뼛속까지 시릴 만큼 추운 날인데도 교실 앞뒤 문은 살짝 열어놨다'는 사실이야."

역시.

역시 할아버지에게는 미스터리가 무엇보다 잘 드는 좋은 약이다.

"창문은 잠가놨잖아. 그렇다면 문도 닫으면 될 텐데 말이야. 그럼 왜 문은 외풍이 불어들 만큼 열어놨을까? 대답은 하나뿐이야. 환기를 위해서지. 반년쯤 전이라면 아직 신형 감염증이 유행했을 무렵이야. 그러고 보니 가에데가 내 기억력을 시험해본 건가."

할아버지는 큰 눈 속의 눈동자를 장난스럽게 비스듬히 위쪽으로 올렸다.

"다음으로 해리에 대해 가에데는 이렇게 말했어. '안경 안쪽의 눈에는 두려운 빛이 서려 있었지만, 평소처럼 표정으로는 감정을 전혀 읽어낼 수 없었지'라고. 응, 거짓말은 아니야. 아주 신중한 발언이구나."

할아버지는 천천히 자기 입을 가리켰다.

"감정을 전혀 읽어낼 수 없는 것도 당연해. 슥, 해리는 다른 아이들과 마찬가지로 평소처럼 마스크를 끼고 있었던 거야."

"과연 할아버지야."

"그렇다면 갑자기 다른 모순점이 부각돼. 즉, <감염될 위험성이 있는데도 불구하고 남학생과 여학생이 짝을 이루어 '어깨를 맞대고' 영어로 대화를 나누었다>는 사실이야. 그렇듯 비말이 튈 위험성을 전혀 고려하지 않는 무모한 수업 방식이 있을까. 그래도 있다고 한다면 방법은 하나뿐이야."

할아버지는 거침없이 말했다.

"남학생과 여학생은 옆자리끼리 짝을 이룬 게 아니야. 앞뒤 자리가 짝을 이룬 거지."

가에데는 침을 꿀꺽 삼켰다.

"그림을 보며 설명하마. 일단 첫째 줄과 셋째 줄 아이들은 책상을 움직이지 않아. 몸을 좀 움직여야 하는 건 둘째 줄과 넷째 줄 아이들이지. 걔들은 책상을 일제히 뒤로 물린 후, 자기 의자를 들고 가서 앞자리 아이의 의자와 반대 방향으로 내려놔. 그리고 서로 등을 돌리고 앉아서 반대 방향을 보며 대화한 거야. 이 방법을 사용하면 각 조는 책상 덕분에 거리를 유지할 수 있어. '어깨를 맞대고'라는 표현은 분명 거짓말이 아니야. 하지만 옆자리끼리는 아니지. 앞뒤 자리 학생이 등을 돌리고 앉아서 사이좋게 '어깨를 맞대고' 있었던 거야. 당시 전국 각지에서 그런 식으로 수업을 진행했다는 뉴스도 본 적이 있어. 교실 뒤편 공간이 '평소보다 갑갑하게 느껴졌던' 것도 당연해. 실제로 그 부근은 평소보다 좁았으니까. 각 조의 뒤쪽 아이들은 책상 아래에 무릎을 못 넣어. 그런 만큼 이동한 후에는 분단의 길이가 약간 길어져서 필연적으로 교실 뒤쪽 공간은 좁아지겠지. 어때, 이해가 가니? 혹시 내 설명이 복잡하다면 네가 준비해 왔을 두 번째 그림을 꺼내는 편이 낫지 않겠니?"

'으아, 완전히 꿰뚫어 보셨네'

가에데는 단념하고 두 번째 그림을 꺼냈다.

또 어디선가 멧비둘기가 올빼미와 비슷하게 '꾸우'하고 울었다.

가에데는 언젠가 갔었던 이탈리안 레스토랑의 벽시계에 올빼미가 장치돼 있었다는 게 생각났다.

올빼미는 마법사의 심부름꾼. 그리고 할아버지는 미스터리 분야의 마법사.

"자, 여기까지 왔으니 서른세 번째 사람의 정체는 해명된 거나 마찬가지지."

할아버지는 냉정하면서도 다정함이 넘치는 목소리로 정답을 말했다.

"가에데, 서른세 번째 사람은 너야."

가에데는 고개를 끄덕였다.

"네가 처음으로 담당한 6학년 학급이야. 아직 이른 봄인 3월 초순. 그 영어 회화 수업은 좋아하는 아이들과 실컷 소통할 수 있는 얼마 안 되는 기회, 어쩌면 마지막 수업* 아니었으려나.

———

* 일본의 초등학교는 보통 3학기제로, 4월에 1학기가 시작돼 이듬해 3월에 3학기가 끝난다

그렇게 따지면 해리가 반 아이들과 추억을 만들기 위해 '무서운 이야기 대회'를 제안할 만도 하지 않겠니? 그리고 네가 그걸 허락한 기분도 이해가 가고. 처음으로 떠나보내는 아이들. 곧 걔들의 졸업식이 다가와. 그때 우는 건 걔들이 아니야. 나도 경험해봤다만⋯⋯우는 건 분명 교사 쪽이지."

할아버지는 추억을 되새김하듯 눈을 잠깐 감았다.

"겨우 1년 전까지만 해도 마치 어린애 같았던 학생들이 영어로 재잘재잘 대화하고 있어. 참으로 든든한 모습이야. 교실 뒤편으로 천천히 걸어가는 네 눈에는 반쯤 피어난 창밖의 벚꽃이 참 빨리도 만개한 것처럼 보였겠지. 그리고 한복판 통로 뒤쪽에 다다른 너는, 짝을 이룬 론과 헤르미온느 옆에서 몸을 돌려 모두의 모습을 다시금 눈에 새기려 했어. 바로 그때야. 넌 어디까지나 무의식중에 울먹이는 목소리로 중얼거렸어. 예를 들면⋯⋯그렇지, '안 돼, 쓸쓸해' 하고."

이동 전　　　　　　이동 후

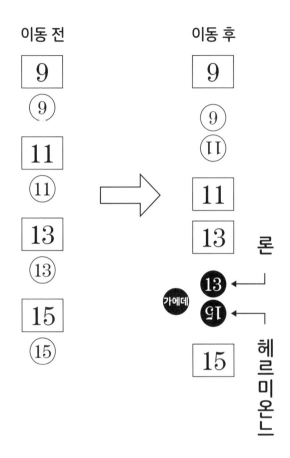

론

가에데

헤르미온느

197

맞다. 지금도 확실히 기억나지는 않는다. 하지만 돌이켜보건대 그런 말이 나도 모르게 흘러나온 건 틀림없다. 나 자신도 전혀 모르게. 할아버지 말대로 정말로 무의식중에.

소란이 벌어지고 나서야 서른세 번째 사람은 나라는 사실을 깨달았다.

"자, 네 바로 옆에서 등을 맞대고 있던 론과 헤르미온느에게는 네 목소리가 등 위쪽에서 들렸을 거야. 론은 헤르미온느의 목소리인 줄 알았어. 헤르미온느는 론의 목소리라고 느꼈고. 20대 여성의 혼잣말은 나이도 성별도 구분하기가 쉽지 않지. 그래서 둘 다 그만 짝궁의 목소리로 착각한 거야. 그런데 2분이 지나 상대가 일본어를 쓰지 않았다는 사실이 드러난 순간, 단순한 해프닝이 괴담으로 변모한 거지."

가에데는 힘없이 고개를 푹 숙였지만, 속으로는 혀를 쏙 내밀었다.

그리고 "할아버지, 그걸로 끝이야?" 하고 말하려 했을 때, 할아버지가 "하지만 그게 다가 아니지" 하고 기선을 제압하듯 미소를 지었다.

"독자에게 보내는 도전장이 아닌, '독거 노인에게 보내는 도전장'은 2단 구조로 이루어진 문제야. 방금 스토리는 서장에 지나지 않아. 실은 그 후에 완결되는 '다른 스토리'가 존재하지."

"서른세 번째 사람은 한 명 더 있었어."

설마.

설마 그것까지.

"첫 번째 그림에 명확한 힌트가 있잖니. 일단 교실 서쪽 뒤편, 8번 자리의 의자만 다른 것과 달리 책상에 밀착돼 있어. 이건 의자를 책상 밑에 밀어 넣어놨다는 뜻이야. 즉, 이 자리에는 학생이 앉아 있지 않았어. 8번은 등교 거부 중인 여학생의 자리야. 등교 거부 학생의 자리는 그 아이가 언제든지 반에 돌아올 수 있도록 교실 뒷문에 제일 가까운 곳에 배치할 때가 많지. 필연적으로 8번 자리가 돼."

'하, 하지만'

"어떻게 여학생 자리인 줄 알았어?"

"이유는 나중에 설명하마. 자, 일단은 수업 시간에 '해리'가 그런 행동에 나선 이유를 짚어볼까. 해리는 '정의감이 강하지만 장난을 좋아한다'고 했지. 그런 해리가 선생님이며 아이들과의 이별을 앞두고, 졸업하기 전 마지막 수업 시간이라는 소중한 시간을 사용해 그저 모두를 겁주기 위해 괴담 대회를 열까? 다른 의도가 있었다고 봐야 자연스럽지 않겠니?"

과연 대단하다. 한 치의 빈틈도 없다.

"해리는 마지막 수업 시간이 다가오는 가운데, 등교를 거부하는 여학생의 집을 몇 번이고 찾아가서 학교에 오라고 설득하지 않았을까. '모두가 널 기다려' '모두 함께 가에데 선생님과 작별하자'는 식으로 말이야. 설득한 보람이 있었는지 그 여학생은 가에데와 다른 아이들 모르게 실로 오랜만에 학교에 왔어. 하지만 모처럼 친구들과 만나는 날이잖아. 장난을 좋아하는 '해리'가 작은 깜짝 이벤트를 연출하려 한 거야. 분명 그러한 장난기가 담겨 있었기 때문에 그 학생도 등교를 결심한 것 아닐까. 해리는 일단 '방공호의 여자아이'라는 괴담을 들려줘. 그 후, 영어 회화 수업이 끝났을 때 '얘들아! 교실 뒤쪽을 봐!' 하고 소리치려고 했을 거야. 그러면 내내 학교에 오지 않던 여학생이 서쪽 뒷문으로 머뭇머뭇 들어오고, 늘 여학생을 걱정했던 반 아이들이 박수갈채를 보낸다는 계획이었겠지. 첫 번째 그림의 교실 뒷문을 보면, 여학생이 마음 편히 들어올 수 있도록 앞문보다 많이 열어놓았다는 걸 알 수 있어. 환기 말고도 이유가 있었던 거지."

"어, 할아버지. 물어보고 싶은 게 두 가지 있는데."

"얼마든지 물어보렴."

"일단 등교 거부 학생이 있다는 건 어떻게 알았어?"

"영어 회화 수업에 대해 넌 이렇게 설명했어. '다들 남녀 두 명, 또는 세 명이 어깨를 맞대고 열심히 영어로 대화를 나누기 시작했어'라고. 학생 수가 서른두 명이라면 당연히 모두 다 두 명씩 짝지을 수 있지. 세 명이 짝지을 이유가 없잖니. 따라서 한 명이 모자란다는 건 자명한 이치야. 애당초 네가 이 이야기를 꺼낼 때 '그날 교실에 있던 건, 모두 서른두 명'이라고 했잖아. 넌 명백한 사실을 밝힌 데 지나지 않아. 그래, 그날 교실에 있던 건 학생 서른한 명에 너까지 합쳐서 분명 서른두 명이었어."

"그럼 아까 물어봤던 건? 등교 거부 학생이 여학생이라는 건 어떻게 알았어?"

"그것도 네가 '대놓고 말했기' 때문이지."

역시 눈치챘구나.

"해리가 방공호의 여자아이 이야기를 마친 직후 넌 '이쪽 여자아이가 걱정됐지만 난 무심코 이야기에 끼어들었어'라고 말했어. 어때, '이-그-저'의 용법이 이상하지 않니? 방공호의 여자아이가 걱정됐다면 '그 여자아이'라는 표현이 나왔겠지. 즉, 넌 방공호의 여자아이 이야기를 듣는 동안 등교를 거부하는 '이쪽 여자아이'가 걱정된 거야. 거장 요코미조 세이시의 『옥문도』에는 명탐정 긴다이치 고스케가 '테니오하(일본어 품사 중 조사를 총칭하는 말-옮긴이 주)의 문제'로 고민하는 아주 유명한 장면이 나오는데, 이쪽은 요컨대 '이그저의 문제'야. 뭐, 하지만 이쪽 이야기는 그렇게 참혹하지 않고, 그야말로 행복한 결말을 맞이했겠지. 음, '그림'이 보이는구나."

할아버지는 골루아즈의 담배 연기를 가만히 들여다보았다.

"얘들아, 교실 뒤쪽을 봐!' 해리가 신호하자 눈을 내리뜬 여학생이 천천히 교실 뒷문으로 들어와. 가에데와 반 아이들은 한순간 놀라지만, 바로 큰 박수를 보내지. 큰 역할을 완수한 해리가 안경을 벗고 기쁨의 눈물을 닦는군. '어때, 귀신이 아니라고. 하나, 둘, 셋에 맞춰서 잘 왔다고 반겨주자. 하나, 둘, 셋'. '잘 왔어!' 교실 밖에서는 딸을 따라온 어머니가 역시 눈물을 글썽이고 있어. 가에데와 드디어 등교한 여학생을 합쳐서 서른 세 명이 한자리에 모였지. 이게 『33인이 있다!』라는 스토리의 행복한 결말이야."

이걸로 끝이라고 신호하듯 할아버지는 끼이익, 소리를 내며 천천히 리클라이닝 의자에 몸을 맡겼다.

그때였다.

현관에서 "실례합니다" 하고 여러 명의 목소리가 들렸다.

그야말로 최고의 타이밍이긴 했지만, 예절 교육을 좀 더 시킬 걸 그랬다는 생각에 가에데는 조금 부끄러웠다.

"얘들도 참, 인터폰을 누르라고 했을 텐데."

"대체 누굴까."

"해리와 론, 그리고 헤르미온느."

"뭐라고?"

"요전에 전철에서 우연히 세 사람과 만났거든. 셋 다 같은 중학교라 헤르미온느의 제안으로 미스터리, SF, 호러, 판타지를 아우르는 연구회를 결성했대. 하지만 학교 도서관에 소장된 장르 소설은 대부분 다 읽었다나. 그래서 괜찮으면 우리 할아버지 집에 오지 않겠느냐고 제안했어.”

“들어가도 될까요” 하고 가에데에게도 반가운 ‘해리’의 목소리가 들렸다.

‘우와. 변성기가 시작됐나 보네’

어쩐지 웃겼지만 감동이었다.

“담배는 안 되겠군.”

할아버지가 기쁨을 감추지 못하는 표정으로 얼른 창문을 열고, 담배 연기를 밖으로 몰아내는 모습을 시야 가장자리에 담으며 가에데는 “들어와!” 하고 소리쳤다.

키도 성격도 제각각인 세 사람이 서재로 우르르 들어왔다.

물론 실제로는 『해리 포터』 시리즈의 주인공 세 사람과 전혀 닮지 않았지만, 캐릭터는 정말로 겹치는구나 싶었다.

일단 ‘론’과 ‘헤르미온느’가 요란을 떨었다.

“뭐야, 이 방⋯⋯. 굉장하다, 진짜로 책이 가득해.”

“얘들아, 예의를 차려야지! 일단 인사부터!”

“이 집 정원에 방울벌레가 많이 산다면서요? 이거, 새로 나온 곤충도감이에요.”

“아니, 인사는 그런 게 아니잖아.”

자기소개도 생략이다.

“창문 닦는 선생님이셨던가요?” ‘해리’가 안경을 중지로 밀어 올리며 서가를 올려다보더니, 바로 본론을 꺼냈다.

"여기에 저희가 읽어보지 못한 무서운 책이 있다고 들었는데요……가끔 빌리러 와도 될까요?"

"버릇없기는! 빌리러 찾아뵈러 와도, 라고 해야지." '헤르미온느'가 핀잔을 주었다.

"그 표현도 뭔가 아닌 것 같은데." '론'이 한마디 했다.

할아버지가 소리 내어 웃었다.

"언제든지 빌리러 오려무나. 유명한 호러 소설은 거의 다가지고 있으니까. 예를 들면……그렇지, 너희는 학교에 오지 않는 친구가 반으로 돌아오기를 간절히 바랐잖니. 그렇다면 '무슨 소원이든 이루어지는 이야기'는 어떠려나."

"그런 이야기는 전래동화에도 많은데요. 하나도 안 무섭다고요."

"과연 그럴까."

할아버지는 장난스러운 웃음을 지으며 제일 앞쪽 서가의 한 부분을 가리켰다.

그리고 추리를 펼치기 전에 꺼내는 그 대사와 완전히 똑같은 어조로 '무슨 소원이든 이루어지는 이야기'가 담긴, 무섭디무서운 그 소설의 제목을 말했다.

"가에데. W.W.제이콥스의 「원숭이 손」이 수록된 단편집을 꺼내주지 않으련?"

# 제5장

# 환상의 여인

## 1

처음으로 네 사진을 찍었어

넌 모르겠지

나와 너의 '투 샷 사진'

넌 모르겠지

'토요일 아침이 이렇게나 활기찰 줄이야' 하고 가에데는 생각했다.

무게감 있는 강물이 도쿄 도내 근교의 서민 동네를 느릿느릿 흐른다.

맑고 쾌청한 겨울날, 부드러운 햇살이 쏟아지는 제방에 무릎을 끌어안고 앉아 강을 바라보고 있자니, 바로 앞쪽의 물만 흐르고 있는 것처럼 느껴졌다.

저 멀리 강 건너편에서는 호안공사 중인 준설선이 거의 멈춘 게 아닌가 싶을 만큼 천천히 앞으로 나아간다.

그렇듯 '완만한' 광경과는 대조적으로, 산책과 달리기를 즐기는 사람들이 가에데 뒤쪽의 산책길을 쉴 새 없이 지나간다.

둔치에서는 야구와 테니스, 크로켓을 하는 사람들의 환성이 끊임없이 울려 퍼진다.

하지만 가에데의 귀에는 그 열띤 목소리가 여기에 타고 왔던 따뜻한 전철의, 졸음을 유발하는 규칙적인 진동음처럼 들렸다.

'안 돼, 훨씬 졸려.'

하품을 씹어 삼키는데 머리 위에서 "언제까지 쉴 겁니까" 하고 야단치는 목소리가 날아들었다.

러닝 복장이 잘 어울리는 이와타가 무서운 코치처럼 팔짱을 끼고 서 있었다.

"쉬면 쉬는 만큼 근육이 굳어서 다리가 무거워져요. 무엇보다 평소 신던 운동화면 괜찮을 거라는 그 태도부터 문제예요. 마라톤을 얕보는 거라고요."

"평소 신던 운동화라니."

운동화와 똑같이 수수한 색깔의 신발을 고른 탓이라고는 하나, 울컥해서 대꾸했다.

"하라는 대로 러닝화도 샀는데요."

"그럼 더 열심히 뛰어야죠. 자, 수분을 공급하고 일어서요."

'호랑이가 따로 없네.'

가에데는 시키는 대로 페트병의 생수로 목을 축인 후, 산책길로 올라가서 다시 이와타를 따라 달렸다.

3주일 후, 가에데가 근무하는 초등학교에서 연례행사인 마라톤 대회가 열릴 예정이었다.

예년 같았으면 가에데 같은 운동치는 완전히 무관심했겠지만, 올해는 사정이 조금 다르다.

무슨 이유인지 다름 아닌 가에데가 제일 뒤처진 아이를 지켜보며 달리는 후위 역할을 맡게 된 것이다. 분명 매년 자청해서 선도 역할을 맡는 이와타의 '음모'이리라.

가에데는 리듬감 있게 어깨를 흔들며 달리는 이와타의 뒷모습을 원망스럽게 노려보았다.

아무리 연습을 위해서라지만 전철을 갈아타고 역의 물품 보관함에 짐을 보관하면서까지, 이렇게 먼 곳으로 달리러 올 필요가 있을지 새삼 의문이 들었다.

하지만 멍한 기분으로나마 계속 달리다 보니, 이와타가 여기서 보내는 이 시간을 소중히 여기는 이유를 어쩐지 알 것 같았다.

포장된 산책길은 폭이 약 5m나 돼서 사람들이 오가기에 충분한 간격이다.

대형견과 커다란 개와 함께 산책하는 고상한 인상의 노부부가 지나쳐가며 이와타에게 안녕하세요, 하고 상냥하게 말을 건넸다.

아이리시 세터가 꼬리를 세차게 흔드는 것으로 보건대, 개도 이와타를 알아보는 듯했다.

이어서 트랙 재킷과 레깅스라는 본격적인 러닝 스타일로 몸을 감싼 젊은 남자가 지나쳐갈 때 턱까지 올린 넥 워머를 내리더니 하얀 이가 보이게 씩 웃으며 수고 많으십니다, 하고 인사했다

'과연……좀 기분 좋긴 하겠네.'

토요일 산책길에는 이러한 고정 멤버와의 반가운 만남이 기다리고 있다.

문득…… 눈길을 주자 이번에는 파카 차림의 30대 중반으로 보이는 여자가 직각으로 구부린 팔을 규칙적으로 흔들며 성큼성큼 걸어왔다.

여자는 역시 이와타에게 눈길을 주더니 숨을 후우 내쉬며 걸음을 멈췄다.

"좋은 아침, 이와타 선생님. 매주 열심히 뛰네."

그리고 화려한 캐릭터 손수건으로 감싼 음료를 마신 후, 가에데를 흘끗 보았다.

"어머."

여자는 음료를 겨드랑이에 끼고 양손으로 입을 가리며 이

와타에게 장난스럽게 속삭였다.

"멋진 사람이잖아. 있지…… 혹시 여자친구?"

저기요, 언니. 입을 가리는 의미가 전혀 없거든. 훤히 다 들려.

"아니요, 아직은요."

아직은, 이라는 말은 사족이다.

파카를 입은 여자는 "멈춰 세워서 미안해. 잘해봐" 하고 가에데에게 의미심장한 웃음을 뿌리더니 또 직각으로 구부린 팔을 흔들며 리듬 있는 걸음걸이로 멀어졌다.

우와, 완전히 오해받았네.

'하지만 뭐?' 가에데는 피로가 쌓인 넓적다리를 두드렸다.

'좋은 곳을 알려줬으니 이번에는 그냥 넘어갈까?'

불평을 꺼내지 않고 다시 이와타를 따라 달렸지만, 달리기에 익숙하지 않은 탓인지 금방 숨이 찼다.

잠깐……이와타 선생님, 속력이 빨라진 거 아니야?

틀렸어.

이제 안 되겠다니까.

하지만 그런 가에데와는 달리, 뒤돌아본 이와타는 전혀 흔들림 없는 목소리로 말을 꺼냈다.

"그나저나 시키 녀석은 역시 안 왔네요. 토요일 아침은 활동이 정지된다니까요, 그 녀석."

"어……뭐, 뭐라고……."

"어라."

이와타는 숨이 턱까지 차올라 힘들어하는 가에데를 보고 멈춰 서서 "활동이 정지된 건 가에데 선생님도 마찬가지인가." 하며 원래 생김새를 못 알아볼 만큼 얼굴 근육을 찡그려서 '활짝' 웃었다.

"그럼 이번에는 저기까지만 가볼까요."

정리 운동이라는 미명 아래, 이와타가 가리킨 철교로 비틀비틀 걸어갔다.

그런데 다리 옆에서 귀에 딱 꽂히는 바리톤 목소리가 들려왔다.

"두 분 다 고생하셨습니다."

바리톤 목소리로 말을 건넨 사람이 편의점 비닐봉지에서 캔 맥주를 꺼내며 긴 머리를 쓸어올렸다.

"땀을 흘린 후에는 역시 이거죠" 하고 시키가 말했다.

산책길의 반환점에 걸린 다리가 둔치 일대에 커다란 그림자를 드리우고 있었다.

세 사람은 주사위처럼 생긴 콘크리트 블록을 쌓아 올린 제방의 양달에 나란히 앉아 캔 맥주를 마셨다.

바깥 공기를 맞고 아주 차가워진 맥주가 달아오른 몸에 깊숙이 스며들었다.

"맛 좋다."

그런 말이 자연스럽게 튀어나왔다.

얼마 전까지만 해도 그저 쓰기만 했는데, 가에데는 드디어 맥주의 참맛을 깨달은 기분이었다.

"아아. 기껏 칼로리를 소비했는데, 도로 아미타불이로군."

이와타는 불평하면서도 맥주를 단숨에 벌컥벌컥 마셨다.

"뭐, 이왕 가져왔으니 고맙게 마시겠다만." 아와타는 시키를 노려보며 말을 이었다. "야, 왜 약속을 어긴 거야?"

"에이, 에이, 잠깐만요." 시키가 표정을 누그러뜨리면서 대꾸했다.

그 순간 가에데는 그들의 공통점을 알아차렸다.

그렇다.

종류는 완전히 다르지만, 둘 다 웃음이 아주 매력적이다.

"애초에 선배도 제가 올 거라는 생각은 안 했잖아요. 토요일 아침에 달리기라니, 그게 제정신이에요?"

"어휴, 토요일 아침이래도 10시 약속이었어. 그렇게 말도 안 되는 시간은 아니잖아."

"저한테는 말도 안 되는데요. 그리고 선배도 실은 단둘이 달려서 좋았으면서."

"시끄러워. 맥주나 한 캔 더 줘."

"맥주 대령이오." 시키는 뛰어난 제구력을 발휘해 캔 맥주를 이와타에게 던져준 후 그런데, 하고 가에데에게 말을 돌렸다.

"요즘은 어떤 재미없는 미스터리 소설을 읽으세요?"

나왔다. 하다 하다 오늘은 '재미없다'는 것이 전제다.

"재미없는 미스터리 소설 이야기를 해봤자 재미없지 않겠어요?"

"재미가 없기에, 그 결함을 왈가왈부하는 재미가 생기지 않겠습니까. 이것이 바로 미스터리라는 독특한 문학 형식에만 허용되는 묘미입니다."

그때 뜻밖에도 이와타가 "잠깐, 잠깐."하고 끼어들었다.

"늘 둘만 사이좋게 미스터리에 대해 토론하다니. 가끔은 나도 끼워줘."

"엥?" 시키가 놀라서 소리쳤다.

"선배가 미스터리에 대해 할 말이 있으시다고요?"

"누굴 바보로 아나."

이와타는 입을 적시고 싶은지 맥주를 쭉 들이켜고 나서 의기양양하게 말했다.

"유례가 없는 새로운 학설을 생각해 왔어. 깜짝 놀랄 거다. 이름하여 '프로레슬링은 미스터리와 상통한다는 설'이지."

오, 하고 시키는 눈을 동그랗게 떴다. 뜻밖에도 흥미진진해 보였다.

"꼭 들어보고 싶네요."

이와타는 시키의 말에 힘을 얻었는지 콧김을 씩씩 내뿜고서 말했다.

"가에데 선생님, 내가 프로레슬링을 좋아하잖아요."

"처음 듣는데요."

"그런가요."

이와타는 당황한 표정으로 코 옆을 긁적이며 시키에게 고개를 돌렸다.

"잘 들어. 프로레슬링과 미스터리는 굉장히 비슷해. 예를 들어 미스터리에 반드시 나오는 '어떤 말'이 있지. 그런데 그 말은 사실 프로레슬링 세계에서도 아주 흔한 말이야."

이와타는 "좋아, 말이 나온 김에 퀴즈를 내볼까" 하고 목소리를 높였다.

"문제! 미스터리와 프로레슬링에 자주 나오는, 한자로 두 글자인 이 말은 뭘까요? 자, 먼저 말하는 사람이 승리!"

시키와 가에데는 거의 동시에 입을 열었다.

"유혈."

"유혈요."

"저, 정답⋯⋯."

이와타는 분하다는 듯이 한탄했다.

"둘 다 어떻게 아는 거야?"

"선배, 수준이 낮아요."

"수준이 낮네요."

"그것도 동시에 말하지 마."

토라진 이와타를 보고 시키가 오히려 걱정스러운 표정으로 물었다.

"설마 싶기는 하지만……그것뿐만은 아니겠죠?"

"무시하지 마라. 프로레슬링은 미스터리와 상통한다는 설의 근거는 산더미처럼 많다고."

이와타는 허리에 찬 작은 가방에서 메모장을 꺼내더니 손가락에 침을 발라 페이지를 넘겼다.

"이것저것 조사해 왔어. 옛날에 킬러 칼 콕스라는 유명한 레슬러가 있었는데, 별명이 엄청나. 사람들이 부르기를 '살인귀'. 어때, 그대로 미스터리와 직결되지?"

"선배, 수준이 낮아요."

"수준이 낮네요."

"동시에 그러지 말라니까! 음, 그 밖에도……별명에서 미스터리 느낌을 풍기는 레슬러는 많아. 일단 '살인 의사' 스티브 윌리엄스. 의사가 살인자라니 무섭잖아. 그리고 '싸우는 총포 도검법 위반자' 칼 앤더슨도 놓쳐서는 안 되지. 경찰은 대체 뭘 하는 거야. 또 있어. 압권은 역시 '죄수' 더 콘빅트겠지. 이 남자는 죄수복을 입은 사형수인데, 경기 때만 특별히 석방된다는 콘셉트의 캐릭터야."

이와타는 어떠냐는 듯이 메모장을 탁, 하고 소리 나게 덮었다.

"어……끝났습니까?" 시키가 물었다.

"끝이야. 이 정도면 학설을 증명하고도 남겠지."

"머리가 아프네요."

시키는 한숨을 쉬더니 머리를 쓸어올렸다.

"프로레슬링은 미스터리와 상통한다는 설을 내세울 거면 좀 더 본질적인 부분에 초점을 맞추셔야죠. 확실히 양쪽은 비슷한 점이 많아요. 하지만 레슬러의 엽기적인 캐릭터와 미스터리에 등장하는 살인자의 이미지는 피상적인 공통점에 지나지 않는다고요. 시야를 좀 더 넓혀서 프로레슬링 대회 전체에 초점을 맞춰보도록 할까요?"

"어째 어렵게 들리는데."

"간단한 이야기예요. 잘 기획한 프로레슬링 대회를 보면 일단 개막전에서 반드시 관객에게 놀라움을 안겨줄 무슨 '사건'이 발생합니다. 예를 들어 이적해 온 소문난 실력파 레슬러가 압도적인 힘을 선보이며 단체의 절대적인 제일인자를 쓰러뜨리거나, 예상치 못한 난입 또는 배신으로 단체 내부의 세력 구도가 단숨에 바뀌거나……개막전에서 벌어지는 이러한 해프닝은 그야말로 미스터리에서 제공하는 '의외의 발단'과 서로 비슷하다고 할 수 있겠죠."

이렇게 되면 더는 못 말린다.

"전국 순회가 시작되면 개막전에서 일어난 의외의 일이 다양한 주제를 내포한 여러 가지 이야기로 발전해 나갑니다. 원한, 우정, 정의, 복수……때로는 '노쇠'조차도 주제로 삼는 경우가 적지 않아요. 이것들은 미스터리의 중반에서 나타나는 급전개에 해당합니다."

어리벙벙한 표정의 두 사람은 거들떠보지도 않고 시키는 말을 이었다.

　　"그리고 이러한 이야기들이 전부, 마지막 경기가 열리는 경기장에서 우수리가 전혀 남지 않는 형태로 수렴되죠. 완전무결한 제일인자는 이른바 신과 같은 지혜를 자랑하는 명탐정이고, 뜻밖의 기술로 최강의 난적을 쓰러뜨립니다. 관객이 경기장을 뒤로할 때 느끼는 카타르시스는 잘 쓴 미스터리 소설을 읽고 난 후의 느낌과 비슷해요. 그리고 이 친화성은 프로레슬링과 미스터리 소설 둘 다 좋은 의미에서 '꾸며낸 이야기'이기 때문에 태어난다고 할 수 있겠죠. 더 나아가—"

　　"너무 길어!"

　　이와타가 참지 못하고 불평했다.

　　"남이 주장한 학설을 멋대로 훔치는 거 아니야. 게다가 어쩐지 나보다 수준 있게 느껴지잖아."

　　"선배의 수준이 너무 낮은 겁니다."

　　"시끄러워. 애당초 스포츠를 엄청 싫어하는 주제에, 왜 프로레슬링에만 그렇게 열을 올리는 건데?"

　　"프로레슬링은 스포츠가 아니에요. 로망이죠."

　　"로, 로망?"

　　"사방 6미터의 링은 레슬러가 자신의 인생을 그려내는 캔버스입니다. 그리고—"

　　"야, 술 취했으면 이만 집에 가라. 너, 지금 네가 무슨 소리를 하는지도 모르지?"

프로레슬링 같은 말싸움이 한없이 계속되는 가운데, 가에데는 캔 맥주를 하나 더 따고 점점 따뜻해지는 겨울 공기를 들이마셨다.

그러자. 맥주와 마찬가지로, 셋이서 함께하는 시간이 더할 나위 없이 맛있다는 걸 깨달았다.

바로 그 순간이었다. 가에데는 머리 위에서 날아드는 기묘한 시선을 느꼈다.

머뭇머뭇 올려다보자 아니나 다를까, 다리 위 보도에서 누군가가 난간에 양손을 올린 채 이쪽을 가만히 내려다보고 있었다.

아니, 내려다보고 있는 것처럼 '보였다'고 해야 할까. 역광 때문에 이쪽에서는 시커먼 형체로밖에 보이지 않는다. 하지만 가에데는 그 '형체'가 역광이 비치는 걸 계산하고서 일부러 눈을 부릅뜬 채 얼굴을 이쪽에 드러낸 듯한 기분이 들었다.

"저기, 신나게 이야기하는 걸 방해해서 정말 미안한데요."

가에데는 다리 쪽에서 눈을 돌리고 두 사람에게 작게 속삭였다.

"다리 위에 사람이 있잖아요."

"있네요." 이와타가 말했다.

"그러네요." 시키가 맞장구를 쳤다.

"실은 요 한 달쯤 어쩐지 누가 나를 쫓아다니는 것 같은 느낌이 들었거든요. 뭐, 자의식 과잉이라고 하면 그뿐이지만요."

가에데는 시원치 못한 어조로 말을 이었다.

"하지만 역시 딱 한 달쯤 전부터 받으면 아무 말도 없이 끊는 장난 전화도 매일같이 걸려오거든요. 아하하, 아니에요, 미안해요. 지나친 생각이겠죠."

가에데의 말이 끝나자마자 이와타가 아무 말도 없이 교각 옆에 설치된 계단으로 부리나케 뛰어갔다.

"앗, 이와타 선생님!"

"아니요, 확인해보도록 하죠."

시키는 날렵한 턱을 가느다란 다섯 손가락으로 감쌌다.

"가에데 선생님. 그 전화는 물론 '발신 번호 표시 제한'이겠죠?"

"맞아요. 하지만 따지자면 '공중전화' 쪽이 더 많은 것 같기도 하네요."

"선생님 댁 근처에 공중전화부스가 있습니까?"

"네, 맨션 바로 앞에 있어요. 요즘 세상에 공중전화 부스라니, 완전히 천연기념물이죠."

시키는 반짝이는 수면에 시선을 고정한 채 입을 다물었다.

가에데는 침묵을 견딜 수 없어 억지로 웃음을 지으며 말했다.

"에이, 그냥 장난 전화일 거예요. 개인적인 사정으로 난리를 떨어서 미안해요."

"아니요."

시키가 지금까지 알고 지내면서 처음 보여주는 진지한 표정으로 말했다.

"이런 일은 그냥 내버려 두면 안 돼요."

그때 이와타가 "그 자식……" 하고 숨을 헐떡이며 돌아왔다.

"순식간에 도망쳤어. 달리기를 제법 해본 실력이야."

그리고.

"이런 일은 그냥 내버려 두면 안 돼요." 시키가 아까와 완전히 똑같은 말을 꺼냈다.


드디어 알아차렸을까

오늘 너에게 수없이 말을 걸었다는 걸

네 생각보다

훨씬 가까운 곳에서


## 2


그로부터 1주일 후, 토요일 아침. 이와타는 혼자 둔치의 산책길을 달리는 중이었다.

체감상으로는 지난주보다 더 추워진 것 같았다. 다만 예상 기온은 분명 지난주보다 3도쯤 높을 것이다.

'그런데 춥게 느껴지는 건, 설마.'

인정하고 싶지 않은 부끄러운 기분이 이와타의 가슴속을 내달렸다.

'가에데 선생님이 함께하지 않아서인가?'

아니, 그만, 그만. 네가 무슨 사춘기 청소년이냐, 이와타.

매주 토요일 아침마다 혼자 한 시간 가까이 걸려서 여기까지 오지만, 외롭거나 쓸쓸했던 적은 한 번도 없지 않은가.

무엇보다 만에 하나 스토커라면 큰일이니 여기에는 그만 오는 게 좋겠다며, 오고 싶어 하는 가에데 선생님을 말린 건 나 자신 아니었나.

그렇지만 지난주에도 사춘기 청소년처럼 굴지 않았던가. 당당하게 가에데 선생님만 부르면 될 텐데.

'하지만 거절당할까 봐 무서워서 시키도 불렀지.'

그래서 처음에는 시키가 오지 않은 걸 알고서.

'기뻐했었지, 나도 참.'

이와타는 고개를 내젓고 달리는 속력을 좀 더 높였다.

다행히도 한때 비가 내리겠다는 일기예보를 보고 껴입은 바람막이가 땀복 같은 역할을 해서 순식간에 몸이 따뜻해졌다.

아이리시 세터를 산책시키는 노부부, 그리고 트랙 재킷에

레깅스 차림의 청년과 인사를 나누는 사이에 마음을 뒤덮었던 추위가 물러갔다.

그래, 기분이 좋아지는군. 역시 여기는 최고야.

그리고.

'아버지, 어머니에게도 여기를 알려드리고 싶었는데' 새삼 그런 생각이 들었다.

이윽고 이와타는 지난주에 맥주를 마신 다리 옆에 다다랐다.

'잠깐 쉬어 갈까?'

50미터쯤 앞에서 지난주에도 마주쳤던 파카 차림 여자가 걸어오는 모습이 보였다.

이와타는 인사 대신 손을 쳐든 후, 산책길을 벗어나 제방으로 발을 내디뎠다.

흐린 하늘 저편에서 천둥소리가 울려 퍼졌다. 일기예보대로 소나기가 내릴지도 모르겠다.

그래서 오늘은 둔치에 사람이 전혀 보이지 않는 것이리라.

아니, 누군가 있다.

이와타는 거대한 교각 뒤편에서 남자 두 명이 다투고 있다는 걸 알아차렸다.

차가운 바람을 타고 "이 새끼가" 하고 성난 고함 소리가 들려왔다.

예삿일이 아닌 듯했다.

"무슨 일 있습니까?"

이와타는 콘크리트 제방을 뛰어 내려가서 서둘러 남자들 쪽으로 향했다.

하지만 이와타의 목소리가 들리지 않는 건지, 아니면 일부러 무시하는 건지 남자들은 서로 두 팔이 얽힌 상태로 한층 심하게 싸우기 시작했다.

한 명은 양복을 입은 쉰 살 전후의 중년 남자.

다른 한 명은 오렌지색 티셔츠를 입은 20대 청년으로 보였다.

청년이 뭐라고 크게 소리를 질렀다. 그러자 중년 남자가 이걸로 끝이라는 듯이 청년을 세게 떠밀었다.

"죽여버리겠어."

그 순간, 중년 남자의 손이 시계추처럼 움직였다.

"이럴 수가."

젊은이가 깜짝 놀란 것처럼 중얼거렸다.

중년 남자는 이와타를 거들떠보지도 않고 교각 저편으로 달려갔다.

이내 천천히 무릎을 굽히며 쓰러지는 청년을 이와타가 겨우 안아서 받아냈다.

아무래도 머리를 찧는 건 면한 듯했다.

"괜찮으세요?"

하지만 대답은 없었다. 눈을 감은 청년의 얼굴에서 순식간에 핏기가 사라졌다.

그 얼굴이 너무 어려 보여서 이와타는 깜짝 놀랐다.

'마치 우리 반 아이 같은……어쩌면 10대일지도 몰라.'

감정이 울컥했을 때, 뻣뻣한 돌기 같은 것이 이와타의 손등에 닿았다.

딱딱하니 독특한 감촉.

'설마……'

하지만 그것은 역시 상상한 대로 청년의 배에 꽂힌 칼이었다.

왼팔로 끌어안은 청년의 목 언저리가 땀으로 축축하게 젖었다.

하지만 청년의 몸을 적신 '액체'는 땀뿐만이 아니었다.

짙은 빛깔의 액체가 오렌지색 티셔츠를 선홍색으로 더욱 붉게 물들였다.

유혈.

살인.

흉기.

어째선지 지난주 미스터리에 관해 토론할 때 튀어나왔던 단어들이 머릿속에 되살아났다.

무슨 생각을 하는 거야, 그럴 상황이냐.

"정신 차려! 지금 구급차를 부를게."

이와타는 청년을 끌어안은 채 허리 가방에서 스마트폰을

꺼내려고 했지만, 가방의 지퍼가 말을 듣지 않았다.

왜 이러지, 젠장.

'아아, 그렇구나'

이와타는 드디어 지퍼가 열리지 않는 이유를 알아차렸다.

흠뻑 묻은 피 때문에 손이 미끄러진 것이다.

당황하지 마, 진정해. 일분일초가 아까울 때라고.

그때 갑자기 굵은 빗방울이 떨어지기 시작했다.

이와타가 고개를 들자, 파카 차림 여자가 손으로 입을 막은 채 제방 위에 서 있었다.

아아, 살았다.

"보고 계셨습니까!"

여자가 두세 번 고개를 끄덕였다.

"도망친 남자도 보셨고요?"

여자는 더 격하게 고개를 끄덕였다.

"저기, 죄송합니다만 구급차 좀 불러주세요!"

이와타는 목이 터져라 소리쳤다.

자기 스마트폰을 꺼내도 피 때문에 숫자를 정확하게 누를 수 있을지 자신이 없었다.

그런데.

여자는 이와타가 예상치도 못한 행동에 나섰다.

이와타의 목소리가 전혀 들리지 않는 것처럼 성큼성큼 걸음을 옮겨서 멀어졌다.

"어, 잠깐만요! 이봐요!"

순간 이와타는 자기 얼굴이 울상 아닐까 싶었다.

"어디 가는 거예요! 이봐요……! 좀 도와줘요!"

왜 저러는 걸까.

늘 인사하는 사이 아닌가.

왜 도망친단 말인가.

이와타는 입을 떡 벌린 채 여자가 사라진 산책길 저편을 멍하니 바라보았다.

강해진 빗발이 뺨을 툭툭 때려서 흠칫했다.

'아참! 구급차를 불러야지'

정신이 번쩍 든 그 순간.

"자자, 진정하세요."

뒤쪽에서 부드러운 듯하면서도 엄격한 목소리가 들렸다.

이와타가 고개를 돌리자.

제복 차림의 나이든 경찰관이 경찰봉을 들고 서 있었다.

"그대로, 움직이지 말고 그대로 계세요."

"경찰관님! 빨리 구급차를―"

"방금 불렀습니다. 일단 천천히 그걸 놓으세요."

'그거'라니?'

이와타는 시선을 내리고서야 자신이 오른손으로 칼자루를 단단히 잡고 있다는 걸 알아차렸다.

(내가 대체 뭘 붙잡고 있는 거야!)

허둥지둥 청년의 몸에 박힌 칼에서 손을 뗐다.

어쩌면 응급처치를 위해 칼을 뽑아야 하나 말아야 하나 망설이다가 무의식중에 칼자루를 잡았는지도 모른다.

"오른손을 천천히 들어주시겠어요?"

이와타는 시키는 대로 택시를 잡을 때 같은 동작을 취했다.

피로 물든 자신의 손이 시야 가장자리를 언뜻 스쳤다.

쿨럭.

이와타가 무릎과 왼팔로 지탱하고 있던 청년이 피거품을 토해냈다.

'부탁이야. 죽지 마'

"얼굴만 저쪽으로 돌리시고, 그렇죠. 그대로 이쪽을 보지 말고 있으세요."

경찰관의 너무 냉정한 목소리가 묘한 위화감과 함께 이와타의 귀청을 울렸다.

정중한 말투도 어쩐지 거슬렸다.

제일 중요한 구급차는 아직도 오질 않는데.

"긴급 연락, 긴급 연락. 본부 및 해당 지역 근방의 PC에 알린다."

아무래도 무전을 치는 듯하다.

'PC'는 패트롤 카의 약자일까.

"一의 교각 부근에서 상해 사건 발생. 용의자와 현장에서 대치 중. 이쪽……끊어졌네. 본부 들립니까, 오버. 반복한다. 용의자와 현장에서 대치 중. 이쪽에서 확보가 가능할 것 같지만, 저항할 가능성이 없지는 않다. 즉시 근방 PC의 지원을 요청한다. 반복한다, 즉시―"

"잠깐만요, 경찰관님. 저 아닙니다! 도망친 남자가―"

"조용히 하세요."

경찰관이 천천히 거리를 좁힐 낌새를 보이는 가운데 절그럭, 하고 금속음이 들렸다.

'수갑인가?'

비는 어느덧 억수같이 쏟아지고 있었다.


# 3


아침부터 독서에 몰두하느라 비가 내리는 줄도 몰랐다.

가에데는 허둥지둥 베란다의 빨래를 걷은 후, 다시 소파에 앉아 요즘 재평가의 목소리가 높아지고 있는 미스터리 작가 힐러리 워의 작품을 집었다.

제목은 『사건 당일 밤은 비』.

얼마나 스타일리시하고 입에 딱 붙는 제목인가. 새삼 그런 생각이 들었다.

책갈피 대신 꽂아둔 세토가와 다케시의 부고 기사―투명

필름으로 코팅한 보물—를 살짝 꺼내서 테이블에 내려놓았을 때, 가에데는 스마트폰의 전화 아이콘에 '15'라는 말도 안 되는 숫자가 표시돼 있다는 걸 알아차렸다.

요즘 말없이 끊는 전화가 더 자주 와서 기본적으로는 '무음 모드'로 설정해둔다. 그래서 전화가 온 줄 몰랐지만, 아무리 그래도 '열다섯 번'이라니.

상대는 '발신 번호 표시 제한'일까, 아니면 '공중전화'일까.

가에데는 머뭇머뭇 수신 기록을 확인했다.

<이와타 선생님>

<이와타 선생님>

<이와타 선생님>

'어, 어, 왜 이래.'

똑같은 이름만 불길하게 화면에 늘어서 있었다. 열다섯 번 모두 이와타의 전화 아닐까.

더구나 전화는 30분쯤 전부터 5분 동안 집중적으로 걸려왔다.

'예삿일이 아니야.'

등골이 오싹했다. 빠르게 뛰는 가슴을 진정시키려 애쓰며 홈 화면으로 돌아가자 이와타에게 문자메시지도 세 통 와 있었다.

'여자'

'사라졌어.'

'찾아줘.'

문자메시지는 전화를 열다섯 번 건 직후에 발신됐다.

'대체 어떻게 된 거지……? 무슨 일이 생긴 거야?'

아니, 문자메시지의 의미는 나중에 생각해도 된다.

가에데는 즉시 이와타에게 전화를 걸었다. 하지만 몇 번을 걸어도 '지금 거신 전화는 전파가 닿지 않는 곳에 있거나 전원이 꺼져 있어서……'라는 무미건조한 여자 목소리만 들렸다.

'미안, 이와타 선생님. 못 받아서 정말 미안해'

하지만 바로 또 전화가 올지도 모른다.

가에데는 '무음 모드'를 해제한 후 시키에게 상담하기 위해 '연락처'에 들어갔다.

그 순간, 스마트폰 수신음이 요란하게 울려 퍼졌다.

"꺅"

비명과도 비슷한 목소리에 스스로 놀라 스마트폰을 떨어뜨렸다.

부리나케 주워서 화면을 보자 낯선 번호가 표시돼 있었다.

'혹시 이와타 선생님의 집일지도.'

가에데는 얼른 통화 아이콘을 눌렀다.

<여보세요. 쉬고 계실 텐데 죄송합니다> 걸걸한 남자 목소리가 <―씨의 연락처 맞습니까?> 하고 가에데의 성씨를 확인했다.

"네, 그런데요."

<저는 A경찰서의—> 남자는 직함과 이름을 정중하게 알린 후, <실은 말이죠> 하고 무미건조한 말투로 본론을 꺼냈다.

<선생님의 동료이신 이와타 씨가 아까 상해치상 혐의로 현장에서 체포됐습니다. 그래서 유치장 입감 절차를 밟고 있는데요>

"네?"

또 비명과 비슷한 목소리가 무심코 새어 나왔다.

'상해치상? '체포? 유치장?'

예상치도 못하게 나열된 말들이 무슨 뜻인지 이해하기 위해 몇 초라는 시간이 필요했다.

<여보세요. 듣고 계십니까?>

"아, 네, 네. 듣고 있어요."

<그래서 이와타 씨한테 긴급연락처를 물어봤더니 자기한테는 가족이고 친척이고 없대요. 그래도 꼭 필요하다니까 어쩔 수 없다는 듯이 선생님 성함과 전화번호를 알려줬습니다. 저어, 여기까지는 괜찮으실까요? 여보세요?>

가에데는 또 말문이 막혔지만, 가슴에 손을 얹고 겨우 호흡을 가다듬었다.

"네, 괜찮아요."

<보통은 사건 관계자의 직장 분께 즉시 연락을 드리지는 않는데요. 뭐, 사정이 사정인 데다 만에 하나 유치장에서 불상사라도 생기면 안 되니까 본부장님 방침으로 연락드렸습니다>

"잠깐만요. 불상사라면—"

가에데는 용기를 내서 찜찜한 말을 입에 담았다.

"자살이라는 말씀이세요?"

<그 부분은 본부장님 방침으로 답변드릴 수 없습니다. 그럼 면회 절차에 관해 설명해 드릴 테니 메모 부탁드립니다>

진정해, 애당초 '본부장'이라니, 그게 뭔데.

"저기, 일단 그보다 대체 무슨 사건인지 좀 더 자세하게 알려주시면 안 될까요?"

<수사 중인 안건이라 답변드릴 수 없습니다. 덧붙여 면회 때도 사건에 관한 이야기는 삼가 주십시오. 자칫하면 도중에 면회가 중지될 수도 있으니까요>

"아니, 그게 무슨⋯⋯."

가에데는 그것도 본부장의 방침이냐는 말을 간신히 삼켰다.

<그럼 다시 말씀드립니다만, 메모 부탁드립니다>

메모하는 손이 덜덜 떨렸다.

이와타가 상해 사건으로 체포된 것보다 더 충격적인 일이 있었다.

그건 바로, 그렇게 쾌활한 이와타에게 가족도 친척도 없다는 사실이었다.

펜을 움직일수록 가에데의 눈 안쪽이 뜨끈하니 아파져 왔다.

"여보세요, 시키 씨. 일어났어요?"

<……아니요. 아, 네>

거의 죽은 상태다.

다시는 토요일 오전에 전화하면 안 되겠다고 생각했지만, 지금은 긴급사태다.

"미안하지만 정신 좀 차려요!"

가에데는 아랑곳없이 자초지종을 시키에게 알렸다.

<큰일 났네요>

잠에 취했던 시키도 단번에 눈이 번쩍 떠진 듯했다.

<이건 상상인데요, 선배가 가에데 선생님께 전화한 건 체포되기 직전이나 직후겠죠. 그리고 문자메시지는 예를 들면 경찰차 안에서 어떻게든 빈틈을 노려 필사적으로 썼다든가>

"응, 그럴 거예요."

가에데는 다시 후회감에 휩싸였다.

왜 알아차리지 못했을까. 화면을 힐끗 보기만 했으면 받을 수 있었을 텐데.

"그럼 분명 지금은 스마트폰을 압수당했겠네요."

<그렇겠죠. 한시라도 빨리 면회하러 가서 선배에게 자세한 사정을 들어보고 싶네요. 다만 예전에 법정물 연극을 할 때 조사해봤는데……면회 시간에 사건 이야기는 금지라더군요>

"경찰서 사람도 그렇게 말했어요."

<그리고 체포된 후 사흘간, 소위 '최초의 72시간' 동안은

철저하게 취조에 중점을 두니까 면회는 허용되지 않을 겁니다. 뭐, 신청은 해보겠지만요>

"나도 부탁해볼게요."

<아무튼>

시키는 스마트폰 저편에서 '아마도' 머리를 쓸어올리며 <면회하러 가기 전에 작전을 짜죠. 방책은 생각해놓겠습니다> 하고 냉정한 목소리로 말했다.


# 4


아니나 다를까, 몇 번이나 면회를 신청했는데도 체포되고 나흘이 지난 다음 주 수요일에야 이와타의 면회가 허용됐다.

평일이라 학교에 병가를 내서 시간을 마련해야 했지만, 그 정도는 감수해야 한다.

또한 시키가 '이와타의 남동생'인 척, 부득이한 집안 사정을 핑계로 이와타의 휴가를 신청해서 당장의 위기는 겨우 무마했다.

하지만 가에데가 보기에도 상황은 극히 불리하게 느껴졌다. 72시간이 지났는데도 석방되지 않았으니 경찰이 검찰에 구속영장을 신청했음을 의미하고, 이는 이와타에 대한 경찰의 의혹이 더욱 깊어졌다는 뜻이다.

시키와 함께 유치 관리과에서 면회 절차를 밟는 사이에도 가에데는 지금까지 얻은 정보를 열심히 곱씹었다.

오늘에야 처음으로 사건 관련 보도가 나왔지만, 일부 석간 신문의 몇 줄짜리 단신 기사에 머물렀다.

기사에서 얻을 수 있는 정보는 너무 적었다.

지난주 토요일 오전 11시경, A강 둔치에서 예리한 날붙이를 흉기로 사용한 상해 사건이 발생했다는 것.

19세의 남성 피해자는 의식 불명의 중태로, 앞으로 어떻게 될지 모르는 상태라는 것.

그리고 상해치상 용의로 현장에서 체포된 27세 남성—기사에서는 언급하지 않았지만 물론 이와타다—은 일관되게 범행을 부인하고 있다는 것.

기사에 담긴 정보는 이게 전부였다.

남은 열쇠는 '여자', '사라졌어', '찾아줘'라는 이와타의 짤막한 문자메시지 세 개뿐이다.

'생각하기도 싫지만.'

끔찍한 미래의 그림이 가에데의 뇌리를 스쳤다.

만약 피해자 소년이 사망하면 혐의는 당장 상해치상에서 상해치사, 또는 살인으로 바뀌리라. 그리고 '용의자'라는 찜찜한 세 글자가 뒤에 달라붙은 이와타의 본명이 대대적으로 보도될 것이다.

오늘 면회를 통해 얼마나 진실에 다가갈 수 있을까. 이대로 구금 기간이 지나 검찰에 송치되면 기소를 면할 수 없다. 그리고 기소됐다 하면 99퍼센트 이상의 확률로 유죄 판결을 받는 것이 일본 사법체계의 현실이다.

이와타는 고집스러운 구석이 있으니, 아무래도 지금 단계에서 사선 변호인을 선임할 것 같지는 않다.

'결백함'을 증명하려면 어떻게든 이와타 본인에게 정보를 알아낼 필요가 있다.

하지만 일반적인 대화는 허용돼도 사건 이야기는 일절 용납되지 않는다.

스마트폰이나 녹음기 등의 전자기기도 절대 반입 금지다.

덧붙여 면회 시간은 고작 15분.

'시간과의 승부겠네.'

제복을 입은 젊은 남자 경찰관이 문을 열었다.

가에데는 시키와 말없이 시선을 교환한 후 면회실로 들어갔다.

시키가 알려준 대로였다.

면회실에 들어가자마자 드라마에 자주 나오는, 투명한 칸막이가 방 한복판을 가로막은 모습이 눈에 들어왔다.

칸막이 한가운데 설치된 동그란 설비에는 통음구라고 하는 수많은 구멍이 뚫려 있었다.

칸막이 저편을 재감자 측, 이쪽을 면회자 측이라고 하는 것도 오늘을 위해 예습하다가 처음으로 알았다.

아직 아무도 나오지 않았지만, 가에데와 시키는 접의자에 앉자마자 각자 가방에서 메모장을 꺼내 무릎 위에 올렸다.

단 1초라도 허비하고 싶지 않았기 때문이다.

잠시 후, 구두 소리가 들리더니 단정한 양복 차림의 중장년층 여자가 나타났다.

여자는 비뚤어진 안경을 바로잡으며 "유치관리계의 —라고 합니다" 하고 이름을 댔다.

"꽝이네요."

시키가 가에데에게만 들리는 목소리로 속삭였다.

확실히 가에데가 보기에도 무슨 일에든 융통성이 없고, 규칙에 깐깐할 것 같은 사람으로 느껴졌다.

'우리 학교 학부모회 회장님이랑 똑 닮았어'

상황에 어울리지 않게 그런 생각마저 들었다.

"여러분이 그러신다는 건 아니지만, 과거에 공모해서 증거 인멸을 꾀한 사례가 있었으니 면회 중에 해당 사건에 관한 이야기는 일절 삼가 주실 것을 바랍니다."

전화 통화를 포함하면 이 같은 주의를 받는 건 이번이 세 번째다.

"또한 사건 관련 이야기라고 제가 판단했을 경우, 면회를 중지하겠습니다."

관리계는 벽시계에 시선을 힐끗 주었다.

"면회 시간은 15분입니다. 그럼 '502번' 재감자 들어오세요.”

'502'는 제5유치장에 두 번째로 들어온 인물을 의미하는 모양이다.

시키가 또 중얼거렸다.

“선배가 5학년 2반 담임이면 재미있을 텐데.”

아쉽게도 4학년 3반이다. 그나저나 지금이 농담이나 할 때인가.

근본부터 괴짜인 걸까, 아니면 조금이라도 긴장을 풀어주려고 그러는 걸까.

결론을 내리기 전에 관리계가 또 구두 소리를 내며 구석의 책상으로 향했다.

뒤이어 척 보기에도 수척한 얼굴에 수염이 삐죽삐죽 자란 이와타가 면회실로 들어왔다.

'딱해라. 매일매일 몹시 쥐어 짜이나 봐'

그렇게 생각한 다음 순간.

“가에데 선생님! 시키!”

이와타가 칸막이로 달려와서 소리쳤다.

“믿어줘. 내가 그런 게 아니야! 양복을 입은 50대 남자가 찔렀어. 내가 봤다고! 그래서 도우려고 했더니 마침 경찰관이―”

“그만 하세요!” 관리계가 의자를 박차다시피 일어섰다.

'어, 어. 정말로 중지되는 거야?'

"빨라도 너무 빠르네." 시키가 이번에는 큰소리로 말했다.

아직 면회가 시작된 지 10초도 지나지 않았다.

"502번 재감자. 생각이 있으신 거예요, 없으신 거예요!"

관리계는 푹 찌르는 듯한 눈빛으로 이와타를 머리부터 발끝까지 노려보았다.

눈으로 죽인다는 게 이런 걸까.

"죄, 죄송합니다. 저도 모르게 그만."

"다음에는 정말로 '즉시' 면회를 중지할 겁니다."

관리계는 칸막이 너머로 가에데와 시키도 눈으로 죽이면서 자리로 돌아갔다.

가에데는 숨을 푹 내쉬었다.

'이와타 선생님, 조심 좀 해요'

뭐, 이와타가 목격한 진범이 양복 차림의 50대 남자라는 새로운 정보를 얻었으니 넘어가자.

하지만 실수는 더 이상 용납되지 않는다. 이제부터는 더욱 신중하게 일을 진행해야 한다.

"이와타 선배, 이거 넣어드릴게요."

사전에 계획한 대로 일단 시키가 보스턴백에 손을 넣어 미리 '차입'을 허가받은 물품을 몇 개 보여주었다.

"일단 현금요. 더 빌려주고 싶지만 3만 엔이 한도래요."

현금만 있으면 경찰서 매점에서 어지간한 물건은 다 구입할 수 있다고 한다.

"고맙다, 시키. 요긴하게 쓸게."

"그리고 속옷이랑, 위아래 운동복. 안쪽이 기모라서 따뜻할 겁니다."

"아아……잘 입을게. 여기는 정말 춥거든."

이와타는 정말 기쁜 표정으로 삐죽삐죽한 수염을 쓰다듬었다.

"마지막으로 제가 드릴 게 하나 더 있어요." 시키는 또 가방에 손을 넣었다.

'뭐야, 그런 이야기는 못 들었는데'

시키는 의아해하는 가에데를 본체만체하며 이겁니다, 하고 더러워진 야구공을 꺼내 그립을 고쳐 잡았다.

"패스트볼이에요. 받으세요."

"너 인마."

"어차피 한가하잖아요. 추억에 푹 잠겨보는 것도 좋겠죠."

너 인마, 하고 이와타는 한 번 더 말한 후 칸막이에 한 손을 짚었다.

"이런 건 너무 옛날 감성이잖아."

이와타의 얼굴에 평소 같은 웃음 대신, 묘하게 일그러진 표정이 맺혔다.

그 눈이 순식간에 젖어 들었다. 그 순간 선배와 후배가, 청춘을 함께한 배터리가 사인을 확인하듯 서로 고개를 끄덕였다.

잠시 후 시키는 남은 일을 부탁한다는 듯 팔꿈치로 가에데를 툭 쳤다.

'내 차례야, 서둘러야겠지만 초조해하지는 말자.'

가에데는 입술을 한 번 적신 후, 시키와 함께 짠 대사를 꺼냈다.

"그런데 이와타 선생님. 선생님은, 미스터리 소설을 좋아하시잖아요."

이와타가 입을 떡 벌렸다.

"아니요, 아니요, 미스터리는커녕 소설 자체를 싫어하는데요. 뭐랄까, 즐겨 보는 건 『아빠는 요리사』 정도예요."

그러자 시키가 "좋아하시죠?" 하고 끼어들어서 이와타의 말을 막았다.

"뭐야, 갑자기 무서운 얼굴로……아."

이제야 눈치 챘나.

"그렇구나, 아, 네네! 아하, 그런 거로구나."

이와타는 한순간 얼굴 전체로 '활짝' 웃었다.

"좋아하죠, 미스터리. 미스터리 소설을 못 읽으니 너무 따분해서 죽을 지경이에요."

'그래, 바로 그거야.'

엄격한 제약 속에서 싸우려면 완곡한 표현으로 정보를 파악하는 수밖에 없다.

이와타가 보낸 문자메시지에는 '여자', '사라졌어', '찾아줘'라고 적혀 있었다. '여자'란 어디의 누구일까. '사라졌어'는 어디서 사라졌다는 뜻일까. 그리고 만약 그 '여자'가 사건에 무슨 형태로든 관여했다면, 당시의 복장은 어땠을까. 이와타에게 정보를 잘 끌어내야 '여자'를 찾아낼 힌트가 될 것이다.

"그래서 오늘 이와타 선생님이 아주 좋아하는 미스터리 작가의 책을 두 권 가져왔어요."

가에데는 가방에서 첫 번째 책을 꺼내서 칸막이 너머로 보여주었다.

"아시겠지만, 힐러리 워의 작품이에요."

"어, 아아. 그 힐러리 워." 이와타도 어설프나마 연기에 동참했다.

"좋아해요. 안 그래도 한 번 더 읽고 싶었는데."

"『사건 당일 밤은 비』는 명작 중 하나죠."

가에데는 관리계의 동태를 힐끗 살폈다. 특별히 이쪽을 수상쩍게 여기는 낌새 없이, 책상 앞에 앉아 뭔가 기록하고 있는 듯하다.

이와타는 가까이에서 책을 들여다본 후, 진지한 표정으로 두 사람에게 고개를 끄덕였다.

이로써 비가 내렸던 사건 당일의 이야기를 꺼내겠다는 의도가 전해졌을 것이다.

"이와타 선생님 추천이라 읽어봤는데요. 이건 틀림없이 경찰 소설의 걸작이에요. 그래서 힐러리 워의 작품을 한 권 더 읽어보고 싶더라고요."

가에데는 일부러 천천히 가방에서 힐러리 워의 대표작을 꺼냈다.

1953년에 출간한, 고전적인 미스터리를 좋아한다면 모르는 사람이 없을, 본격미가 넘치는 경찰 소설의 금자탑이다.

가에데는 발음에 주의하며 일부러 똑똑히 제목을 말했다.

"『실종 당시 복장은』—"

시야 가장자리로 보이는 관리계가 자리에서 일어난 것 같았다. 하지만 여기서는 승부에 나서야 한다.

가에데는 추천 실력이 좋으신 이와타 선생님, 하고 과감하게 말을 이었다.

"이 책의 '줄거리'를 조금만 알려주실래요?"


# 5


다행히 아직 해가 충분히 남아 있을 때, 강 옆 산책길에 도착했다.

둔치를 내려다보자 시든 풀들의 색깔이 2주일 전보다 더 옅어진 것처럼 느껴졌다.

이와타와의 면화에서는 나름대로 수확을 올렸다고 할 수 있다. 가에데는 시키와 함께 걸으며 메모장을 펼쳐 『실종 당시 복장은』의 '줄거리'로 위장해서 얻어낸 정보를 다시 확인했다.

이와타의 문자메시지에 적혀 있던 '여자'는 가에데도 여기서 마주쳤던 '걷기 운동을 하는 여자'라는 것.

이와타는 그 여자의 신원을 전혀 모르고, 매주 토요일 오전에 여기서 가볍게 인사만 나누는 사이라는 것.

복장은 늘 수수한 모노톤 계열의 파카였다는 것.

그리고 그 여자는 사건의 자초지종, 요컨대 진범이 피해자를 찌르고 달아난 장면부터 그 후에 이와타가 달려가서 피해자를 구하려 했던 모습까지 전부 봤음에도 어째선지 거기서 '사라졌다'는 것.

이와타가 '찾아줘' 하고 부탁한 것도 무리는 아니다. 그 여자가 증언만 해주면 이와타가 무고하다는 사실이 즉시 증명된다.

당연하겠지만, 이와타는 경찰에게도 '걷기 운동을 하는 여자'를 찾아달라고 호소했다. 하지만. 탐문 수사 결과, 그런 여자는 존재하지 않는다는 결론을 내렸다고 한다.

"요즘 같은 세상에 그런 일이 있으리라고는 믿고 싶지 않지만." 옆을 걷던 시키가 나지막한 목소리로 말했다.

"경찰은 선배를 범인으로 단정하고 탐문 수사에 나서지 않은 것 아닐까요?"

"공갈을 쳤다는 거예요?"

"옛날에는 그런 일이 일상다반사였대요."

'그렇다면 더더욱, 우리가 '걷기 운동하는 여자'를 찾아내

는 수밖에 없어‘

가에데는 주먹을 불끈 쥐었다.

그때 산책길 앞쪽에서 낯익은 노부부가 개를 데리고 걸어오는 모습이 보였다.

"저, 저기요!"

가에데는 시키를 재촉해 달려갔다.

"실례합니다. 지지난 주 토요일에 여기서 달리기를 했던 사람인데요⋯⋯혹시 기억하실까요?"

흰머리를 깔끔하게 틀어 올린 아내가 "물론 기억하죠."라며 고상하게 웃는 얼굴로 말을 이었다.

"처음 보는 얼굴이었고, 뭐니 뭐니 해도 예쁜 분이었으니까요. 그 후에 남편이랑 그쪽 이야기만 했는걸요. 그렇지?"

"뭘 그런 소리를 하고 그래."

신사 같은 분위기의 남편이 쑥스러운 기색으로 아내를 타이른 후 말했다.

"분명 이와타 선생님과 함께 있었던 걸로 기억하는데."

"맞아요, 맞아요. 다름이 아니라 늘 이 산책길을 찾는 분에 대해 여쭙고 싶은데요. 바로 그 후에 걷기 운동을 하며 여기를 지나간 여자분 모르세요?"

"걷기 운동을 하며 지나간 여자."

노부부는 고개를 갸웃하며 서로 얼굴을 바라보았다.

"좀 더 자세하게 설명해줄래요?" 아내 쪽이 말했다.

"거무스름하니 수수한 파카를 입었는데, 그때는 분명 회색이었을 거예요. 나이는 30대 정도일까요. 그리고."

무엇보다 내게 인상적이었던 건, 하고 가에데는 기억을 되새기며 말했다.

"팔을 이렇게 직각으로 구부린 채 힘차게 성큼성큼 걷는 분인데요."

노부부는 또 얼굴을 마주 보았다.

"난 기억이 안 나네. 당신은?"

"나도 전혀 모르겠어."

"그럴 수가……."

아이리시 세터가 가에데의 다리에 장난치듯 들러붙었다.

"쯧쯧, 그럼 못 써."

"도움이 못 돼서 미안해요. 그럼 우리는 이만."

"어, 잠깐만 있어 봐요."

시키는 물어볼 것이 없나 싶어 돌아보자, 저 뒤편에서 싸울 준비는 됐다는 듯 자세를 취하고 있었다.

'설마'

노부부는 그대로 걸음을 옮겨 멀어졌다.

"저기, 시키 씨. 혹시……개가 무서워요?"

"사람 무시하지 마세요." 시키는 창백한 얼굴로 변명하듯 말했다.

"인간의 말을 이해하지 못하는 생물을 신용하지 않는 것

뿐입니다. 애당초 미스터리의 세계에서도 개는 전혀 신용할 수 없는 존재잖습니까. 셜록 홈스 시리즈 중 『배스커빌가의 개』에 등장하는 '악마 같은 개'는 정말 괴물이고一"

'아니지, 아니지, 귀여운 개가 활약하는 미스터리 소설이 얼마나 많은데'

받아치고 싶었지만 이야기가 길어질 것 같아서 가에데가 "알았어요."하고 적당히 대답했을 때였다.

이번에는 트랙 재킷과 레깅스 차림의, 역시 낯익은 청년이 뛰어왔다. 운이 좋은 걸까.

"실례합니다!"

이번에야말로, 라는 마음으로 청년을 불러세우고 물어보았다.

하지만 그도 '걷기 운동을 하는 여자'는 기억나지 않고, 팔을 구부리고 힘차게 걷는 모습이 특징인 여자도 본 적 없다고 했다.

옷을 잔뜩 껴입었는데도 등골이 오싹했다.

'대체 어떻게 된 거지.'

해가 지자 둔치에도 산책길에도 인적이 끊겼다.

근처 역으로 돌아가는 길 그리고 역 부근 상점가에서도 '걷기 운동을 하는 여자'에 대해 닥치는 대로 물어보았지만, 수확은 전혀 없었다.

이와타는 매주 마주쳤다. 가에데도 분명 그 여자를 보았다. 이야기를 나누는 소리도 들었다. 하지만 어째선지 그 여자는 '존재하지 않았던 인물'로 취급되고 있다.

목격자인 그 여자를 찾지 못하면 조만간 검찰이 이와타의 구속 기간 연장을 신청할 것이다. 그러면 불기소 처분은 물 건너가고, 유죄 판결 또한 면치 못할 것이다. 상황 증거가 이와타를 범인으로 가리키고 있기 때문이다.

이제 머뭇거릴 시간은 조금도 없었다.


# 6


돌아가는 전철 속, 가에데와 시키 사이에는 한동안 침묵이 이어졌다. 피차 혼란스러워서 생각을 정리할 수 없는 것처럼 보였다.

차장으로 도심의 고층빌딩들이 보이기 시작했을 무렵, 가에데가 먼저 입을 열었다.

"이런 유형의 미스터리가 있잖아요. 주변 사람들이 '나는 그런 사람 못 봤고 만난 적도 없습니다' 하고 증언하는 유형. '환상의 여인물'이라고나 할까요."

윌리엄 아이리시의 대표작 『환상의 여인』은 이러한 장르의 효시로 여겨진다.

"저도 똑같은 생각을 하던 중이었어요. 유형을 샅샅이 분

석하면 진상을 밝혀낼 단서를 찾을 수 있을지도 모르죠."

"그밖에 또 어떤 작품이 있더라?"

"유명한 거라면 역시 존 딕슨 카의 단편 「B13호 선실」이려나요?"

"몰라요. 그나저나 싫어한다는 존 딕슨 카의 미스터리 소설을 시키 씨가 언급하다니 별일이네요."

"어, 그, 그건." 웬일로 시키가 말을 버벅거렸다.

"이건 소설이 아니라 라디오 드라마 각본이거든요. 그러니까 이를테면 제 영역에 속하는 작품이랄까요."

"알았어요, 알았어. 그런데 어떤 내용이에요?"

"신혼 생활 중인 여자 주인공이 남편과 함께 호화 여객선에 승선해요. 그런데 남편이 느닷없이 배에서 사라지죠. 승무원들에게 내 남편은 어디 갔느냐고 묻지만 아무도 행방을 몰라요. 오히려 같이 승선했다는 사실조차 부정하죠. '손님은 혼자 타셨습니다. 동행은 안 계세요'라고요."

"기억났다! 읽었어요."

존 딕슨 카의 작품, 하물며 누구보다 경애하는 명탐정 펠 박사가 등장하는 작품이라면 가에도도 질 수 없다.

"그 작품은 사건의 진상보다, 이야기 속에 나오는 진위 불명의 도시 전설이 더 유명하죠. 다양한 소설에서 소개되는 에피소드지만요."

"어떤 거였죠." 시키가 약간 속상한 티가 나는 목소리로 물었다.

"사이 좋은 어머니와 딸이 만국박람회의 열기로 들끓는 파리를 방문해요. 그런데 어머니가 아파서 호텔 방에 드러눕죠. 딸은 의사를 부르려고 호텔을 뛰쳐나가는데요……몇 시간 후에 방으로 돌아오자 어머니가 없는 거예요. 호텔 종업원에게 물어보자, 손님은 애초에 혼자 숙박했다는 예상치 못한 대답이 돌아오죠. 호텔을 돌아다니며 사람들에게 물어봐도 다들 똑같이 대답하고요. 상심한 딸은 홀로 쓸쓸하게 귀국한다는 내용이에요."

"생각났습니다" 하고 시키도 지지 않겠다는 듯 뒤이어 말했다.

"진상은 이랬죠. 어머니는 파리에 오기 전에 들렀던 인도에서 페스트에 걸렸어요. 그리고 딸이 의사를 부르러 간 사이에 숨을 거뒀고요. 그런데 만국박람회가 한창일 때 이런 사실이 퍼지면 파리는 대혼란에 빠지고, 호텔도 큰 타격을 받겠죠. 그래서 호텔 측은 파리 당국과 긴급히 협의한 끝에 어머니의 시체를 다른 곳에 격리하고, 관계자 전원에게 함구령을 내려 모든 일을 '없었던 일'로 한 겁니다."

"아주 그럴싸하게 잘 만든 이야기예요."

"또, 환상의 여인물 장르라고 하면." 시키는 잊어버리고 넘어가면 안 된다는 듯이 열띤 어조로 말했다.

"텔레비전 드라마지만 『후루하타 닌자부로』 중 한 편인

「후루하타, 감기에 걸리다」를 빼놓을 수 없겠죠. 형사 후루하타의 부하가 어느 외진 시골에서 미녀와 만나 밤새 여러 곳에서 데이트를 합니다. 그런데 다음 날 아침, 미녀가 홀연히 자취를 감추죠. 그런데 마을 사람들은 물론 현지 경찰관조차 '그런 여자는 본 적 없다', '당신은 처음부터 혼자였지 않느냐' 하고 증언한다는 내용이에요. 『후루하타 닌자부로』 시즌 3은 거의 전편이 기존 미스터리의 유형에 정면으로 도전하는 획기적인 모습을 보였는데요. 이건 그중에서도 손가락에 꼽는 명작 중 하나라고 할 수 있겠죠."

100% 동감이다. 그리고 그 유형 중 하나가 지금, 이와타에게 '대재난'으로 닥쳐왔다. 지금까지는 그러한 '대재난'의 수수께끼를 천재들이 해결해왔다.

「B13호 선실」의 기데온 펠 박사.

『후루하타 닌자부로』의 후루하타 경감.

'하지만' 가에데는 속으로 생각했다.

나는 그 두 사람에게 뒤지지 않는 사람을 알고 있다고.


# 7


이번뿐이라고 결심하고 이틀 연속 병가를 낸 후, 히몬야에 있는 할아버지 집으로 향했다.

정원의 애기동백을 건드리지 않도록 주의하며 좁은 콘크리트 길을 걸어가는데, 서재 창문으로 부모님이 소프트아이스크림 가게를 운영하는 물리치료사 '소프트크림 씨'의 목소리가 흘러나왔다.

"숨을 최대한 내쉬고……네, 여기가 승부처입니다."

승부처? 아무래도 아주 힘든 재활 훈련을 진행 중인 듯하다.

소프트크림 씨의 말로는 몸 상태를 잘 살펴서 적정한 훈련을 하면 나이가 몇 살이든 근육은 발달하는 법이라고 한다.

집에 들어가서 복도 끝에 있는 서재 문을 두드렸다.

"휴우. 가나에? 아니면 가에데니?"

방 안에서 할아버지가 물었다.

"가에데야."

"잠깐만 기다리렴. 그럼, 소프트크림 군, 한 번 더 해보지."

오, 적극적이시네.

"방해해서 미안. 열심히 해."

대신에 복도 왼편의 거실로 들어가자 할아버지를 담당하는 돌봄 전문가 중에 고참급인 '바가지머리 씨'가 간병 노트에 "이걸로 오케이" 하고 도장을 찍었다.

"늘 애 많이 써주셔서 감사해요."

"아니요, 아니요. 요즘은 상태가 정말 좋으신걸요. 수달 때문에 소동이 벌어진 게 거짓말 같아요."

바가지머리 씨는 "그러고 보니 오늘도 말이죠" 하고 웃음을 지었다.

"하세가와식 스케일을 해보고 싶다고 하시더라고요. 그런데 또 만점을 받으셨어요." 바가지머리 씨는 웃음을 지은 채 눈꼬리에 맺힌 눈물을 새끼손가락으로 닦았다.

통칭 '하세가와식 스케일', 정확하게는 '개정 하세가와식 간이 지능 평가 스케일'은 치매를 진단하기 위해 개발된 간이 인지 기능 테스트다.

생년월일과 지금 어디 있는지를 묻는 설문으로 시작해, 방금 꺼낸 말을 얼마 후에 다시 떠올리는 기억력, 암산을 통한 계산력 등도 시험한다.

30점 만점에 20점 이하면 치매일 우려가 있다고 보는데, 할아버지 같은 루이소체 치매 환자는 주변 사람들이 깜짝 놀랄 만큼 높은 점수를 받을 때가 적지 않다.

하지만 아무리 그래도 또 '만점'이라니.

할아버지는 추워지면 현저해지는 파킨슨병 증상과 더불어 공간인지 능력 또한 저하됐다. 그런데도 인지 기능 시험에서 만점을 받다니, 역시 예사롭지 않은 지성을 지녔다는 뜻이리라.

바가지머리 씨가 간병 노트를 가방에 넣으며 먼저 실례할게요, 하고 가볍게 인사한 후 현관으로 향했다.

이어서 짧은 머리를 단정하게 다듬은 소프트크림 씨가 서재에서 나왔다.

그는 "그럼 다음에 오겠습니다" 하며 서재에 흘끗 시선을 던졌다. 그 눈에 한순간 깃든 눈빛을 보고 가에데는 묘한 위화감을 느꼈다.

평소의 다정한 시선이 아니다.

'뭐랄까, 저건 마치…… 그래, 감정으로 표현한다면 마치 '적의' 같은.

"가에데 선생님, 안녕하세요."

'아—'

"감사합니다. 고생 많으셨어요."

"오늘도 상태가 참 좋으셨어요. 그럼 실례하겠습니다."

만들어 붙인 듯한 미소에서는 더 이상 어떤 감정도 읽어낼 수 없었다.

분명 지나친 생각이리라.

원래 진지한 표정을 지으면 눈빛이 날카로워지는 사람일지도 모른다.

"할아버지, 이제 들어가도 돼?"

"아직 운동 중이다만 들어오렴."

서재로 들어가자 할아버지는 리클라이닝 의자에 앉아 고무 튜브를 머리 위에서 늘렸다가 줄였다가 하고 있었다.

"기다리게 해서 미안하구나."

"아니야, 미안하기는. 하지만 무리하면 안 돼."

이게 할아버지 방식의 정리 운동일까.

튜브 운동이 끝나자 할아버지는 수건으로 얼굴의 땀을 닦고 머리를 정리하기 시작했다.

옛날같이 멋을 내려는 마음이 조금이라도 돌아온 것 같아서 가에데는 기뻤다.

머리만 매만졌는데도 다섯 살은 젊어진 것처럼 보였다.

할아버지는 약간 떨리는 손으로 머리카락을 쓸어올린 후, 마지막으로 머리를 두세 번 흔들었다.

앞머리가 높은 코를 살짝 스쳤고, 마치 누군가와 닮아 보였다.

"할아버지, 다짜고짜 미안하지만."

가에데는 메모로 가득한 노트를 꺼냈다.

"오늘은 음성 메모 없이 내 이야기를 들어줘. 빠진 부분이 있을지도 모르지만, 그건 감안하고 지혜를 빌려주면 좋겠어. 어쨌거나 내 소중한."

거기까지 말하고 나서 가에데는 잠깐 주저했다.

소중한……어, 그러니까.

지금은 적당한 말이 떠오르지 않았다.

"소중한 친구의 인생이 걸렸으니까."

그리고. 강가에서 있었던 일부터 이와타의 문자메시지와 경찰의 전화, 면회실에서 나누었던 이야기와 산책로에서 '탐문'한 것까지 기억나는 대로 자세하게 설명했다.

"『실종 당시 복장은』이라니, 그리운 옛날 생각이 나는구나. 아무튼."

설명이 끝나자 할아버지는 흥미진진한 표정으로 손깍지를 끼며 말했다.

"일단 이 사건의 가장 큰 열쇠는 '걷기 운동을 하는 여자'가 지참했던 물건이야."

"손수건이구나." 가에데는 기다렸다는 듯이 대답했다.

할아버지는 수수께끼 같은 웃음을 띠더니, 말해보라는 듯 손바닥을 위로 향했다.

"여자가 입은 민무늬 파카는 어두운색 계열의 모노톤이고, 아무 특징도 없었어. 음료를 감싼 화려한 손수건만 여자의 복장에서 확 튀었지. 그래서 기억을 열심히 더듬어봤어. 분명 캐릭터 손수건이었을 거야. 그리고 그 캐릭터는 녹색이었어. 그러다 느닷없이 번쩍 떠올랐지. 그건 아기 공룡 '티라논논'이었어."

"티라……뭐라고?" 할아버지가 쓴웃음을 지었다.

"'티라논논'. 유아용 교육 방송의 주인공이야. 알껍데기를 소라게처럼 집으로 사용하는 모습이 귀여워. 어쨌거나 내 생각에 걷기 운동을 하는 그 여자에게는."

가에데는 할아버지의 안색을 살피며 자기 나름대로 도달한 결론을 말했다.

"유치원, 또는 어린이집에 다니는 아이가 있는 게 아닐까 싶어."

할아버지는 호오, 하고 중얼거린 후 "멋지구나" 하고 손뼉을 쳤다.

"네 말이 옳아. 어른도 다 알 만큼 세계적인 캐릭터라면 모를까, 유아용 교육 방송의 캐릭터 상품을 애용한다면 그 방송을 시청하는 아이가 있다고 봐도 무방하겠지. 그럼 편의상 앞으로는 그 여자를 '워킹 마마'라고 부르자꾸나."

"워킹 마마라, 괜찮네."

한순간 이와타가 좋아하는 『쿠킹 파파*』 같다는 생각이 들었다.

"그렇다면 이 사건의 수수께끼는 세 가지로 압축할 수 있겠구나. 첫 번째, 워킹 마마는 왜 사건의 자초지종을 목격했으면서 구급차도 부르지 않고 그 자리를 떠났는가? 두 번째, 워킹 마마는 왜 사건이 발생한 후 목격자로 나서려 하지 않는가? 그리고 세 번째는."

가에데도 다음으로 나올 의문은 알고 있었다.

"왜 가에데 말고는 아무도 워킹 마마를 기억하지 못하는가?"

"맞아, 그게 제일 신기해."

"그럼 일단 물어보마."

나왔다.

———

* 만화 '아빠는 요리사'의 원제

"가에데는 지금까지 나온 재료로 어떤 스토리를 자아내겠니?"

'어디 보자.'

가에데는 서둘러 노트를 넘겼다.

"내가 생각한 스토리는 두 가지야. 일단 스토리 하나. 워킹 마마는 범인의 아내나 연인이다. 워킹 마마는 범인을 보호하기 위해 그 자리에서 달아났고 지금도 목격자로 나서지 않는 것이다."

"과연." 할아버지가 말했다.

"얼핏 듣기에는 앞뒤가 맞는 것처럼 느껴져. 하지만 그래서는 세 번째 수수께끼가 해명되지 않아. 다른 사람들은 왜 워킹 마마를 모른다고 대답했을까."

반박할 말이 떠오르지 않았다.

그럼 이건 어떨까.

"스토리 둘."

가에데는 약간 자신 있는 두 번째 스토리를 자아냈다.

"이와타 선생님은 매주 토요일 아침에만 달리기를 하러 갔어. 즉, 이와타 선생님이 산책길에서 워킹 마마와 마주친 건 토요일 아침'뿐'이라는 뜻이지. 반대로 말하면 워킹 마마도 걷기 운동을 하는 건 토요일 아침'뿐'이고, 결코 매일같이 나타나는 산책길의 진짜 단골은 아니었던 거지. 요컨대 워킹 마마는 정확히 말하자면 산책길 단골이 아니라 '뜨내기'였던 거야."

한순간 할아버지의 눈빛이 날카로워진 것 같았다.

"그래서?"

"우리가 처음 만난 날도, 사건이 발생한 날도 토요일이었다는 사실이 이 가설을 뒷받침해. 개를 산책시키는 노부부와 트랙 재킷을 입은 청년이 워킹 마마를 기억하지 못하는 것도 무리는 아니야. 그들에게 워킹 마마는 기껏해야 1주일에 한 번밖에 마주치지 않는 실로 인상이 옅은 존재였으니까."

"나쁘지 않구나. 계속하렴."

가에데는 생각지 못한 말에 용기를 얻어 말을 이었다.

"그럼 워킹 마마는 왜 사건 현장을 떠났는가? 때때로 사건의 진상은 의외로 시시한 법이야. 즉, 워킹 마마는 그저 성가신 일에 말려들기 싫었던 거지."

"75점." 할아버지가 말했다.

"워킹 마마가 실은 산책길의 단골이 아니었다는 발상은 대단해. 하지만 역시 그 스토리는 설득력이 부족하단다. 왜냐하면."

할아버지는 말을 끊고 협탁의 커피를 입에 댔다.

"1주일에 한 번밖에 노부부와 마주치지 않는다는 의미에서는 이와타 선생도 워킹 마마와 다를 바 없거든. 그런데도 그들은 이와타 선생을 똑똑히 기억하고 있었잖니. 매일같이 산책하거나 달리기를 하는 사람들은 설령 1주일에 한 번밖에 마주치지 않는 사람과도 나름대로 친근감을 공유하고 싶어 하는 법이야. 덧붙여 워킹 마마가 사건 현장에서 떠난 이유가 좀 각박하게 느껴지는구나. 목격한 사건이 중대하든 사소하든, 성가신 일에 말려들기 싫어하는 사람이 어느 정도 존재한다는 건 인정하마. 하지만 이번에는 어떠니? 어쨌거나 사람 목숨에 관계된 일이야. 하다못해 구급차를 부르고, 구급대원에게 자초지종을 말한다고 벌은 받지 않을 텐데."

듣고 보니 확실히 그렇다 싶었다.

워킹 마마와는 잠깐 말을 나누었을 뿐이지만, 붙임성 있는 쾌활한 사람으로 보였다. 결코 낯을 가리는 것으로 보이진 않았다.

바로 그렇기에 워킹 마마가 그대로 현장을 떠났다는 사실에 위화감을 느꼈던 것 아닌가.

"요컨대 첫 번째 스토리도, 두 번째 스토리도 결국은 내용에 무리가 있다고 해야겠지. 다시 말해."

할아버지는 긴 검지를 눈앞에 세웠다.

"그것들 말고 진짜 이야기, 스토리 X가 존재하는 거야."

며칠 전까지 불어치던 된바람은 자취를 감추었고, 맑은 겨울 하늘의 햇살이 창문으로 들어와 할아버지의 단정한 옆얼굴을 비추었다. 마치 연극의 막이 오른 것 같았다.

동시에 할아버지가 그 말을 꺼냈다.

"가에데. 담배 한 대 주지 않으련?"

"'그림'이 보였어."

담배가 지직, 타들어 가는 소리와 함께 연기를 빨아들인 할아버지는 "일단 워킹 마마 이야기는 제쳐놓고" 하며 말을 이었다.

　　"일단은 둔치에서 발생한 칼부림 사건에 대해 고찰해 보자꾸나. 이건 어디까지나 상상이지만, 칼로 찌른 중년 남자와 칼에 찔린 청년은 마약을 거래하다 다툰 게 아닐까 싶어. 청년의 소지품에서 마약이 나오지 않은 걸 고려하면, 중년 남자가 판매인이고 청년이 손님이겠지."

　　'마약⋯⋯.'

　　예상치도 못한 두 글자에 가에데는 할 말을 잃었다.

　　"젊은 애가 마약 중독자라는 거야?"

　　"이와타 선생이 청년을 돌보았을 때의 상황을 떠올려보렴. 청년의 목 언저리가 땀으로 축축하게 젖어 있었잖니. 한겨울인데도 이상할 정도로 땀을 흘린다. 그건 각성제 중독 특유의 증상 중 하나야."

　　"응, 그 증상은 들어본 적 있어. 하지만 그렇게 탁 트인 곳에서 당당하게 마약이나 각성제를 거래한다니, 말이 좀 안 되는 것 같은데."

　　"바로 그걸 노린 거야. 큰 강의 교각 뒤편은 그런 거래를 하기에 최적의 장소라는구나. 서로 만나기 용이하고, 멀리까지 잘 보여서 방해할 만한 사람이 나타나도 달아나기 쉽지. 그야말로 등잔 밑이 어둡다는 속담이 딱 맞아. 그러고 보니 최근에

T강 둔치에서 당당히 대마초가 재배되고 있었다는 뉴스가 나왔잖니. 이번에 그 사건이 발생한 직후, 마침맞게 경찰관이 나타난 건 결코 우연이 아닐 거야. 교각 부근에서 마약을 거래한다는 소문을 들었기에 순찰을 나온 것 아닐까. 경찰도 바보는 아니야. 이와타 선생을 용의자로 간주하는 한편으로, 마약 판매인과 고객이 다투다가 칼부림이 벌어졌을 가능성도 분명 시야에 넣고 있겠지.”

그렇구나, 하고 납득하지 않을 수 없었다.

그렇게 보면 아무도 부르지 않았는데 경찰관이 나타났다는 의문이 순식간에 녹아내리기 때문이다.

“자, 그렇게 가정하고서 워킹 마마의 정체를 생각해보자.”

‘드디어 본론에 들어갔어.’

가에데는 한마디도 놓치지 않도록 상체를 앞으로 약간 기울였다.

“아까 내가 이렇게 말했지. ‘이 사건의 가장 큰 열쇠는 걷기 운동을 하는 여자가 지참했던 물건’이라고.”

“화려한 손수건 말이잖아.”

“그건 절반은 정답이고 절반은 오답이란다. 중요한 건 손수건으로 감싼 음료야.”

“뭐?”

할아버지는 단도직입적으로 말했다.

“그 음료는 생수나 스포츠음료가 아니야. 캔 맥주나 캔 츄하이*지. 워킹 마마는 술 없이는 한시도 견디기 힘든 알코올 의존증 환자였던 거야. 즉, 이 사건에는 마약 중독과 알코올 중독, 두 가지 중독이 얽혀 있었던 셈이지."

"그럴 수가……하지만 워킹 마마는 도저히—"

"그렇게는 보이지 않았다는 거니? 그럼 네가 워킹 마마와 처음 만났을 때를 돌이켜보렴. 워킹 마마는 이와타 선생에게 말을 건 후, '양손으로 입을 가리지' 않았던가?"

'아아…….' 내뱉지 못했던 목소리가 마음속에 울려 퍼졌다.

"그럼 왜 한 손이 아니라 굳이 양손으로 입을 가릴 필요가 있었을까? 이유는 하나뿐이야. 술 냄새를 숨기기 위해서지. 이렇게 말하면 그렇지만, 네가 이 정도쯤은 추측해주길 바랐는데 말이다."

할아버지는 약간 심술궂은 웃음을 지었다.

"달리기를 마치고 녹초가 돼서 맥주를 맛있게 마셨잖니? 그렇다면 당연히 '술일 가능성'도 머릿속 한구석에 떠올라야 하지 않을까?"

'으, 으아…….' 분명 캔 맥주를 두 개나 비웠기에 가에데는 진심으로 창피했지만, 곧바로 항변에 나섰다.

"왜 그렇게 힘차게 걷기 운동을 한 거지? 왜 팔꿈치를 직각으로 구부린 채 두 팔을 흔들며 성큼성큼 걸은 걸까?"

———
\* 소주에 탄산과 과일 향을 첨가한 일본의 술

"이와타 선생 앞에서만 일부러 무리한 거겠지. 어쩌면 이와타 선생에게 다소 호감을 품고 있었는지도 모르고."

"그럼……개를 산책시키던 부부와 트랙 재킷을 입은 남자는."

"당연히 그 여자를 알고 있었겠지. 다만 건강미가 넘치는 워킹 마마 대신, 종종 비틀거리며 산책길을 걷는 알코올 중독자로 인식했을 거야. 역 주변 상점가 사람들도 마찬가지였을 테고. 그들은 근처에서 가끔 눈에 띄는 술 취한 여자는 알아도, 워킹 마마는 전혀 몰랐겠지."

"하지만 그렇다면."

가에데는 남은 의문을 꺼냈다.

"왜 워킹 마마는 사건의 자초지종을 목격했으면서 구급차도 부르지 않고 그 자리를 떠난 건데?"

"물론 부득이하게 그럴 수밖에 없었던 이유가 있었어."

골루아즈 끝부분이 또 빨갛게 빛났다.

"워킹 마마는 이혼 조정 중이거나 이혼한 지 얼마 되지 않았고, 아이 아빠와 친권을 놓고 다투고 있어. 쟁점은 당연히 워킹 마마의 알코올 의존증이야. 술을 끊지 않는 한 친권을 빼앗기지. 그래서 워킹 마마는 매주 토요일 아침, 금주를 위한 외래 치료 프로그램을 운영하는 병원에 다녀."

"그렇구나. 그럼 워킹 마마가 토요일 오전부터 돌아다니는 것도 이해가 가네."

"사건 당일도 워킹 마마는 병원에 다녀오는 길이었어. 일단 집에 갔다가 유치원에 다니는 아이를 데리러 가려고 했겠지. 그런데 이날도 역 앞 편의점 같은 곳에서 자신도 모르게 술을 산 다음, 마시면서 걸었던 거야. 알코올 의존증은 무서운 병이지. 집까지 고작 10분 거리를 못 참거든. 그러다 워킹 마마는 사건을 목격하고 말았지."

"하지만 괜히 사건에 관여했다가는 술을 마신다는 사실이 들통나겠네."

"덧붙여 그 후에도 목격자로 나서지 못했던 이유가 있을 거야. 사건 직후, 비가 좍좍 쏟아졌다는 게 포인트지. 이건 상상의 영역에 머무르는 이야기지만, 서둘러 집에 돌아간 워킹 마마는 술을 마셨는데도 차를 몰고 아이를 데리러 간 것 아닐까. 그렇다면 음주 운전이야. 더더욱 경찰에 가서 증언할 수 없게 돼버린 거지."

확실히 '상상의 영역'이기는 하다. 하지만, 음주 운전이 발각되는 정도의 위험성이 없는 한, 보통은 목격자로 나서지 않을까.

"그럼 할아버지." 가에데는 이번 일을 좌우할 핵심을 물었다.

"워킹 마마를 찾아내려면 어떻게 해야 할까."

"간단해." 할아버지는 대답했다.

"둔치 근처 역에서 서너 정거장 사이, 금주나 절주 외래 치료 프로그램을 운영하는 병원을 찾아보면 되겠지. 전철을 타고 다니는 걸 고려하면 주차장이 없는 곳이겠군. 즉, 작은 클리닉일 가능성이 커."

할아버지는 아쉬운 듯 마지막 담배 연기를 후우, 내뱉었다.

"이번 주 토요일 오전에 워킹 마마는 틀림없이 거기 있을 거야."

그때 골루아즈의 담뱃불이 꺼졌다.

"내게는 보여. 대기실에 앉아 있는 워킹 마마의 모습이."

할아버지가 말을 이었다.

"상냥해 보이는 얼굴이야. 가나에를 조금 닮았구나. 워킹 마마에게 아이는 삶의 보람이야. 인생 그 자체지. 그리고 이와타 선생을 외면한 것 때문에 양심의 가책으로 가슴이 찢어질 것 같은 심정이야."

오래간만에 좋은 날씨다.

가에데는 할아버지의 손을 잡고 옛날처럼 툇마루에 나란히 앉았다.

"가에데 저길 보렴." 할아버지는 쾌청한 겨울 하늘을 올려다보며 서쪽을 가리켰다.

"저기 구름이 세 개 있구나. 저 구름으로 이야기를 만들어 보려무나."

옛날과 달리 거기에는 구름 한 점 없었다. 하지만 가에데는 개의치 않고 말을 꺼냈다.

"왼쪽은 젊은 시절의 할아버지. 한가운데는 젊은 시절의 아빠. 그리고 오른쪽은 젊은 시절의 엄마."

이야기를 만드는 동안 들숨이 차가운 슬픔으로 변했고, 날숨은 하얀 슬픔으로 변했다.

그리고 가에데는 부모님을 등장인물로 선택한 걸 몹시 후회했다.


# 8


주말 밤.

축배를 들자는 시키의 제안에 가에데는 패밀리 레스토랑으로 향했다.

"느닷없이 죄송해요. 아르바이트하는 가게가 갑자기 쉬어서요. 그럼 건배."

시키는 이미 맥주를 몇 잔 비운 것 같았다.

약간 발그레해진 얼굴이 가에데보다 두 살 연하라는 실제 나이보다 훨씬 어려 보였다.

'밤은 젊고 그 역시 젊었다'

미스터리 소설 역사상 제일 유명한 첫머리인, 『환상의 여인』 속 한 구절이 가에데의 머릿속을 스치고 지나갔다.

"그나저나 선배는 다행이네요. 클리닉에서 찾아낸 목격자가 증언해주기로 했고, 중태였던 피해자도 의식을 되찾아 취조에 응하기로 했다니까요."

할아버지 말대로 역시 마약에 관련된 다툼이 사건의 원인이었던 모양이다.

이와타는 월요일 아침에 석방될 예정이라고 한다.

"그나저나 가에데 선생님."

시키가 어쩐지 어색한 어조로 "오늘은 받아주셨으면 하는 게 있어서요" 하고 말했다.

"이름이 가에데니까 가을이 끝날 무렵이 생일이시겠죠. 많이 늦었지만, 선물입니다."

시키는 포장도 하지 않은 책을 무뚝뚝하게 테이블에 내려놓았다. 「민들레 소녀」가 표제작인 로버트.F영의 SF 단편집이었다.

초등학교 졸업식 때 할아버지에게 이 책을 받았다는 이야기는 한 적이 없다.

그러니까 진짜 우연이다.

"제가 번역물 중에서 유일하게 좋아하는 소설이에요. 민들레빛 머리 소녀가 천애고독한 신세가 될 것도 두려워하지 않고 시간과 공간을 넘어 좋아하는 남자를 만나러 가는 내용인데요. 뭐, 당연히 아시겠지만 새로 번역돼서 나왔길래 한 권 드리고 싶어서요. 책 장정과 표지가 근사하잖아요."

그리운 책 제목을 보자 기쁠 줄 알았는데, 어째선지 눈 속이 찡하니 아팠다.

고맙다고 인사한 후, 가에데는 약간 떨리는 목소리로 말을
이었다.

"시키 씨. 세상에서 제일 구슬픈 사자성어가 뭔지 알아
요?"

"네?"

생각지도 못한 질문이었으리라.

시키는 머리를 쓸어올리다 말고 굳어버렸다.

"내 생각에는 '천애고독'이에요."

이제 멈출 수 없었다.

"있죠, 나는."

말과 생각이 봇물 터진 것처럼 넘쳐흘렀다.

"할아버지가 돌아가시면 천애고독한 신세가 돼요."

"에이." 시키는 약간 딱딱한 웃음을 지었다.

"어머님이랑 교대로 할아버님을 돌보고 계시잖아요."

"아니요. 할아버지가 그렇게 믿고 있을 뿐이죠."

울지 마, 참아야 해.

"어머니는 나를 임신하고 결혼했어요. 배가 커다랗게 부른
몸으로 숲속의 작은 교회에서 결혼식을 올릴 예정이었죠."

"예정……."

"네. 하지만 할아버지와 엄마가 팔짱을 낀 채 교회 문을
열고 버진 로드를 걸어가려는 순간, 나무 뒤에서 칼을 든 남자

가 튀어나와 왜 자기를 버리는 거냐고 소리치며 어머니의 가슴을 찌르고 도망쳤어요."

어느 틈엔가 차가워 보이는 비가 하늘을 적시기 시작했다.

"웨딩드레스가 순식간에 빨갛게 물들었대요. 할아버지는 어머니를 끌어안고서 넋 나간 것처럼 주저앉아 있었고요. 결국 어머니는 1주일 후에 돌아가셨지만, 배 속에 있던 저는 기적적으로 살아남았어요."

시키는 미동도 없이 침묵을 지켰다.

"아버지는 내가 중학생 때 암으로 돌아가셨는데요. 이 이야기는 전부 아버지가 돌아가시기 직전에 들은 거예요. 그 후로 남자가 무서워졌고, 하얀 옷도 못 입게 됐죠."

테이블 구석에 시선을 주자, 흰색 드레스를 입은 민들레 소녀의 표지 일러스트가 눈에 들어왔다.

"할아버지는 치매에 걸린 후로 어머니의 환시는 물론, 피투성이가 된 내 환시도 여러 번 보셨어요. 하지만 그 환시는 내가 아니에요. 어머니의 젊은 시절 모습이죠. 하지만 그런 이야기는 도저히 할 수가 없어서."

이제 틀렸다.

시야가 부옇게 흐려졌다.

"미안해요. 시키 씨하고는 관계없는 이야기인데."

"아니요. 이것저것 더 많이 이야기해주세요."

시키는 진지한 표정으로 깍지 낀 손을 테이블에 얹었다.

"어디서부터 말하면 좋을까. 그렇지……정말 좋아하는 할 아버지한테 대들었던 적이 딱 두 번 있어요. 첫 번째는 아버지 가 암이 재발해 돌아가시기 직전이었죠."

가에데는 지금까지 가슴속에 숨겨두었던 비밀을 남에게 처음으로 털어놓았다.

그날도 차가운 비가 내렸다. 교복을 입은 가에데는 다양한 약 냄새가 풍기는 아버지의 병실에 있었다.

"그렇구나, 깜박했네. 곧 열다섯 살이라니, 이제 어른이 다 됐네."

단지 그 정도 일로도 아버지는 눈물을 글썽였다. 4기 암에 서 한 번은 살아 돌아왔던 만큼, 재발하면 일종의 각오가 필요 했다. 아직 그런 시대였다.

"생일 선물은 뭐가 좋을까."

침대에 누운 아버지의 수척한 몸에는 여기저기 튜브가 연 결돼 있었지만, 진통제 덕분인지 평소와 달리 목소리에 탄력이 있었다.

아무것도 필요 없다고, 아빠만 건강해지면 된다고 말하려 했지만, 하다못해 생일까지는 아버지의 수명을 늘리고 싶다는 생각이 머리를 스쳐서 일부러 체크 무늬 명품 머플러를 사달라 고 졸랐다.

아버지는 "식은 죽 먹기지" 하고 대답하곤 결심한 듯 머리 맡의 가에데에게 고개를 돌렸다.

"그건 그렇고 더 늦기 전에 가에데한테 알려줘야 할 일이 있어."

아버지는 몇 번 콜록거리고 나서 말을 이었다.

"병에 걸려 죽었다고 한 네 엄마 이야기야. 너한테 무거운 짐을 지우는 셈이지만, 언제까지고 숨겨둘 수는 없겠지. 결국 무슨 형태로는 반드시 네 귀에 들어갈 테니까."

그리고 아버지는 어머니와 만나게 된 이야기로 시작해 그후에 있었던 일들을 들려주었다.

환자인 아버지가 암 병동에 간호사로 근무하는 어머니와 친해진 것.

할아버지는 원래 두 사람의 장래를 비관해 결혼에 몹시 반대했다는 것.

반대를 이겨내고 결혼했지만, 결혼식 당일 어머니가 스토커의 칼에 찔렸다는 것.

도주한 범인은 아직도 붙잡히지 않았다는 것.

응급실에서 어머니가 잠깐 의식을 되찾았을 때, 목소리는 나오지 않았지만 입 모양으로 '아기'라고 말했다는 것.

그리고.

어머니가 돌아가시기 전에 할아버지가 히몬야의 수호신에게 백 번 치성*을 드렸다는 것.

---

* 신사나 절의 입구부터 배전이나 본당까지 백 번을 오가며 원하는 바를 기원하는 의식

가에데는 눈물이 멈추길 기다렸다가 간신히 물었다.

"치성을 드리다니?"

"신께 정성을 다해 빈다는 뜻이야. 장인어른, 아니, 할아버지는 비밀로 했지만 이웃 사람이 봤대."

그 논리적인 할아버지가 '신의 가호'를 빌었다니, 중학생인 가에데가 생각하기에도 의외였다.

그러나 그런 만큼 할아버지의 그러한 행동이 몹시 절실하게 느껴졌다.

'하지만 그렇다면' 가에데는 조금 화가 났다.

그래서 꺼내지 않아도 될 의문을 무심코 입에 담고 말았다.

지금 생각하면 할아버지에게 화풀이를 함으로써, 아버지의 병에서 눈을 돌리고 싶었던 건지도 모른다.

"왜 할아버지는 엄마만 아껴? 왜 아빠를 병문안하러 안와?"

말로 표현하자 화가 더 치밀어서 어깨가 바르르 떨렸다.

"한 핏줄이 아니라서? 결혼에 반대했으니까? 아니면."

말을 멈출 수 없었다.

"아니면……이미 포기했으니까. 수척해진 아빠를 보기가 무서우니까?"

"그만하렴, 가에데."

아버지는 그날 제일 큰소리로 가에데를 나무랐다.

273

"할아버지를 험담하는 건 절대로 용서할 수 없어. 이야기는 이걸로 끝이야."

"하지만."

"좀 피곤하니까 한숨 자야겠다. 머플러는 할아버지한테 부탁해놓을게. 물론 돈은 아빠가—"

"머플러고 뭐고 다 필요 없어!"

가에데는 병실을 뛰쳐나갔다.

그날 밤늦게 비가 그쳤을 무렵에야 할아버지는 집에 들어왔다.

가에데는 기다렸다는 듯이 현관에서 분노를 폭발시켰다.

"할아버지, 너무해."

"뭐야. 갑자기 왜 그러니?"

"왜 병문안하러 안 가? 교장 선생님이니까 바쁘다는 건 알아. 하지만 너무하잖아. 어쩌면 할아버지에게는 남일지도 몰라. 하지만 내게는 단 하나뿐인 아빠라고. 시간이 없는데…… 시간이 없는데!"

할아버지는 망연자실한 표정으로 현관에 우두커니 서 있을 따름이었다.

그러거나 말거나 가에데는 2층으로 뛰어 올라가 책상에 푹 엎드렸다.

좋아하는 할아버지에게 언성을 높인 건 이때가 처음이었다.

며칠이 지났다.

"앞으로 2, 3일이 고비입니다." 하고 의사가 알린 날의 저녁.

눈물은 이미 다 말랐지만, 어쩐지 할아버지와 얼굴을 마주치기 싫었던 가에데는 학교가 끝나자 일부러 평소와는 다른 길로 빙 돌아서 집으로 향했다.

지역 소방단[*] 건물을 왼쪽에 두고 완만한 언덕길을 오른다.

오른편에는 오래된 주택이 늘어섰고, 왼편에는 히몬야하치만구의 울창한 나무들이 보였다. 마치 오랜 옛날부터 시간의 흐름이 멈춘 것처럼 느껴지는 경치와 분위기다.

어렸을 적에 아버지와 손을 잡고 이 언덕길을 몇 번 오른 적이 있다. 그때 보았던 과거의 풍경과 지금 현재의 풍경이 가에데의 머릿속에서 거의 같은 형태로 겹쳐졌다.

변한 것은 약간 높아진 눈높이와…….

'여기 아빠가 없다는 거겠지.'

언덕을 다 오르자 열린 문처럼 양쪽으로 펼쳐진 나무들 사이에 '우지코주[**]'라고 새겨진 돌기둥이 서 있었다. 여기는 히몬야하치만구의 뒤쪽에 해당하는 곳이었다.

별생각 없이 경내를 들여다보자, 더러워진 와이셔츠를 입은 할아버지가 눈에 들어왔다.

————

*   소방단은 일본의 지자체로부터 출동이나 훈련에 따른 수당을 받는 별정직 지방공무원이다.

**  같은 수호신을 믿는 사람들이라는 뜻

할아버지는 경내의 도리이*와 배전 앞을 수없이 왕복하고 있었다.

포석길을 꾹꾹 지르밟듯이 세찬 기세로 걸음을 옮긴다.

그 난폭한 걸음걸이에서 세상의 부조리와 무력한 자신에게 분노했다는 것이 느껴졌다.

나무 뒤에 몸을 숨긴 가에데는 할아버지에게 언성을 높인 게 진심으로 창피했다.

할아버지는 병문안 가는 시간도 아까워하며 또 백 번 치성을 드리러 온 것이다.

아버지에게 들은 후 조사해봤는데, '은덕(隱德)'을 쌓아야 백 번 치성에 의미가 있으므로, 남에게 들키지 않고 진행하는 게 무엇보다 중요하다고 한다.

가에데는 나무 뒤편에서 고개를 살짝 내밀어 할아버지를 살폈다. 멀리서 보기에도 잔뜩 화가 난 낌새가 전해졌다.

"빌어먹을."

할아버지는 평소 같으면 절대 입에 담지 않을 말을 쥐어짜내듯이 몇 번이나 내뱉었다.

"빌어먹을."

할아버지는 화를 내면서 울었다.

의사의 견해보다 조금 빨랐다.

아버지는 그날 늦은 밤에 돌아가셨다.

---

놀라서 흠칫했다.

가게 밖에서 시끄럽게 울려 퍼진 자동차 경적 소리가 순식간에 가에데를 현재로 되돌려놓았다.

하지만 시키는 눈을 내리깐 채, 꼼짝도 하지 않았다.

"엄마가 돌아가신 진짜 사정을 알고 나자 그토록 좋아했던 미스터리 소설을 전혀 못 읽겠더라고요. 다시 읽기까지 3년은 걸렸어요."

아니, 만 4년이었던가.

"어느 날 문득 깨달았죠. 애당초 가공의 세계이기에 미스터리는 아름다운 것 아니었느냐는 사실을요. 그리고……다시 읽는 동안 어쩌면 엄마 사건도 가공의 세계에서 벌어진 일일지도 모른다고 여길 수 있게 됐어요. 현실 도피일지도 모르죠. 굴절된 심리일 수도 있겠고요. 하지만"

자아내면 모든 것이 스토리다.

세상에서 일어나는 모든 일은 스토리다.

'지어낸 일'이기에 아름답다.

현실 세계도, 미스터리도, SF도……그리고 연극도.

"하지만 시키 씨라면 분명 이해해줄 것 같다는……약간이지만 그런 생각이 들었어요."

듣고 있는 걸까.

시키는 고개를 숙인 채 아무 말도 없었다.

하지만 가에데는 아랑곳없이 이야기를 계속했다.

가에데가 할아버지에게 두 번째로 대들었던 건. 바로 얼마 전이었다.

가에데는 큰맘 먹고 예전부터 담아두고 있던 생각을 꺼냈다.

"저기, 할아버지……. 상의하고 싶은 일이 있는데."

"뭐니?"

"이제 우리 집에서 같이 살지 않을래? 근처에 괜찮은 물건이 나왔으니까 좀 더 넓은 맨션으로 옮겨도 되고."

할아버지는 "마음만 받아두마."하고 상냥하게 대답했지만, 목소리에서는 명확한 거절 의사가 느껴졌다.

"무엇보다 그래서는 내가 '히몬야'가 아니게 되잖니."

"그런 이유로—"

"몇 번이나 말했을 텐데. 8대 가쓰라 분라쿠는 '구로몬정'. 하야시야 히코로쿠는 '이나리정'이고—"

"알아. 야나기야 고산은 '메지로', 고콘테이 신초는 '야라이 정'이잖아!"

놀란 기색이 한순간 할아버지의 얼굴을 스치고 지나갔다.

거북한 침묵이 서재를 잠깐 지배했다.

옛날부터 들었던 할아버지의 말버릇이므로, 본 적도 없는 쇼와시대 만담가들의 이름과 별명은 자연스레 가에데의 머릿속에 새겨졌다.

하지만 그보다도 가에데가 매섭게 말대꾸했다는 사실에

할아버지는 놀라고, 약간 상처 입은 것처럼 보였다.

가에데는 마음을 단단히 먹고 거침없이 말을 이었다.

"하지만 할아버지……누가 뭐라고 부르든 상관없지 않아?"

어차피 온종일 집에만 있지 않느냐는 말은 간신히 삼켰다.

"걱정돼서 그래. 내 눈길이 닿는 곳에서 할아버지랑 같이 지내고 싶어."

"……미안하구나, 가에데."

할아버지는 손녀의 간곡한 제안을 정면으로 거부하기가 괴로운 건지, 아니면 아주 약간은 기쁨이 솟구친 건지 음영이 있는 복잡한 표정을 지었다.

"미안하지만 난 여기 히몬야가 좋단다. 유치원생들의 목소리, 공원의 대나무숲에서 날아오는 참새, 히몬야하치만구에서 날아드는 벚꽃잎, 좁지만 다양한 곤충들이 있는 정원, 해마다 희미해지기는 하지만 이 집 여기저기에 남아 있는 아내의 냄새, 전부 다 좋아. 아무래도 잘 안 되지만……나는 만나고 싶어도 어째선지 아내의 환시는 가끔 밖에 나타나지 않는구나. 단 하나뿐인 내 '아들'이자 최고의 술친구였던 너희 아빠도 나타나질 않고. 하지만 이 집에는 아들이 심은 작은 벚나무가 있지. 아내가 사용했던 장롱과 재봉틀이 있고. 아내의 경대는 네가 사용하고 있어. 그 뒷모습만 보고 있어도 난 충분히 행복하단다."

가슴이 찡하니 아팠다. 할머니와 아버지의 환시가 나타나기를 고대한다는 이야기는 처음 들었기 때문이다.

"하지만……그럼 할아버지, 내가 이 집에 같이 살면 안 될까?"하고 가에데는 물고 늘어졌지만, "넌 네 집에서 지내렴"이라며 할아버지는 언젠가 아버지가 그랬던 것처럼 진지한 얼굴로 딱 잘라 말했다.

"늙은이가 젊은이의 소중한 시간을 빼앗아서는 안 되는 법이야. 다행히 가나에도 매일같이 와주잖니. 정말로 몸이 말을 안 듣게 되거나 완전히 '여기'가 망가지면 난 시설에 들어갈 거야. 필요한 절차는 다 마쳤으니까 안심하렴."

그리고 할아버지는 옛날에 '사람 녹이는 미소'라고 불렸을 상냥한 웃음을 지었다.

"너무 길었죠. 미안해요. 이제 끝났어요."

가에데는 밝은 표정을 지으려 애쓰며 이야기를 끝맺었다.

그러자. 내내 잠자코 이야기를 듣고 있던 시키가 나지막한 목소리로 말했다.

"어쩐지 재미없는 번역물 같은 이야기네요."

"네?"

고개를 숙인 시키의 얼굴은 긴 머리에 가려서 전혀 보이지 않았다. 하지만 테이블보에 뭔가가 한 방울, 또 한 방울 뚝뚝 떨어졌다. 시키는 빗방울이 떨어지는 창문에 한순간 눈길을 주었다가, 또 고개를 푹 숙인 채 양손으로 눈 주변을 세게 문질렀다.

"죄송합니다. 제가 아무것도 모르고서."

"아니에요."

"입에서 나오는 대로 천애고독이라는 말을 해버렸네요."

"괜찮아요."

"이와타 선배에게 부모 형제가 없다는 것도 최근에야 알았는데."

시키의 목소리가 떨렸다.

"저는 부모님 등골이나 빨아먹기만 하고."

코를 훌쩍이는 소리가 사람이 별로 없는 레스토랑에 울려퍼졌다.

"아르바이트를 땡땡이치고 연극에만 정신을 쏟고."

"뭐, 어때요. 무대에 선 시키 씨의 모습, 멋있는걸요."

"저기, 가에데 선생님."

갑자기 시키가 고개를 들어 가에데를 보았다.

"「민들레 소녀」에 나오는 유명한 대사, 기억하세요?"

"네, 물론이죠."

"그제는 토끼를 보았어요."

"어제는 사슴."

"그리고."

가에데는 시키와 얼굴을 마주 보며 다음 대사를 동시에 말했다.

"오늘은 당신을."

잠깐 침묵이 흐른 후, 가에데는 또 시키와 시선을 교환하며 웃었다.

아니, 어쩌면 둘 다 실컷 울고 있었는지도 모른다.

시키가 오늘은 그냥 넘어가려고 했는데, 하고 겨우 들릴 듯한 목소리로 중얼거린 후 말했다.

"가에데 선생님. 그제, 어제, 그리고 오늘뿐만이 아니에요. 저는 처음 만났을 때부터 당신을 좋아했어요."

# 마지막 장

# 스토커의 수수께끼

## 1

혼자가 아니야

둘이서 하나지

하지만 아직은 혼자야

빨리 둘이 되고 싶어

그런 생각만 하면서

하루를 보내

무죄 방면, 그리고 마라톤 대회에서 이와타의 반이 우승한 걸 축하할 겸 집에서 셋이 한잔하지 않겠느냐고 제안한 건 다름 아닌 이와타 본인이었다.

"이런 건 보통 주변에서 해주는 법인데 말이죠."

시키의 일침을 이와타는 "시끄러워"라며 한마디로 제압하고 첫 번째 요리가 담긴 접시를 좁은 거실의 밥상에 내려놓았다.

'셋이 함께 있는 게 마음 편해.'

가에데는 조금 안도했다.

갑작스러운 고백에 놀랐던 그날 밤, 시키는 "사귀어달라는 건 아니고 마음을 전하고 싶었을 뿐이에요" 하고 말했다. 그래도 역시 단둘이 있으면 아무래도 분위기가 어색하고 마음이 싱숭생숭하다.

한 밥상에 둘러앉아 있건만 가에데는 오늘 아직 한 번도 시키의 눈을 똑바로 보지 못했다. 시키 역시 의식하고 있는 건지, 가에데와 시선을 마주치지 않고 술만 마셨다. 하지만 이와타는 그러한 낌새를 전혀 눈치채지 못한 듯했다.

"돼지고기 조림을 맛있게 만들려면" 하고 의기양양하게 말을 꺼냈다.

"초벌로 삶을 때 쌀뜨물을 사용하는 게 포인트지. 고기 잡내를 없애주거든."

요리 실력이 별로인 가에데는 그저 감탄할 따름이었다.

김이 피어오르는 돼지고기 조림을 보고 시키의 눈이 동그래졌다.

"이거……보기만 해도 맛있는 걸 알겠는데요."

"그렇지? 그리고 또 하나의 비결은."

이와타가 조리법에 관해 자랑을 줄줄 늘어놓는 동안, 가에데는 이와타의 방을 새삼 둘러보았다. 흥미가 없다고 하면 거짓말이다. 어쨌거나 혼자 사는 남자 집에 들어와 본 건 이번이 처음이었기 때문이다.

게이큐선 이도가야역에서 20분은 걸었을까. 지은 지 50년은 됐을 법한 목조 연립주택의 철제 계단은 세 사람이 올라가자 비명을 질렀다. "좀 더 넓고 깔끔한 곳으로 이사하고 싶지만 집주인 아주머니가 놔주지 않아서요" 하고 이와타는 왠지 기쁜 듯한 어조로 말했다. 군데군데 회반죽이 벗어진 벽에는 롤링 페이퍼 몇 장을 줄지어 반듯하게 붙여놓았다.

<간쌤 고맙습니다. 2학년 1반 모두가>

이와타의 이와(岩)를 간이라는 음으로 읽으면서 생긴 '간쌤'이라는 별명을 이와타 본인도 좋아한다는 건 가에데도 알고 있었다.

<여자친구가 생기기를 간절히 바랄게요, 간쌤! 5학년 4반 일동>

초등학생다운 말장난도 흐뭇하게 느껴졌다.

<간쌤, 정말 좋아해요. 1학년 3반>

검은 펜으로 적은 문장을 중심으로 삐뚤빼뚤하기에 귀여운 글씨가 동심원 모양으로 퍼져나갔다.

가에데도 자신이 담임을 맡았던 반 아이들의 롤링 페이퍼 ─'해리, 론, 헤르미온느'를 비롯한 아이들에게 받은 평생의 보물―를 가지고 있지만 아직 한 장뿐이다.

여러 장의 롤링 페이퍼를 받았다는 것만으로 이와타가 학교에서 얼마나 인기 있는지를 알 수 있다.

그런데 가장자리의 롤링 페이퍼로 시선을 옮겼을 때 묘한 인상을 받았다.

그 한 장만 누렇게 변색된 것이, 분명 오래돼 보였다. 그리고 한복판에 적힌 글씨가 초등학생답지 않게 달필이었다.

그 이유를 알아차렸을 때, 가에데는 무신경하게 롤링 페이퍼를 들여다본 걸 약간 후회했다.

<간 형&오빠 대학 합격 축하해. 꿈을 향해 달려라!>

그 글씨 밑에 이와타가 생활했던 것으로 추정되는 보육원 이름이 적혀 있었다.

"만두소로 사용할 양배추와 부추는 이렇게 대충 채 썰어야 식감이 좋아. 그리고 된장을 넣는 게 중요한데―"

"선배, 하나도 재미없어요. 빨리 좀 먹죠."

이와타는 여전히 조리법을 자랑하는 중이었다. 돼지고기 조림과 군만두면 '고기 더하기 고기'라 그야말로 남자의 밥상이라는 느낌이지만, 그 또한 기대됐다.

서가를 보면 그 사람을 알 수 있다는 것이 할아버지의 지론으로, 미안하다고 생각하면서도 서가 대신인 듯한 컬러 박스를 살펴보자, 『아빠는 요리사』 전권과 포스트잇이 잔뜩 붙은 교원 자격증 문제집이 죽 꽂혀 있었다.

버리지 못하는 기분은 가에데도 잘 안다.

하지만.

'분명 나는 상상도 못 할 만큼 많이 고생했겠지.'

그 옆의 컬러 박스에는 영화 『어벤져스』 시리즈와 『분노의 질주』 시리즈, 『터미네이터』 시리즈의 DVD가 보란 듯이 진열돼 있었다.

가에데의 시선을 알아차렸으리라. 드디어 요리를 먹기 시작한 시키가 우와, 하고 젓가락질을 멈췄다.

"'이와타 영화 극장'······소장 목록이 대단하네요."

"무슨 뜻이야?"

"아니, 척 봐도 액션물만 모아놓은 게 어떤 의미에서 장관이랄까요."

"무시하는 거냐?"

이와타는 몹시 유감스럽다는 표정으로 시키를 노려보았다.

"영화는 말이야, 쾅하고 시작돼서 우당탕탕 싸우다가 빰빠밤하고 끝나는 게 제일이야. 알겠냐?"

"의성어가 너무 많잖아요. 그리고 취향의 폭이 너무 좁아요."

그게 아니지, 하며 이와타도 물러서지 않았다.

"애당초 미스터리 소설이 그럴 텐데. 결말에서 빰빠밤하고 멋지게 해결되니까 재미있는 거잖아?"

"아니요, 꼭 그렇지도 않습니다. 미스터리 소설에는 결말을 내지 않고 끝내는 '리들 스토리'라는 형식이 있거든요."

가에데는 시키가 한순간 자신을 쳐다본 것 같은 기분이 들었다.

리들 스토리.

결말을 독자의 상상에 맡기는 특수한 스타일인 만큼, 이야기를 잘 끌고 가지 못하면 뒤꿈치가 없는 짚신이라는 관용어처럼 어중간한 인상을 주므로 작가 입장에서는 쓰기가 참 어렵다.

그러고 보니 '뒤꿈치가 없는 짚신'은 어떤 짚신일까.

'상상에만 맡기지 말고 나중에 스마트폰으로 찾아보자.'

그렇듯 아무래도 상관없는 생각을 하고 있자니, 시키가 장광설을 늘어놓았다.

"번역물은 싫어하지만 리들 스토리를 설명하려면 프랭크 리처드 스톡턴의 「미녀일까, 호랑이일까?」를 빼놓을 수 없죠. 이건 미스터리 소설이 아니라 18세기 고전 문학이라 스포일러를 해도 지장은 없겠지만……만약 선배가 싫다면 그만두겠습니다. 만두나 더 구우러 가세요."

"너무 매정하게 그러지 말고 어떤 이야기인지 들려줘."

이와타는 "뭐, 만두는 굽겠지만."하고 부엌으로 갔다.

"그럼 마지막 스포일러까지 단번에 가겠습니다."

시키는 이와타에게도 들리도록 바리톤 목소리를 약간 키

워서 옛날옛날, 하며 말을 꺼냈다.

"어떤 나라에 왕의 외동딸인 공주와 금단의 사랑에 빠진 남자가 있었습니다. 그 사실이 왕의 귀에 들어가 남자는 무서운 재판을 받습니다. 관객으로 가득한 원형 경기장에 설치된 문 두 개 중 하나를 열어야 하는 거죠. 한쪽 문 뒤에는 그 나라에서 제일가는 미녀가 있습니다. 그 문을 열면 죄를 용서받고 미녀와 결혼할 수 있죠. 하지만 다른 문 뒤에는 그 나라에서 제일 사나운 호랑이가 굶주린 채 먹이를 기다리고 있습니다. 남자는 매달리는 심정으로 관객석의 공주를 슬며시 바라봅니다. 네……공주는 어느 문 뒤에 뭐가 있는지 알고 있었습니다."

"재미있는데……그래서?"

만두를 굽는 프라이팬에 물을 넣은 것이리라. 취이익, 하며 식욕을 돋우는 소리가 났다.

"공주는 견디기 힘든 갈등으로 괴로워하고 있었습니다. 당연히 연인이 호랑이에게 잡아먹히는 건 싫죠. 그렇지만 연인이 자기보다 아름다운 여자와 결혼하는 것도 용납할 수 없고요. 공주는 망설인 끝에 결단을 내립니다. 그리고 몰래 손을 들어 한쪽 문을 가리킵니다. 자."

시키는 말을 한 번 끊었다가 물었다.

"문에서 나온 건 미녀였을까요? 아니면 호랑이였을까요? 이 작품은 독자에게 그런 질문을 던지며 끝납니다."

"뭐라고? 그게 끝이야?"

이와타는 고개를 갸우뚱하며 약간 난폭하게 프라이팬을 뒤집어 접시에 군만두를 담았다.

"뭐야 그게, 독자에게 선택을 떠맡기고 끝내다니……되게 찜찜하네. 그나저나 스포일러가 아니잖아. 미리 알려줄 반전이고 결말이고 없는걸."

"그래서 재미있는 거잖아요. 이런 형식의 재미를 이해 못하시네."

시키는 여전히 눈은 맞추지 않고 가에데에게 이야기를 돌렸다.

"가에데 선생님이라면 이 작품에 영향을 받은 미스터리 소설을 술술 말씀하실 텐데."

"아니요, 그렇게 잘 알지는 못해요. 잭 모페트의 「미녀와 호랑이와」 정도려나."

일본 작가를 잘 아는 시키가 이어받아서 말했다.

"그러고는……그렇죠, 가다 레이타로의 「여자일까, 수박일까?」."

"무슨 선택지가 그러냐? 수박? 하나도 안 무섭잖아."

"이쿠시마 지로의 「남자일까, 곰일까?」."

"어느 쪽이 나와도 꽝이네."

불평은 읽고 나서 하시죠, 하고 시키치고는 그럴싸한 말로 응수했다.

"이러한 후발 작품은 전부 높은 평가를 받은 명작입니다.

뭐, 그만큼 원조인 「미녀일까, 호랑이일까?」의 수수께끼가 매력적이었다는 뜻이지만요. 공주의 애정이 이기느냐, 질투심이 애정을 능가하느냐. 미녀일까, 호랑이일까? 생각하면 할수록 수수께끼가 깊어지지 않나요?"

"아니, 평범하게 생각하면 단숨에 답이 나오지."

"네?"

"단언할게. 남자가 고른 문에서 나온 건 미녀야."

"뭐라고요? 어떻게 단언하시는 거죠? 무슨 근거로요?"

의문을 표하는 시키의 얼굴에는 어차피 시시한 이유겠죠, 라고 적혀 있었다.

"시키, 네 눈에는 내가 논리적인 설명이라고는 할 줄 모르는 인간으로 보이겠지."

이와타는 캔 츄하이를 힘차게 따고 나서 그럼 설명해볼까, 하고 말했다.

"일단 확인 좀 할게. 원형 경기장은 관객으로 가득했다고 했지?"

"네. 다 들어가지 못한 사람들이 경기장 밖에 우글우글했다는 대목이 분명 작품에도 있었을 겁니다."

"그럼 관객들은 남자가 재판을 받는 이유를 알겠네?"

"그야 그렇죠. 공주와 남자의 슬픈 사랑이 어떻게 끝날지 구경하기 위해 온 거니까요."

"그렇다면……역시 문에서 나온 건 미녀야."

"그러니까 왜 그렇게 되냐니까요?"

"보채기는. 자, 시작한다? 일단 공주의 정신 상태를 잘 생각해봐. 애당초 애정이냐 질투심이냐는 양자택일로 한정하는 게 잘못이야. 인간의 심리는 그렇게 단순한 법이 아니거든. 내 생각에는 선택지가 하나 더 있어."

"그게 뭔데요?"

이와타는 어째선지 약간 어두운 눈빛으로 대답했다.

"'자기 보신'이야."

이와타는 츄하이를 꿀꺽꿀꺽 마신 후 말을 이었다.

"결단의 순간. 당연히 관객들은 남자뿐만 아니라 또 다른 당사자인 공주의 일거수일투족을 호기심 어린 눈으로 주시하고 있었겠지. 남자가 슬며시 공주를 봐. 관객석의 공주는 고민한 끝에 몰래 손을 들어 문을 가리켜. 하지만 그 손짓을 관객 중 누군가는 반드시 눈치챌걸. 어쨌거나 공주는 관객석에 있으니까."

"아하. 그런 거로군요."

어느새 이와타의 속내를 이해한 걸까, 시키가 제법이라는 듯이 씩 웃으며 엄지손톱을 깨물었다.

"포수는 타자의 몸짓을 보고 볼 배합을 궁리하죠. 선배다운 관점이로군요."

하지만 가에데는 아직 이와타의 말이 무슨 뜻인지 모를뿐더러 다른 의문도 있었다.

"잠깐만요, 이와타 선생님. 인터넷에 완역판이 올라와 있을 텐데요."

가에데는 재빨리 스마트폰을 조작한 후 역시, 하고 말했다.

"「미녀일까, 호랑이일까?」에는 이렇게 적혀 있어요. '남자 이외에 그 손짓을 본 사람은 없었다. 모든 사람은 경기장에 선 남자를 주시하고 있었다'라고요. 작자인 스톡턴이 이렇게 썼으니, 역시 관객들은 남자만 바라보느라 공주의 손짓은 전혀 눈치채지 못한 것 아닐까요?"

"아니요, 그렇지 않습니다."

입을 연 사람은 뜻밖에도 시키였다.

시키는 얼음 하나만 남은 하이볼 잔을 흔들어 소리를 냈다.

작아진 얼음이 경기장에서 진퇴양난에 빠진 남자같이 느껴졌다.

"가령 스톡턴이 쓴 대로 모든 사람이 경기장에 선 남자를 주시했다고 치죠. 그렇다면 더더욱 관객들은 남자가 공주를 슬며시 보았을 때, 그의 시선을 좇아 공주의 동태를 살피지 않을까요?"

시키는 얼음통으로 천천히 눈을 돌리더니 얼음을 한 움큼 집어서 잔에 넣은 후 보세요, 하고 여자 같기도 하고 어린아이 같기도 한 웃음을 지었다.

"선배도 가에데 선생님도 방금 제 시선을 좇아 얼음통을 보셨잖아요. 갑자기 다른 방향으로 눈을 돌리면 따라서 쳐다보는 게 인간의 습성입니다. 저도 아까 컬러 박스를 살펴보는 가에데 선생님의 시선에 이끌려 무심코 거기를 봤는걸요."

시키는 DVD가 꽂힌 컬러 박스를 가리켰다.

가에데는 최대한 시키와 눈이 마주치지 않도록 이마 언저리를 초점 없이 바라보며 말했다.

"음, 인간의 심리를 따진다면 이해가 갈 것도 같네요. 하지만……그렇다면 왜 스탁턴은 모순이 생기는 걸 알면서 '남자 이외에 그 손짓을 본 사람은 없었다. 모든 사람은 경기장에 선 남자를 주시하고 있었다'라고 썼을까요? 엄밀히 말하면 거짓된 서술이잖아요."

아니 어쩌면, 하고 시키는 여자같이 예쁜 손가락을 날렵한 턱에 댔다.

웬일로 잔뜩 들뜬 목소리였다.

"그건 '서술문'이 아니라 공주의 심리묘사 아니었을까요? 실제로 공주 본인은 '아무도 내 손짓을 못 볼 거야', '다들 그 사람만 보고 있는걸' 하고 생각했거나 생각하고 싶었을 테니까요. 즉 그 문장은 독자를 현혹하기 위한 스탁턴의 악마 같은 함정이었던 겁니다. 스탁턴은 원래 그 문장 앞에 썼어야 할 '이때 공주는 확신했다' 또는 '이때 공주는 진심으로 바랐다' 같은 문장을 '일부러' 생략한 거예요."

'설마'

가에데는 숨을 삼켰다.

"서술 트릭……."

"그렇습니다. 만약 스탁턴이 심리묘사 부분을 '서술문'으로 착각하게 하려는 의도를 품고 집필했다면 「미녀일까, 호랑이일까?」는 단순한 리들 스토리가 아니가 세계 최초의 서술 트릭 미스터리가 되는 겁니다. 이 부분을 심리묘사로 보고 자세히 읽어보면 단 하나의 답에 다다를 수 있으니까요."

이런 해석은 처음 들어봤다.

리들 스토리의 원조이자 대표급.

18세기의 고전 「미녀일까, 호랑이일까?」가 문장에 트릭을 심은 서술 트릭 미스터리라니.

"시키!"

이와타가 조바심이 난 듯 목소리를 높였다.

"나 혼자 소외된 느낌이잖아. 아직 설명하는 중이라고."

"갑자기 끼어들어서 죄송합니다. 선배, 계속하시죠."

"그럼 관객 중 누군가는 공주의 움직임을 알아차릴 것이다. 여기까지는 알겠지?"

가에데와 시키는 이야기를 재촉하듯 고개를 끄덕였다.

"공주의 '비밀스러운 손짓'을 알아차리는 관객은 한둘이 아닐 거야. 어쩌면 수십 명이나 수백 명에게 들킬지도 모르지. 그런데 만약 공주가 호랑이가 있는 문을 가리켰고, 그 결과 남자가 호랑이에게 잡아먹히면 어떻게 될까. 기대했던 잔인한 쇼가 펼쳐져서 관객들도 그때만큼은 만족할지 모르지. 하지만⋯⋯나중에 백성들 사이에서는 '질투심에 불탄 공주님이 연인을 호랑이 밥으로 만들었어!', '신호하는 걸 내가 봤다니까!', '나도 봤어!', '정말 잔인한 여자야!' 같은 험담이 오갈걸."

혁명 엔딩이 예상되는 흐름이로군요, 하고 사키가 맞장구를 쳤다.

이와타는 만족스러운 표정으로 말을 이었다.

"공주는 외동딸이라며. 즉, 언젠가는 다른 나라 귀족이나 왕자를 남편으로 맞아들여 일국의 여왕이 될 거야. 그런 입장에 선 사람이 연인을 호랑이 밥으로 만들 리 없지. 그랬다간 민심이 완전히 떠나갈 테니까. 높은 사람은 반드시 제 한 몸을 먼저 챙기는 법이거든. 결국 공주가 가리킨 문은 미녀가 있는 문일 수밖에 없는 셈이지. 이게⋯⋯어, 누구랬더라. 스타킹이었나?"

"꼭 한 번은 그렇게 말할 줄 알았습니다. 스탁턴이에요."

"그래, 그 스탁턴이라는 작가가 준비한 결말이야."

'우와⋯⋯이와타 선생님, 조금이지만 우리 할아버지같이 느껴졌어.'

이건 어느 정도, 아니, 상당히 설득력 있는 설명이라고 인정하지 않을 수 없었다.

「미녀일까, 호랑이일까?」는 '진상'이 미리 준비된 미스터리 소설이었던 것이다.

하지만 가에데는 그저 감탄하기보다는 이와타의 입에서

나온 한마디가 마음에 걸렸다.

높은 사람은 제 한 몸을 먼저 챙기는 법이다.

이와타답지 않게 묘한 암담함을 띤 말이었다.

과거에 이와타 본인이 자기 몸만 챙기는 어른들의 다양한 행태에 농락당했던 건지도 모른다.

"이야, 선배, 다시 봤습니다."

시키가 일부러 젓가락까지 내려놓고 손뼉을 치더니 조금만 더 보충하자면, 하고 말을 이었다.

"공주가 그 자리에서 성급하게 남자를 호랑이 밥으로 줄 필연성은 전혀 없죠. 남자가 미녀와 결혼한 후 그야말로 '은밀한 손짓'으로 부하에게 명령해 비밀리에 암살하면 그만이니까요."

"시키 너."

이와타가 질렸다는 듯한 표정으로 말했다.

"왜 그렇게 무서운 쪽으로만 이야기를 끌고 가는 거야? 애당초 남자가 호랑이에게 잡아먹히는 결말을 누가 보고 싶어 하는데? 빰빠밤, 하고 마무리되는 느낌이 전혀 없잖아."

"그러니까 애당초 그런 이야기가—"

"이러니까 미스터리 팬은 상대하기가 성가신 거야. 오늘은 둘 다 미스터리 이야기 금지! 좀 더 팍팍 먹어! 그리고 『아빠는 요리사』를 봐!"

가에데는 무심코 시키와 눈을 마주치며 웃음을 터뜨렸다.

오늘 두 사람의 시선이 처음으로 맞부딪친 순간이었다.

전철을 타고 돌아가는 가에데를 배려한 것이리라.

마늘을 뺀 군만두도 준비해줘서 고마웠다.

간이 절묘하게 밴 삶은 풋콩이 순식간에 없어졌을 무렵, 가에데가 마실 수 있는 가벼운 알코올음료도 다 떨어졌다.

"이만 가봐야겠네요."

가에데가 자리에서 일어나려 하자, 이와타가 허둥지둥 먼저 일어섰다.

"조금만 더 있다 가세요. 야, 시키, 술 사러 가자."

"어, 저도요?"

마지못한 대답과는 반대로 시키는 얼른 일어나서 웃옷을 입었다.

어쩌면 가에데와 단둘이 있지 않아도 돼서 안도했는지도 모른다.

"그럼 조금만 더요. 돈은 나중에 드릴게요."

이건 쏘겠습니다, 하고 이와타와 시키가 이구동성으로 말했다.

둘이 서로 흘겨보며 나간 후, 철제 바깥 계단을 내려가는 소리가 들렸다.

캉캉, 하고 리듬 있게 울려 퍼지는 두 사람의 발소리가 묘하게 조화를 이루었다.

'역시 한때 배터리였던 사이답네.'

저절로 표정이 누그러지는 걸 느끼며 가에데는 설거지를 하려고 일어섰다.

그때 책이 꽂힌 컬러 박스 제일 아랫단에 홀로 떡하니 장식된 물건이 눈에 들어왔다.

주변에 먼지 하나 없는 걸로 보건대 최근에 놓아둔 물건이리라.

작은 야구방망이 세 개를 엇갈리게 쌓아서 만든 삼각형 위에 야구공을 살짝 올려놓았다.

'아, 그때 시키 씨가 유치장에 넣어주었던 공이야.'

분명 이와타에게는 보물이리라.

안 된다고 생각하면서도 또 벽 구석에 붙어 있는 오래된 롤링 페이퍼로 시선을 옮겼다.

순간 예전부터 품고 있던 의문이 확 풀렸다.

왜 이와타가 매주 토요일 아침에 전철로 1시간이나 걸리는 그 강의 산책로를 달리는 걸까, 라는 의문이다.

분명 달리기하기에 안성맞춤인 곳이기는 했다.

하지만 기분 좋게 달리는 것만이 목적이라면 집 근처에 더 적합한 곳이 얼마든지 있지 않을까.

왜일까.

그 이유를 지금 알았다.

아니, '의도치 않게' 알아차리고 말았다.

롤링 페이퍼에 적힌 보육원 이름 앞에 딸린 지명이 그 강가 부근의 주소에 해당했기 때문이다.

이와타는 매주 어린 시절부터 익숙했던 그 강가를 달린 후, 역 앞 물품 보관함의 짐을 꺼내 보육원에 아이들을 만나러 가는 것이다.

그리고 아마.

아니 틀림없이.

'직접 만든 달콤한 과자를 선물하는 거겠지. 평소 내게도 나눠주던 간식은 아이들에게 주고 남은 거야.'

가에데는 부엌 싱크대에 걸린 이와타의 앞치마를 바라보았다.

너덜너덜하다고 표현해도 될 만큼 솔기가 많이 타졌다. 손바느질로 만든 오래된 앞치마다.

거기에도 '간 형&오빠'라는 글씨가 꿰매어져 있었다.

별명은 나이를 먹어도 변하지 않는 법이다.

지금도 보육원 직원과 아이들에게는 '간', '간 형', '간 오빠'라고 불리리라.

결코 천애고독하지 않다.

이와타에게는 수많은 '동생'들이 있다.

그리고 내게도.

'내게도 할아버지가 있어.'

그리고…….

그리고…….

술기운도 한몫했는지, 가에데 스스로도 얼굴이 화끈거린다는 걸 알 수 있었다.

얼음밖에 없는 잔을 들어 녹은 얼음물을 마셨다.

그때 밥상에 놓아둔 스마트폰이 세차게 진동했다.

'뭘 살지 물어보려는 건가. 솔직히 술이면 뭐든지 상관없는데.'

홈 화면을 보자 '공중전화'라는 글씨가 표시돼 있었다.

둘 중 한 명이리라.

스마트폰을 두고 갔나 보다고 생각하며 통화 버튼을 옆으로 밀었다.

"어느 브랜드의 무슨 술을 살지는 맡길게요. 미안해요. 잘 몰라서요."

이와타일까, 시키일까.

시키일까, 이와타일까.

하지만 상대는 아무 대답도 없이 침묵을 지켰다.

'설마'

술기운이 단숨에 날아가고 등에서 식은땀이 났다.

가에데는 창문으로 다가가 커튼을 5센티미터쯤 젖히고 바깥을 살폈다.

<여보세요>

처음 들었다.

'상대'의 목소리를.

하지만 음성 변조기로 목소리를 가공했는지, 동영상 사이트에서 흔히 접하는 기계적인 목소리로 들려서 성별도 나이도 구분이 안 됐다.

<가에데 선생님>

가에데는 대답하지 않고 어둠이 내린 연립주택 앞의 일방통행로를 가만히 바라보았다.

왠지 상대가 근처에 있을 거라는 직감과도 같은 확신이 들었다.

<너무 오래 기다리게 했죠?>

어디지.

폭이 5미터쯤 되는 도로는 가로등이 띄엄띄엄 늘어선 데다 달빛도 없어서 거의 칠흑 같다고 해도 될 만큼 캄캄했다.

아니, 빛나는 곳이 한 곳 있었다.

<가에데 선생님도 많이 고대했을 텐데 말입니다>

100미터쯤 떨어진 작은 공원 앞.

거기에 공중전화 부스가 신기루처럼 희미하게 자리하고 있었다.

스마트폰 보급으로 공중전화가 사라지기 직전이라는 뉴스를 본 기억이 났다.

지금 가에데의 눈에는 공중전화 부스 자체가 불길하게 생긴 다른 세상의 건물이나, 인류 문명 이전에 존재했던 피부가 딱딱한 대형 생물처럼 보였다.

저기다.

저기에 요 몇 달간 매일같이 말 없는 전화를 걸었던 사람
이 있다.

<이봐, 듣고 있나>

말투가 싹 바뀌었다.

<무시하지 말고 대답해>

무미건조한 음성에 분노가 담기면 이렇게나 무서운가.

"저, 저기요."

대답하고 말았다.

이와타와 시키가 절대로 이야기하면 안 된다고 못을 박았
건만.

미안, 무시할 수 없어.

무서웠다.

"무시하는 게 아니라요. 그, 당신이 누구신지 몰라서, 그래
서."

<누군지 모른다고?>

상대가 믿기지 않는다는 투로 대꾸했다.

"네. 그러니까 그, 이제 전화를 그만둬주셨으면 하는데요."

<죽일 거야>

어째선지 죽이겠다는 말이 무슨 뜻인지 이해가 가지 않았
다.

"죄송합니다. 어, 지금 뭐라고ㅡ"

<죽일 거야. 그런 마음에도 없는 말을 하면>

심장이 미친 듯이 뛰는 게 느껴졌다.

<듣고 있나요, 가에데 선생님?>

"……네."

너무 무서워서 목소리가 갈라졌다.

부탁이야.

이와타 선생님.

시키 씨.

빨리 돌아와.

<준비가 다 됐으니 이제 안심해요. 오늘은 그걸 알려주려고 전화했어요>

그러고 전화가 뚝 끊겼다.

어둠 저편의 공중전화 부스에서 어렴풋한 '사람' 형체가 일부러 그러듯이 천천히 나와서 가에데를 향해 크게 손을 흔든 후, 또 천천히 칠흑 같은 어둠 속에 녹아들었다.

거리와 어둠 때문에 키와 몸집은 물론 성별과 연령대조차 전혀 확인할 수 없다는 사실을 잘 알고 있는 듯한 행동이었다.


# 2

남들은 날 어떻게 생각할까

내 행동을 보고 뭐라고 생각할까

역시 '호들갑'을 떠는 것같이 보일까

하지만 그건 주변의 오해에 불과해

넌 이해해주겠지

전혀 호들갑이 아니라는 걸


다음 날 오후, 가에데는 자연스레 할아버지 집으로 향했다.

히몬야하치만구의 정면을 지나쳤을 때 회오리바람이 경내의 나무들을 흔드는 소리가 들렸다.

가에데는 무심코 검은색 코트 앞을 여몄다.

내내 마음이 으스스 추운 건, 물론 계절을 역행한 반짝 추위 때문만은 아니다.

역에서 할아버지 집으로 가는 도중에도 누군가 미행하는 듯한 기척이 느껴져 몇 번이고 뒤를 돌아보았다.

결국 '공중전화 부스에 있던 인물'에 대해서는 이와타와 시키에게 말하지 못했다.

말 상대를 했다고 야단맞을까 봐 그런 것도 있지만, 무엇보다도 기껏 단란했던 분위기를 망치고 싶지 않아서였다.

말 없는 전화 공세에 더해, 누군가가 미행한다는 불안감은 날마다 커져만 갔다.

지금까지 가에데도 나름대로 대처법을 강구해왔다.

오늘도 그렇지만, 언제든지 전속력으로 달아날 수 있도록 마라톤을 연습할 때 구입한 러닝화를 늘 신고 다닌다.

코트에는 전혀 어울리지 않지만 그 정도는 감수해야 한다.

전화에도 어느 정도 대책을 세워놓았다.

상대는 공중전화나 발신 번호 표시 제한으로 전화를 거니까, 그것들을 전부 차단하면 전화가 오지 않는다.

실제로 단 며칠이지만 그런 방법으로 한숨 돌린 적도 있다.

하지만 학생을 서른 명 넘게 담당하는 담임 교사로서 내내 그렇게 지낼 수는 없다는 게 문제다.

담임 교사에게는 반드시 학교를 통해서 연락하라는 교칙은 사실상 있으나 마나다.

학부모들의 갑작스러운 전화 상담은 말할 것도 없고―전화를 거는 쪽은 자신이 발신 번호 표시 제한으로 설정했다는 것조차 모른다―혹시나 학생이 사고를 당하거나 왕따 문제에 휘말릴 수도 있으므로 가에데 역시 전화가 전혀 연결되지 않는 사태는 피하고 싶었다.

이와타가 반쯤 억지로 근처 파출소에 데려간 적도 있다.

하지만 결국 가에데의 예상대로 구체적인 피해가 없는 데다, 상대가 누군지 전혀 짐작이 가지 않고 알아낼 방법도 없는 현재 상태로서는 경찰이 나서서 대응하기 힘들다는 답변을 들었다.

쓸데없는 걱정을 끼치기는 싫었지만, 할아버지에게도 몇 번 이야기는 해보았다.

집에서 거의 나가지 않는 할아버지가 할 수 있는 일이 전혀 없다는 건 잘 안다.

하지만 할아버지가 공연한 걱정이라고 다정하게 달래주자 묘하게 마음이 안정됐다.

"할아버지, 나 왔어."

현관 턱에 발이 걸릴 뻔하면서 신발을 벗고 서둘러 복도 끝에 있는 서재로 향하는데, 거실로 통하는 왼편 문 너머에서 달그락달그락 소리가 났다.

가에데의 가슴속에 불길한 상상이 껄끄럽게 퍼져나갔다.

'분명 몸 상태가 안 좋은 거야.'

거실로 들어가자 고참급 간병인인 '바가지머리 씨'가 찻잔의 차에 점도 증진제*를 넣어 스푼으로 열심히 섞는 중이었다.

"죄송해요······벌써 시간이 많이 초과됐을 텐데요."

괜찮아요, 하고 웃음을 짓는 바가지머리 씨의 이마에는 구슬땀이 송골송골 맺혀 있었다.

"이다음에는 근무가 없거든요. 그보다 오늘은 상태가 많이 안 좋으셔서."

역시 그랬나.

한동안 몸 상태가 쭉 좋았는데 싶어 가에데는 낙담했다.

---

* 음식물의 점도를 조절해 음식물이 기도로 들어가는 걸 방지하는 제품

루이소체 치매(DLB) 환자는 그날그날—그렇다기보다 오전과 오후에—또는 고작 한 시간마다 다른 사람이 된 것처럼 몸 상태가 극단적으로 달라지고는 한다.

　　파킨슨병 증상이 강하게 나타나면 온몸의 근육이 굳어서 뭔가를 제대로 삼킬 수조차 없다.

　　그리고 때로는 음식이나 음료가 식도 말고 폐로 들어가서 죽음에 직결될 수도 있는 오연성 폐렴을 일으킨다.

　　재활 훈련의 일환으로 언어 청각사가 발성 훈련과 목 근육 마사지를 하는 건, 이러한 사태를 미연에 방지하기 위한 조치이기도 하다.

　　그리고 평소 같으면 어떤 음식물이든 어렵지 않게 먹는 할아버지가 점도 증진제를 넣은 차가 아니면 삼키지 못한다는 건, 증상의 악화를 의미한다.

　　감사합니다, 다음에도 잘 부탁드립니다, 하고 바가지머리 씨에게 머리를 숙인 후 가에데는 찻잔을 들고 서재 문을 최대한 부드럽게 두드렸다.

　　"할아버지……들어가도 돼?"

　　으으, 하고 긍정인지 부정인지 모를 작은 목소리가 흘러나왔다.

　　가에데는 개의치 않고 최대한 웃음을 지으며 문을 열었다.

　　할아버지는 평소처럼 리클라이닝 의자에 앉아 있었다.

　　하지만 상반신이 오른쪽으로 크게 기울어졌다.

'피사 증후군이야.'

가에데는 마음이 어둡게 가라앉았다.

'피사 증후군'이란 말 그대로 피사의 사탑처럼 몸이 크게 기울어지는 상태를 가리킨다.

공간인지 능력이 몹시 저하됐기 때문인데, 할아버지 본인은 이게 똑바른 상태라고 생각할 것이다.

"따끈한 차 가져왔어. 점도 증진제를 탔지만."

할아버지는 무표정한 얼굴로 필요 없다는 듯 고개를 살짝 저었다.

때때로 표정 변화가 극단적으로 적어지는 '가면 얼굴'도 DLB 환자의 특징 중 하나다.

가에데를 가에데라고 인식하는지조차 확실치 않다.

하지만 걱정을 끼치는 줄 알면서도 가에데는 일부러 어제 있었던 일을 모조리 이야기했다.

여러모로 머리를 쓰는 것이 할아버지에게는 긍정적으로 작용할 듯했기 때문이다.

「미녀일까, 호랑이일까?」가 실은 대답이 정해진 서술 트릭 미스터리라는 새로운 해석에 관해 말했을 때는 할아버지가 희미하게 미소 지은 것처럼 느껴지기도 했지만, 어쩌면 그냥 기분 탓이었을지도 모른다.

'호랑이 하면'

일찍이 할아버지가 심한 환시에 사로잡혔을 때, 서재에 파란 호랑이가 들어왔다고 진지하게 이야기했었던 게 생각났다.

역시 할아버지는 틀림없이 치매 환자다.

엄연한 사실 앞에 가에데는 눈앞이 캄캄해졌다.

그리고 그러한 현실을 떨쳐내기라도 하듯 저절로 말이 빨라졌다.

공중전화로 연락한 인물이 예전처럼 말없이 전화를 끊는데서 그치지 않고 준비가 다 됐다는 수수께끼 같은 말을 남겼다는 사실을 밝혔을 때는 할아버지의 눈에 화난 빛이 서린 것처럼 보이기도 했지만, 이 또한 단순한 착각일지도 모른다.

할아버지는 이야기 도중에 끄덕이는 것처럼 보이기도 했고, 꾸벅꾸벅 조는 것처럼 보이기도 했다.

'만약'

'만약 할아버지가 계속 이 상태면 어쩌지.'

보통 DLB 환자의 증상이 급격하게 악화되는 경우는 잘 없다.

달마다, 주마다, 그리고 날마다 일진일퇴를 반복하지만, 아무래도 비관적인 생각에 사로잡히고 만다.

몸 상태가 좋지 않을 때 DLB 환자와 마주하는 주변 사람은 손안에서 모래가 흘러내리는 듯한 초조함에 휩싸이는 법이다.

이대로 돌이킬 수 없을 만큼 급격히 상태가 나빠져서 다시는 의사소통이 안 될 가능성도 없지는 않기 때문이다.

인터폰 소리와 함께 언어 청각 재활 훈련 담당인 '팔불출 씨'의 목소리가 들렸다.

어느덧 창문으로 비치는 황혼 녘 햇살이 할아버지의 굳어 버린 얼굴을 어루만지고 있었다.

'이럼 안 되는데. 너무 부담을 줬는지도 모르겠어.'

얼른 장롱 위의 탁상시계를 확인하자, 혼자서 떠든 지 한 시간 가까이 지났다.

"할아버지. 겨울옷 좀 정리하고 올게."

그 순간 할아버지가 고맙다는 듯이 손을 움직인 것처럼 보였다. 어쩌면 이것도 파킨슨병 증상 중 하나인 손 떨림에 지나지 않는지도 모른다.

두툼한 웃옷과 스웨터 몇 벌을 잘 개킨 후, 장롱 서랍을 열었다.

서랍이 꽉 찬 것 같았지만, 자세히 보니 다행히도 딱 겨울옷이 들어갈 만한 공간이 남아 있었다.

그렇다.

이런 작은 일로도 기뻐하기로 하자.

나쁜 일만 있는 건 아니다.

지금 일어나고 있는 일이 모두 정답이다.

봄옷을 꺼내기는 아직 이르지만, 할아버지가 마음에 들어하는 카디건만 한 벌 꺼냈다.

요 부근에 피는 벚꽃은 최고로 예쁘다.

이제 곧 옛날처럼 히몬야하치만구의 경내에 피는 벚꽃을 둘이서 바라볼 수 있을 것이다.

가에데는 서재 한구석에 있는 경대에서 머리빗을 꺼내 재빨리 머리를 다듬으며 거울 속의 자신에게 어떻게든 웃음을 지어 보였다.

문을 두드리는 소리와 함께 팔불출 씨의 조심스러운 목소리가 들렸다.

"어, 실례해도 괜찮을까요?"

"아, 물론이죠."

모난 곳 없는 상냥한 목소리가 가슴에 스며들었다.

"현관에서 봤는데, 좋은 러닝화를 신으시는군요."

"에이, 아니에요."

"분명 우리 딸내미가 신어도 잘 어울리겠는데. 그렇죠, 히몬야 씨. 어떻게 생각하세요?"

할아버지를 웃기기 위한 농담이다.

물론 오늘 할아버지는 아무 대답이 없다.

하지만 환자의 상태가 안 좋을 때는 그 나름의 대응법이 있는 것이리라.

팔불출 씨는 매끈하게 깎은 머리를 찰싹찰싹 두드리며, 자자 오늘은 어떻게 할까요, 하고 평소와 다름없이 웃는 얼굴로 말했다.

과연 프로답다.

가에데도 마음을 다잡고 다시 웃음을 지었다.

그리고 팔불출 씨에게 인사한 후, 미련이 남는 마음으로 할아버지 집을 뒤로했다.

가에데가 집에서 나오자 남자는 눈에 띄지 않도록 슬그머니 담 뒤편에 몸을 숨겼다.

그는 자기 귀에도 들릴까 말까 한 작은 목소리로 중얼거렸다.

"가에데 선생님."

그리고 평소처럼 세심한 주의를 기울이면서도, 익숙한 태도로 가에데의 뒤를 밟았다.


# 3


가에데는 날이 완전히 저문 뒤에야 구묘지의 맨션에 도착했다.

입구 문을 열고 무거운 발걸음으로 엘리베이터에 올라타 벽에 몸을 기댔다.

할아버지의 몸 상태에 맞춰 가에데도 몸이 안 좋아지는 것 같은 기분이었다.

오늘 밤은 뜨거운 물에 느긋하게 몸을 담그기로 마음먹고 엘리베이터에서 내리자, 가에데의 집 문손잡이에 원뿔 모양의 뭔가가 매달려 있었다.

목구멍까지 올라온 비명을 간신히 손으로 막았다.

어, 잠깐.

저건…….

저건 대체 뭐지?

뒤쪽에서 비치는 엘리베이터 불빛에 의지해 머뭇머뭇 다가가서 자세히 보자, 누가 그랬는지 리본을 이용해 흑장미로 만든 부케를 레버식 문손잡이에 거꾸로 걸어놓았다.

부케는 꽃 색깔과 대비를 이루는 새하얀 레이스천에 감싸여 있었다.

손잡이 부분이 위쪽이고, 펼쳐진 꽃다발 부분은 아래쪽을 향한 상태다.

손잡이를 머리로 치면 웨딩드레스 차림의 신부가 연상된다. 하지만 좀 더 섬뜩한 상상력을 발휘하면 밧줄로 목을 맨 시체처럼 보이기도 한다.

흑장미로 만든 '사람 모습'.

한편 가에데는 오늘도 검은색 코트 차림이다.

과연 우연일까.

그리고 공중전화 부스의 그 사람이 남긴 '준비가 다 됐다'는 말은 무슨 뜻이었을까.

가만히 주변을 둘러보았지만, 공용 복도에 인기척은 없었다.

경비원이 상주하는 고급 맨션이라면 모를까, 이런 평범한 맨션의 자동 잠금장치는 명색뿐이라, 마음만 먹으면 아무나 건물에 침입할 수 있다.

그래서 가에데는 건물주의 허가를 받고 현관문에 자물쇠를 2중으로 설치했다.

'그렇다면'

부케를 걸어놓은 사람은 여기까지 왔다가 돌아갔거나, 아니면 아직.

'맞아.'

아니면 아직 근처에 있는 셈이다.

다시 뒤를 돌아보는 데는 아주 큰 용기가 필요했다.

가에데는 코트 호주머니에 손을 넣어 스마트폰을 무기 삼아 꼭 움켜쥐었다.

숨을 들이마신 후, 용기를 내어 몸을 홱 돌렸다.

아무도 없었다.

어느 틈엔가 온몸이 땀으로 축축하게 젖었다.

그때 문득 흑장미에 관해 생각난 사실이 있었다.

서둘러 스마트폰을 꺼내 흑장미의 꽃말을 확인했다.

그러자 기억하고 있던 대로 상반된 두 가지 꽃말이 화면에 나란히 떴다.

'당신은 영원히 나의 것'

그리고.

'증오'

복도로 불어든 바람에 부케가 살랑 흔들렸다.

엘리베이터의 불빛과 스마트폰의 불빛이 부케의 '머리 부분'을 다양한 각도에서 비추었다.


# 4


네가 웃는 모습을 보고 싶어

네가 우는 모습도 보고 싶어

네가 화내는 모습도 보고 싶어

숨결이 느껴질 만큼 가까이에서


도저히 집에서 잠잘 기분이 아니었다.

다행히도 연휴다.

미사키에게 연락해 재워달라고 부탁하자 "마침 비싼 와인을 딴 참이야. 그대는 감이 좋구려……이유는 필요 없으니까 당장 와" 하고 말했다.

가에데가 마음을 쓰지 않도록 취한 척한다는 걸 바로 알았다.

걱정 끼치기가 미안해서 미사키에게는 일부러 스토커 이야기를 하지 않았지만, 뭔가 고민이 있다는 걸 눈치채고도 그쪽으로 화제를 돌리지 않고 그저 "실컷 마셔", "카망베르 치즈가 내다 팔 만큼 많다고" 하며 우스갯소리를 하는 미사키의 마음 씀씀이가 고마웠다.

가에데에게 미사키는 어른이 된 후 처음으로 생긴 절친일지도 모른다.

날이 밝자마자 가에데는 할아버지 집으로 향했다.

물론 부케 이야기도 하고 싶었지만, 무엇보다 할아버지 몸 상태가 다소나마 회복됐을지 걱정됐다.

예전에는 디딤돌이었던 좁은 콘크리트 길을 걸어 현관문에 손을 댔다.

"할아버—"

바로 그때.

부드러운 천 같은 감촉이 가에데의 입을 막았다.

거의 동시에 누군가가 공구로 고정하는 것처럼 뒤에서 몸을 꽉 끌어안았다.

'수컷' 특유의 위압적이기까지 한 열기가 순식간에 가에데의 등에 퍼져나갔다.

어디서 맡아본 적 있는 냄새가 났다.

"많이 기다렸지, 가에데 선생."

가에데의 귓불에 누군가의 축축한 입술이 닿았고, 미지근한 목소리가 귓속까지 다다랐다.

가슴이 찌부러질 것처럼 압도적인 힘에 오열이 새어 나왔다.

"자자, 목소리 내지 마, 움직이지 마."

청기백기 게임의 '청기 올리지 마', '백기 올리지 마' 같은
구령과 비슷하니, 어쩐지 장난치는 듯한 말투였다.

"알아들었으면 천천히 고개를 끄덕여. 시키는 대로 안 하
면, 죽일 거야."

지난번과 달리 이번에는 죽이겠다는 말이 무슨 뜻인지 즉
시 알아차렸다.

가에데는 공포로 온몸이 굳어버린 채, 간신히 고개만 살짝
움직였다.

가슴에 둘렸던 빗장처럼 단단한 두 팔이 몸에서 떨어졌다.

그러고 나서 바로 따끔한 통증이 목덜미에 느껴졌다.

"클로로폼은 영화를 너무 많이 본 녀석이나 사용하는 거
지. 결국은 이쪽이 확실해."

드디어 입에서 천 같은 것이 치워졌다.

'지금이다.'

가에데는 온 힘을 다해 살려달라고 외치려 했지만 말이 나
오지 않았다.

'어라.'

'살려주세요'의 '살'을 말하려면 혀를 어떻게 움직여야 하더
라.

잠시 후 혀가 마비돼서 꼼짝도 하지 않는다는 걸 깨달았

다.

아니, 혀뿐만 아니라 위턱과 아래턱도 마비됐다.

아니다, 마비된 건 온 몸이다.

딸그락, 하는 소리가 정원에 울렸다.

시야가 서서히 좁아지는 가운데, 가에데가 마지막으로 본 것은 콘크리트 위에 떨어진 주사기였다.


# 5


꿈일까, 현실일까.

"아, 에, 이, 우, 에, 오, 아, 오."

멀리서 할아버지 목소리가 들렸다.

발성 연습에 힘쓰는 목소리다.

"아, 에, 이, 우, 에, 오, 아, 오."

'다행이다, 목소리가 쭉쭉 나오네. 할아버지, 오늘은 상태가 좋아.'

가에데는 안도의 한숨을 내쉬려 했지만, 숨을 만족스럽게 내뱉을 수 없었다.

뭐지, 왜 이렇게 가슴이 답답할까.

"카, 케, 키, 쿠, 케, 코, 카, 코."

잠들었던 걸까.

눈꺼풀이 무겁다.

아니, 무거워도 너무 무겁다.

눈을 부릅뜨려고 해도, 뭔가로 막혀 있어서 눈꺼풀이 움직이지 않는다.

"카, 케, 키, 쿠, 케, 코, 카, 코."

손도 안 움직인다.

발도 마찬가지다.

"사, 세, 시, 스, 세, 소, 사, 소."

오른쪽 뺨이 차갑고 약간 보드라운 바닥 표면에 닿아 있다.

두 종류의 냄새가 동시에 코를 찔렀다.

그중 하나는 할아버지 집의 원목 매트에 사용하는 항균 스프레이, 유사 비누의 냄새다.

그때 절벽에서 떨어지는 꿈에서 번쩍 깨어났을 때처럼, 가에데는 자신이 처한 상황을 단박에 이해했다.

눈에는 눈가리개가 씌워졌고, 재갈을 문 입에는 접착테이프까지 붙어 있었다.

양손이 뒤로 묶였고, 두 무릎은 물론 양쪽 발목도 단단히 묶였다.

그런 상태로 할아버지 집 거실에 눕혀져 있는 것이다.

'또 다른 냄새는….'

언젠가 어디서 맡아본 적 있는 희미한 냄새.

결코 싫지는 않은 이 냄새.

하지만 항균 스프레이의 강한 냄새에 가려져서 정체를 알아내기 힘들다.

"어제와는 다른 사람으로 착각할 만큼 발음과 발성이 좋으시네요. 누구랑 이야기라도 하셨습니까?"

이웃한 서재에서 '팔불출 씨'의 놀란 듯한 목소리가 들려왔다.

"아니, 그런 건 아닌데. 오늘은 라행까지 할 수 있을 것 같군."

무리하시면 안 됩니다, 하고 팔불출 씨가 할아버지를 상냥하게 만류했다.

"발성은 이 정도로 해두죠. 이제 목 근육을 마사지하겠습니다."

짜악, 짝, 하고 고무장갑을 끼는 소리가 들렸다.

'나를 덮친 남자는 어디로 간 걸까?'

어쩌면 남자가 계산한 것보다 빨리 정신을 차렸는지도 모른다.

하지만 남자가 언제 돌아올지는 알 수 없다.

그리고 어쩌면, 돌아오자마자 살해당할지도 모른다.

'어떻게든'

'어떻게든 저 두 사람에게 내가 여기 있다는 걸 알려야……'

가에데는 냉정해지라고 자기 자신을 타이르며 현재 상황을 확인했다.

눈가리개 때문에 앞이 전혀 안 보인다.

아무래도 코트는 벗겨진 듯했다.

검은색 니트 스웨터와 슬림 팬츠가 바닥에 닿아 있는 몸 오른쪽 부분에, 뻣뻣하고 단단한 감촉이 여러 개 느껴졌다.

그 이유를 알아차린 순간 가에데는 절망에 빠졌다.

손발의 자유만 빼앗긴 게 아니다.

끈으로 온몸을 칭칭 감아놓은 것이다.

그렇다면 몸을 뒤치기조차 쉽지 않으리라.

남은 수단은 '목소리'밖에 없다.

재갈과 입을 막은 접착테이프는 시간만 들이면 반드시 제거할 수 있다는 이야기를 무슨 미스터리 소설에서 읽은 기억이 났다.

'서두르면서도 초조해하지 말고.'

가에데는 이제 다소는 움직여지는 혀를 사용해 입에 꽉 낀 재갈을 적시기 시작했다.

"목은 좀 어떠세요?"라는 목소리가 들렸다.

"아아, 시원했어……되살아난 것 같은 기분이야. 이제 시간 다 됐나?"

"아니요. 아직 10분쯤 남았습니다."

가에데로서는 최대한 여기에 머물러 주기를 간절히 바랄

따름이었다.

두 사람이 대화를 나누는 서재에는 문이 두 개다.

하나는 거실로 통하지만, 다른 하나는 현관으로 향하는 복도로 연결된다.

만약 팔불출 씨가 복도 쪽 문으로 나가면 가에데가 있는 줄 모르고서 그냥 돌아가고 만다.

"차라도 우려드릴까요? 오늘은 점도 증진제 없이도 괜찮다고 들었는데요."

"아니, 차는 됐어. 그보다 늙은이의 이야기를 잠깐 들어주지 않겠나?"

"물론이죠. 늘 말씀드리듯이 대화는 최고의 재활 훈련이니까요."

잠시 후 서재에서 할아버지가 예상치 못한 말을 꺼냈다.

"실은 우리 손녀딸이 스토킹을 당하고 있어서 말이야."

"네?"

팔불출 씨가 허를 찔린 듯 놀란 목소리로 반응했다.

"손녀딸이라면……가에데 선생님이요?"

"그래. 아무 말도 없이 끊는 전화뿐이라면 그나마 다행이겠지만, 최근에는 미행까지 당한다나 봐."

"저어, 저 같은 일반인이 드릴 말씀은 아닐지도 모르지만……그런 행위는 점점 심각해지는 법이랍니다. 빨리 경찰에 신고하는 편이 좋지 않을까 싶은데요."

"이미 상담은 했다는군. 상대가 누군지 전혀 짚이지 않는데다, 구체적인 피해도 없는 이상은 경찰이 나서서 대응하기 힘들다는 모양이야."

"음. 무슨 소린지는 알겠지만……그야말로 철밥통 공무원 같은 대응이라 화가 나네요."

"반대로 말해 논리적으로 스토커의 정체를 밝혀내고, 구체적인 피해 상황을 분명히 제시하면 경찰도 움직여주지 않겠느냐, 그런 생각이 들었어."

"그건 그렇죠……. 그런데 그게 가능할까요?"

"과연 잘 될는지. 뭐, 어디까지나 논리를 활용한 게임 같은 느낌으로 들어주겠나?"

"흥미롭네요."

"일단 이 스토커를 X라고 부르도록 하지. 성별은 99퍼센트 남자일 거야. 가에데의 친구인 이와타 선생이 X를 쫓아갔을 때 발이 너무 빨라서 못 잡았다니까 말이야. 자네 생각은 어떤가?"

"그야 남자겠죠. 그만큼 예쁘신 분의 스토커니까요."

"덧붙여 가에데는 X의 정체가 전혀 짐작이 안 된대. 친구나 직장 동료 중에 X 같은 인물이 있을 것 같지는 않다는 거야. 뭐, 물론 가능성이 없지는 않겠지만, 게임 진행상 일단 그 이외의 인물을 X로 가정해보지. 여기까지는 괜찮나?"

"네. 만약 친구나 직장 동료가 스토커라면 보통은 알아차릴 테니까요."

"그런데 그렇게 가정하면 별안간 다른 의문이 부각되거든."

"다른 의문이라고요? 음."

"모르겠나?"

"죄송합니다. 짐작도 안 가네요."

"X가 어떻게 가에데의 스마트폰 번호를 알고 있느냐는 의문이야."

"하하아……듣고 보니 확실히 그러네요."

"요즘 같은 세상에 젊은 여자의 연락처는 그야말로 민감한 개인정보야. 그런데 X는 아주 간단하게 가에데의 연락처를 알아냈지. 그럼 과연 어떻게?"

"히몬야 씨도 참. 감질나게 그러시지 말고 얼른 말씀해주세요."

"이 세상에는 가에데의 연락처가 시커먼 글씨로 큼지막하게 적혀 있는 곳이 딱 한군데 있지. X는 그걸 거리낌 없이 당당하게 보고 외운 거야. '그곳'이 어디냐 하면, 보게, 저기 종이에 써서 벽에 붙여둔 긴급연락처야. 나처럼 자택에서 돌봄을 받는 사람 주변에는 반드시 긴급연락처를 적은 메모지나 화이트보드가 있지. 즉, X는 이 집에 드나드는 사람 중 하나야."

두 사람이 서재에서 나누는 대화를 듣고 있으려니 가에데는 가슴이 점점 빠르게 뛰었다.

설마 이 집에 드나드는 사람이 스토커였다니.

열심히 입을 움직이는 사이에 조금씩이지만 재갈이 헐거워지기 시작했다.

할아버지가 또 말을 꺼냈다.

가에데는 귀를 쫑긋 세웠다.

"놀랐나 보군."

"그야 그렇죠. 저, 심장이 안 좋으니까 너무 놀라게 하지 마세요."

"그럼 가슴을 진정시키고 나서 생각해보게. 지금까지 나온 재료로 팔불출 군은 어떤 스토리를 자아내겠나?"

"그런데……'스토리'가 뭡니까?"

"단적으로 설명하자면 X의 정체 말일세."

"으음. 이런 말씀을 드려도 되려나."

"서슴없이 말하게나."

"일단 양해를 구하자면 이건 어디까지나 어리석은 제 견해일 뿐입니다. X는 남자잖아요. 그런데 '바가지머리 씨'를 비롯한 간병인들과 가끔 방문하는 케어 매니저는 전부 여자예요. 즉, X의 정체를 이 집에 드나드는 남자로 한정하면, 그 범위를 상당히 좁힐 수 있겠죠."

"좋군. 어리석다니 자학이 너무 심해. 아주 논리적인걸."

"딱 잘라 말해 이 집에 드나드는 남자는 언어 청각사인 저와 물리치료사, 즉 '팔불출 군'과 '소프트크림 군' 둘뿐입니다."

"맞아."

"하지만 제 역량으로는 거기서 한 명을 골라낼 수가 없네요."

"그럴 리가. 뭐, 망설여지는 기분도 모르는 바는 아니니까 내가 이어받도록 하지. 일단 X는 발이 아주 빠른 인물이야. 그런데 자네는 이렇게 말하면 실례지만, 심장에 문제가 있고 환갑도 넘은 사람이라 건각(健脚)이라는 두 글자와는 인연이 없지. 한편 소프트크림 군은 척 보기에도 몸이 다부진 데다 본가 일도 돕는다고 해. 우유가 담긴 통은 아주 무겁다더군."

"그렇다면 역시……."

"그리고 물리치료사는 원래 체력을 어마어마하게 사용하는 직업이야. 체중이 많이 나가는 환자가 온몸을 맡기는 경우도 드물지 않거든. 그렇다면 X의 정체는 자명해."

"사람은 겉보기로 판단할 수 없다고 하더니만. 아니, 남을 폄하하는 표현은 사용하고 싶지 않지만요."

"알아. 의견을 물어본 건 나니까 자네는 마음 쓸 것 없네."

가에데의 온몸에서 흐르던 땀이 단숨에 싹 식었다.

그리고 벼락이라도 맞은 것처럼 또 다른 냄새의 정체가 머릿속에 번쩍 떠올랐다.

'바닐라 냄새야……!'

희미하기는 하지만 언젠가 그를 만났을 때 분명 코를 간질였던 그 냄새다.

이렇게 위급한 상황인데도 어째선지 엘러리 퀸의 대표작에 등장하는 '바닐라 냄새가 나는 인물'이 뇌리를 스쳤다.

맙소사.

그 성실해 보이는 '소프트크림 씨'가 날 괴롭히는 스토커였다니.

하지만 예사롭지 않은 달리기 실력과 아까 뒤에서 끌어안았을 때 느껴진 강한 힘을 고려하면 충분히 수긍이 간다.

만약 지금 이 순간, 그가 여기 나타난다면.

그 상황을 상상하자 가에데는 더럭 겁이 났다.

"사실 '소프트크림 군'이 수상하다고 생각한 이유는 더 있어."

"그런가요. 괜찮으시면 들려주시겠습니까?"

"얼핏 보기에는 성실하게 느껴지지만, 그는 내게 명백한 '거짓말'을 했거든."

"거짓말이요?"

"우리 집 정원에 울음소리가 예쁜 방울벌레가 산다는 건 알지? 언젠가 소프트크림 군이 스마트폰으로 방울벌레 소리를 녹음해 간 적이 있었어."

"그러고 보니 저도 녹음기로 녹음해 간 적이 있었죠."

"그런데 말이야. 요전에 우리 집에 온 아이들이 선물해준 곤충도감을 보니까, 곤충의 울음소리는 너무 고주파라 스마트폰으로는 녹음이 안 된다는군. 지향성이 높은 리니어 PCM 녹음기나, 자네가 가지고 있는 고성능 IC 녹음기를 들고 방울벌레에 아주 가까이 접근해야 소리가 깨끗하게 녹음된대."

"와……그건 몰랐네요."

"그런데 소프트크림 군은 방울벌레 소리를 수신음으로 설정했다는 거야. 분명 새빨간 거짓말이지. 그리고 거짓말을 했으니 뭔가 이유가 있을 테고. 이유가 뭘 것 같나?"

"음. 예를 들어 히몬야 씨를 방심시키기 위해서 그랬다는 건 어떨까요?"

"그럴 수도 있겠지."

"그럼 아까 말씀드렸지만, 스토킹이 더 심해지기 전에 그를 경찰에 출두시켜야 하지 않겠습니까?"

"아니, 그럴 필요 없어, 팔불출 군."

"그게 무슨 말씀이세요?"

"얼마 안 되는 재료를 바탕으로 내가 처음에 내린 결론은 자네와 동일했다네. 하지만……시점을 바꾸어 고찰을 거듭하는 사이에 최종적으로는 전혀 다른 결론에 도달했어."

"다른 결론이라니요?"

"흠. 일단 왜 소프트크림 군이 '방울벌레 소리를 녹음했다'는 거짓말을 했는지부터 파고들어 봄세. 소프트크림 군이 나를 방심시키거나 내 환심을 사본들 별 이득은 없지 않겠나? 잘 생각해보면 오히려 거짓말이 들통났을 때 입을 손해가 더 클 것 같은데."

"그러게요. 거짓말이 들통나면 완전히 신용을 잃을 테니까요."

"그럼 이런 설명은 어떨까. 소프트크림 군은 정원 수풀 어딘가에서 노래하는 방울벌레를 못 찾아낸 거야. 내게는 분명 보이건만 어째선지 방울벌레에게 다가갈 수 없었던 거지. 그렇지만 소프트크림 군은 나를 안심시키기 위해 마치 방울벌레 소리를 녹음한 '척'한 거야."

"그렇다면 그 방울벌레는 설마ㅡ"

"그 설마라네. 방울벌레는 내 환시었어. 소프트크림 군은 분명 거짓말을 했지. 하지만 그건 타고난 착한 성격에서 비롯된 거짓말이었어."

"하하아……그랬군요. 그럼 히몬야 씨가 도달했다는 다른 결론은 뭡니까?"

"설명하지. 그 전에 부탁 하나만 들어주게."

"이 타이밍에요? 뭔가요?"

"미안하지만 담배 한 대 주지 않겠나?"

"오호. 담배를 피우셨던가요?"

"아주 가끔이기는 하지만. 거기 경대 서랍 속에, 골루아즈라고 적힌 파란 담뱃갑이야. 라이터도 있을걸. 그래, 미안하지만 불을 붙여주면 고맙겠군. 후우우. 이거, 정말 미안하네."

"별일도 아닌걸요. 그런데 아까 하셨던 이야기 말씀인데요."

"내가 했던 이야기? 뭐였더라?"

"심술 궂으시긴. 스토커의 정체에 대해 다른 결론에 도달했다고 말씀하셨잖습니까."

"그랬지 참. 일단 가에데 본인은 알아차리지 못한 것 같지만……가에데가 X의 범죄 행위로 어떤 '구체적인 피해'를 당했는지 알아볼까. 스토커는 대개 스토킹 대상의 소지품을 가지고 싶어 하는 법이야. 후우우. X도 예외는 아니지. 그는 백주에 당당하게도 가에데에 관련된 '어떤 물건'을 훔쳤어."

"과연, 아주 스토커다운 짓이기는 하네요. 그런데 그게 어떻게 다른 결론으로 이어집니까?"

"자자, 그렇게 재촉하지 말고 들어보게. 어제 가에데가 여기 와서 겨울옷을 정리하고 갔는데 말이야. 저기 장롱에 겨울옷 몇 벌을 넣고, 이 빨간 카디건을 꺼내서 주더군. 어떤가, 잘 어울리나? 아무리 봄옷이라지만 내가 보기에는 너무 화려한 것 같은데."

"부러울 만큼 잘 어울리시네요."

"그럼 다행이고……어이쿠, 이거 실수를 했군."

"왜 그러시죠? 실수라니요?"

"아니, 기껏 꺼내준 카디건에 담배 냄새가 배겠구나 싶어서."

"저기, 착각이라면 사과드리겠습니다만. 어쩐지 저를 애태우면서 재미있어하시는 거 아닙니까?"

"지나친 생각일세, 후우우. 음……어디까지 이야기했더라? 그렇지, 겨울옷 이야기였지. 가에데는 장롱 서랍에 겨울옷을 보관하기 딱 알맞은 공간이 있어서 기뻐하는 눈치였어. 하지만 겨울옷이 들어갈 만한 공간이 그렇게 때마침 비어 있겠나? 즉, 거기에는 얼마 전까지 다른 뭔가가 들어 있었다는 뜻이야."

"다른 뭔가……. 히몬야 씨 댁이니까 옛날 책이려나요?"

"아쉽지만 틀렸어. 그 다른 뭔가는 가에데의 사진을 끼워 둔 사진틀들이었어. 나 같은 DLB 환자는 인물 사진이나 풍경화를 매개로 환시를 보곤 하거든. 그래서 내 몸을 걱정한 가에데가 사진틀을 모아서 장롱에 넣어두고서, 정작 본인은 그 사실을 까맣게 잊어버린 거지. 아참, 팔불출 군. 시간은 괜찮나?"

"어쩐지 재미있어졌네요. 이왕 시작했으니 전부 듣고 싶습니다."

"그거 기쁘군. 더 설명하자면 스토커는 사진 같은 일반적인 물건뿐만 아니라, 스토킹 대상의 신체에 관련된 물건도 가지고 싶어 하는 법이야. 예를 들면 깎은 손발톱. 또는 침이 묻은 페트병. 그리고……그렇지, 머리카락. 자, 어떤가?"

"왜 저한테 물으시죠?"

"후우우. 이거 실례했군. 여기까지 이야기의 흐름은 어떠냐, 잘 이해했느냐는 의미였어."

"이해했습니다. 평소와 다름없이 이야기 실력이 좋으셔서 감탄스러울 따름입니다."

"고맙네. 자, 저기 가에데가 사용하는 경대가 있어. 가에데는 늘 저기서 머리를 빗은 후 돌아가는데⋯⋯아무래도 이상하게 느껴져서 말이야. 가에데가 다녀가고 며칠 후에 돋보기로 머리빗을 유심히 살펴봤지. 그런데 빗질하다 빠진 머리카락이 한 가닥도 없더라고. 한 번이라면 머리카락이 빠지지 않을 수도 있겠지. 하지만 몇 번을 확인해봐도 마찬가지였어. 간병인들은 내 주변과 내가 사용하는 물품은 깨끗하게 청소해주지만, 가에데의 경대에는 손을 대지 않아. 그렇다면 가에데의 머리카락은 X가 머리빗에서 훔쳐 갔다, 뭐, 그렇게 결론을 내려야겠지."

"하하아. 그럼 소프트크림 씨가 가에데 선생님의 머리카락을 훔쳐 간 거로군요."

"아니, 그렇게 단정하기는 일러."

"어째서요?"

"일단 X는 달리기가 취미인 20대 남자 교사의 추격을 뿌리칠 만큼 발이 빨라. 즉, 육상 실력이 뛰어난 사람이라고 쉽게 추측할 수 있겠지."

"그러니까 소프트크림 씨가 X 아니겠습니까?"

"그게 꼭 그렇게 볼 수는 없어. 발이 빠른 남자라고 하면⋯⋯난 꽤 예전부터 팔불출 군 자네를 육상 경력자라고 짐작하고 있었네만."

"네?"

"초가을 무렵이었나, 여기서 자네가 날 칭찬했던 거 기억하나? '10종 경기' 챔피언에 비유해 내가 넓은 분야에 지식과 식견이 있다고 치켜세웠지. 어떤가? 잊어버렸다는 말은 말게."

"기억납니다. 하지만 어디까지나 일종의 예시로서 10종 경기를 꺼냈을 뿐이에요. 그렇게 억지스러운 비유도 아니었는데, 10종 경기라는 단어를 사용했다고 해서 육상 경력자로 단정하시다니요."

"아니, 문제는 그게 아니야. 발음이지."

"바, 발음요?"

"그래."

"괜찮으십니까? 어쩐지 하시는 말씀이 지리멸렬해졌는데요."

"그럼 프로 앞에서 발성 연습을 해보지. 들어주겠나."

"마음대로 하세요."

"짓슈 쿄기". 짓슈 쿄기. 짓쇼 쿄기. 짓슈―"

"언제까지 계속하실 겁니까. 저기……대체 무슨 말씀을 하고 싶으신 건지 전혀 모르겠네요. 하지만 오늘 발성이 좋으신 건 확실합니다."

"아무나 상관없어. 10종 경기라는 네 글자를 읽으라고 해보게. 모세의 십계"를 '쥿카이'라고 잘못 읽는 사람이 많은 것

---

* 10종 경기의 일본어 발음
** 일본어 발음은 '짓카이'다

처럼, 분명 대부분은 '줒슈 쿄기'라고 읽지 않을까? 다소나마 육상을 해본 사람이 아니면 10종 경기의 정확한 발음이 '짓슈 쿄기'라는 걸 모를 거야."

"흐음. 그럼 히몬야 씨는요?"

"나야 지식으로서 알고 있었지."

"그게 이상하잖습니까. 그럼 어, 저도 그렇습니다. 지식이에요. 일반상식으로서 10종 경기의 발음이 '짓슈 쿄기'라는 걸 알고 있었을 뿐, 육상 경력은 전혀 없습니다."

"흠, 물론 그럴 가능성도 없지는 않겠지. 그럼 물어봄세. 오늘도 그런데, 왜 자네 입에서 달콤한 바닐라 냄새가 나는 건가?"

"네?"

"단백질 쉐이크를 먹기 때문이야. 바닐라 맛은 인기가 아주 많다더군."

"그런 정보는 모릅니다. 그런 게 아니에요. 저는 아이스크림을 좋아하거든요. 그중에서도 바닐라 맛에 사족을 못 씁니다. 당뇨인데도 매일 한두 개는 먹는걸요."

"이야, 금시초문이로군. 그렇게까지 바닐라 아이스크림을 좋아한다면 소프트크림 군이 화제에 올랐을 때, 당연히 그 이야기가 나왔어야 하지 않겠나?"

"음, 논리상으로는 그럴지도 모르죠. 하지만 그만 깜박했을 뿐입니다."

"그럼 하나 더 말해볼까."

"또 있습니까?"

"어제 가에데가 이 방에 있을 때 방문한 자네가 느닷없이 이렇게 말했지. '현관에서 봤는데, 좋은 러닝화를 신으시는군요'라고 말이야."

"그렇게 생각했으니까 그렇게 말했을 뿐인데요."

"그럼 왜 '러닝화'라고 했을까? 보통 그런 형태의 신발을 보면 '운동화'라고 할 텐데."

"그, 그건……."

"말문이 막혔다면 내가 설명하지. 육상 경력자가 아닌 보통 사람은, 얼핏 봐서는 운동화와 러닝화의 차이를 구별하지 못해. 실제로 달리기 운동을 오래 한 이와타 선생조차 가에데의 러닝 러닝화를 처음 봤을 때는 평소 신던 운동화와 착각했을 정도야. 그런데 자네는 현관에 있는 가에데의 러닝 신발을 흘낏 보고서 '러닝화'라고 칭했지. 지금도 육상 훈련을 거르지 않는다고 볼 수밖에."

"……그래서 뭐 어쨌다는 겁니까?"

"뭐라고?"

"가령 제가 육상 경력자고, 지금도 부지런히 훈련하고 있다고 치죠. 하지만 그렇다고 소프트크림 씨의 혐의가 풀리는 건 아니에요. 저랑 그의 나이, 그리고 체격과 걸모습을 허심탄회하게 비교해보세요. 역시 제일 수상한 건 젊고 기운이 넘치는 소프트크림 씨 아니겠습니까?"

"아니. 그는 X가 아니야."

"아이고, 왜 그렇게 단정하시는지 모르겠네."

"머리빗에 남은 지문을 몇 번에 걸쳐 채취해봤지. 별로 알려지지 않은 사실이지만, 경대에 있는 물건만 가지고 의외로 손쉽게 지문을 채취할 수 있거든. 귀이개의 솜털 부분에 파운데이션을 묻혀서 머리빗 손잡이에 톡톡 털어. 그러고 투명한 접착테이프를 머리빗 손잡이에 신중하게 붙여서, 지문에 부착된 파운데이션을 떼어내는 방법이야."

"당최 모르겠네요. 머리빗의 지문이 어쨌다는 겁니까? 제 지문이라도 나왔다는 말씀이세요?"

"반대야."

"반대라고요?"

"며칠 간격으로 여러 번 시도해봤지만, 머리빗에서는 가에데의 지문밖에 나오지 않았어. 소프트크림 군은 맨손이니까 머리빗을 만지면 지문이 남을 텐데 말이지. 즉 X는 이 방에 있을 때 유일하게 장갑을 끼는 인물인 셈이야."

"이거 말씀이세요?"

"그래, 그거. 가에데의 스토커인 X는 바로 자네야."

짜악, 짝.

짜악, 짝.

침묵이 흐르던 가운데, 얇은 고무장갑을 잡아당겼다가 놓는 단조로운 소리가 가에데의 귀를 때렸다.

믿기지 않았다.

가에데를 쫓아다니며 괴롭혔던 스토커 'X'는.

그 사람 좋아 보이는 팔불출 씨였다.

머리카락을 도둑맞았다는 직접적인 피해에서 오는 공포와, 부모 자식만큼 나이 차가 나는 초로의 지인이 스토커였다는 의외성에서 오는 공포가 보이지 않는 두 가닥의 밧줄처럼 가에데의 심장을 옥죄었다.

아니, 그보다도.

생각하기는 싫었지만 좀 더 현실적인 공포가 가슴속에 스며들었다.

할아버지는 스토커의 정체를 스토커 앞에서 폭로해놓고 어째서 저렇게 태연한 걸까.

만약 육체적으로 반격을 당하면…….

'한주먹감도 안 될 거야. 할아버지도, 나도.'

이렇게 된 이상 외부에 도움을 청하러 갈 수밖에 없을 듯했다.

온몸에 감긴 끈을 하나라도 끊어내면 일단 몸을 뒤칠 수 있다.

그리고 복도를 굴러서 현관까지 가면.

'아니, 그 방법 말고.'

거실에는 할아버지의 침대가 있다. 그리고 침대 머리맡에는 의료기관으로 연결되는 긴급용 버튼이 달려 있다.

그 버튼만 누르면……아니다, 그 높이까지는 도저히 손이 닿지 않을 것 같다.

'그래, 화장실이야.'

화장실에만 가면 설령 바닥에 누워서라도 긴급용 버튼을 누를 수 있을 것이다.

더구나 거실에서 복도로 나가면 바로 화장실이 나온다.

눈가리개가 씌워져서 보이지 않지만 방향은 안다.

가에데는 서재의 동태에 주의를 기울이며 끈을 끊기 위해 몸 오른쪽을 바닥에 비비기 시작했다.

"음……. 미스터리 마니아 아니랄까 봐 무난함과는 거리가 먼 결론을 내놓으셨군요. 글쎄요. 당신이 '의외의 범인'을 좋아하다 보니, 억지로라도 저를 범인 취급하고 싶은 건 아니시고요?"

"과연, 어쩌다 보니 그런 모양새가 되었군. 하지만 그런 그릇된 생각으로 자네를 몰아세우는 건 아니야."

"논리적인 것처럼 들리기는 하네요. 하지만 역시 그 결론에는 무리가 있어요."

"그런가?"

"잘 들으세요. 당신은 그저 '가에데 씨의 머리빗에서 머리카락을 떼어낸 인물은 언어 청각사다'라는 사실을 증명한 데 지나지 않습니다. 저는 이래 보여도 깔끔한 걸 좋아하는 성격이거든요. 가족분의 부담을 조금이라도 덜어드리기 위해 눈에 띈 쓰레기를 버렸을 뿐입니다. 감사 인사는 못 할지언정, 스토커 취급을 하다니요.”

“그럼 왜 저기 쓰레기통에 머리카락이 없었을까? 거실의 큰 쓰레기통은 물론, 부엌 싱크대 거름망에조차 머리카락은 한 가닥도 없었어. 말해보게. 머리카락은 어디로 사라진 걸까?”

“어쩌면 당신이 버린 건 아닐까요?”

“아하, 그렇게 나오는 건가.”

“어쨌거나 머리카락과 지문이 없다는 사실은 아무 증거도 안 됩니다. 머리카락이 빠지지 않는 날이 우연히 계속됐을지도 모르죠. 지문이 머리빗에 남아 있지 않으니까 언어 청각사가 만진 거라는 주장도 억지가 심하고요. 제 지문이 없는 건 제가 머리빗을 만지지 않았기 때문입니다. 보통은 다들 그렇게 생각할걸요.”

“음, 이제야 게임다워졌군, 팔불출 군.”

“저도 재미있습니다, 히몬야 씨.”

“후우우. 담배는 이제 됐어. 수고스럽겠지만 꽁초를 물에 적셔서 이번에는 꼭 쓰레기통에 버려주게.”

“말투가 마음에 안 들지만, 알겠습니다.”

“자, 아까는 일부러 언급하지 않았네만.”

“그런 식으로 나오시는군요.”

“‘장갑흔’이라는 말을 아나? 이런, 표정을 보니 모르는 것 같군. 물론 지문만큼 무늬가 확실하게 검출되지는 않지만, 장갑을 꼈는지 끼지 않았는지 정도는 장갑흔으로 쉽사리 입증할 수 있어. 뭐, 하지만 그렇게 번거로운 과정을 거칠 건 없겠지. 경찰이 자네 집을 수색하면 가에데의 머리카락과 사진이 당장 발견될 테니까. 아참, 중요한 사실을 알려주는 걸 깜빡했군. 아까 거짓말이 들통나면 완전히 신용을 잃을 거라고 자네가 그랬지. 그런데 실은 자네도 거짓말쟁이야. 언제더라, 녹음기로 녹음한 방울벌레 소리를 딸에게 들려줬더니 좋아했다며? 그 이야기는 거짓말이야."

"뭐라고요? 잠깐만요. 저는 스마트폰으로 녹음하지 않았습니다. 어떤 벌레 소리도 거뜬히 녹음하는 최신식 IC 녹음기를 사용했다고요. 아까 당신도 그렇게 말씀하지 않으셨습니까. 거짓말을 한 건 소프트크림 씨지 제가 아닙니다."

"아니. 자네도 거짓말을 했어."

"그만 좀 우기세요."

"이것도 아이들이 준 곤충도감에 실린 내용인데, 방울벌레는 결코 무리 지어 울지 않는다는군. 따로 떨어진 수풀에서 한 마리씩 고독하게 운다고 해. 하지만 내가 발견한 방울벌레는 세 마리가 같은 풀잎에 앉아서 울었지. 그건 있을 수 없는 일이야. 즉, 그 방울벌레들도 환시였던 걸세. 소프트크림 군의 거짓말은 착한 성격에서 비롯된 거짓말이었지. 하지만 자네의 거짓말은 달라. 본성을 속이기 위한 더러운 거짓말이었어. IC 녹음기는 가에데의 목소리를 몰래 녹음하기 위한 도구였던 거야. 단언하건대 녹음기는 가에데의 목소리로 가득할걸. 그래, 애당초 자네는 딸 자랑이 넘치는 '팔불출'이 아니야. 자네에게 '딸'은 없어. 딸의 머리카락이 얼마나 근사한지 자랑을 늘어놓았지만, 그건 가에데의 머리카락을 칭찬한 거였어."

"……당신, 대체 뭐야?"

"그저 치매에 걸린 노인이라네."

순간 팔불출, 아니, X의 말투가 확 바뀌었다.

'조심해, 할아버지.'

안간힘을 다해 몸 오른쪽 부분의 끈을 바닥에 비벼댔지만 아무래도 끊어지지 않았다.

같은 나이 또래 여자처럼 화려한 손톱이라도 붙였다면 도움이 됐을 수도 있을 텐데 싶었다.

얄궂게도 재갈은 점점 빠지고 있었고, 입을 막은 접착테이프에도 혀끝이 닿을 것 같았지만 지금 같은 상황에서는 큰소리를 지르는 게 도리어 안 좋은 대처법일 듯했다.

'그 힘……'

정원에서 엄청난 힘으로 끌어안겼을 때의 감촉이 순간 가에데의 몸에 되살아났다.

"아직 게임은 진행 중입니까, 히몬야 씨?"

"이제 거의 끝난 것 같은데. 뭔가 궁금한 점이라도 있나?"

"제 게임 운영이요. 제 나름대로는 미꾸라지처럼 잘 빠져나갔다고 생각하는데요."

"아하하, 아니야. 방금도 실수가 있었는걸."

"방금이라니요?"

"잘 생각해보게. 내가 손녀딸이 스토킹을 당하고 있다는 말을 꺼냈을 때야. 보통 같으면 일단 '누가' 그랬는지를 궁금해하지 않을까? '누구한테요?', '어떤 관계에 있는 사람한테요?', '친구에게요?', '직장 동료에게요?', 뭐든지 상관없지만, 일단은 범인의 정체에 흥미를 보일 거야. 그런데 자네는 그 단계를 훌쩍 뛰어넘어 느닷없이 경찰에 신고하는 편이 좋겠다는 말을 꺼냈지. 이건 실수라네. 큰 실수야. 보통은 사건의 개요조차 모르면서 대뜸 경찰을 부르자는 발상을 하지 않지. 바꿔 말하면 자네 자신이 누구보다도 사건의 개요를 잘 안다는 뜻이 되거든."

"그렇군요. 확실히 이제 게임을 끝내야 할지도 모르겠습니다."

"원래 같으면 이쯤에서 또 담배 생각이 나는데 말이야. 뭐, 시간도 시간이니 참도록 하지."

"잠깐. 시간이라니 그게 무슨 소리야?"

"진정하고 들어보게. 이런 기회는 또 없지 않겠나? 자, 게임 종료를 앞두고 스토커 X의 목적을 유추해보도록 하지. 요전에 자네는 공중전화로 가에데에게 전화를 걸어 '준비가 다 됐으니 이제 안심해요'라고 말했을 거야. 자네는 대체 무슨 '준비'를 해온 걸까? 스토커의 왜곡된 연애 감정은 종종 살해 후 자살이라는 비참한 형태로 끝을 고하기도 하지만, 다행히도 이번 사례는 그렇지 않을 것 같군. 전화로 '죽일 거야. 그런 마음에도 없는 말을 하면' 하고 가에데를 협박한 자네의 발언을 다른 측면에서 보면, 죽일 마음은 없다고 판단되거든. 그렇다면 역시 '준비'는 결혼 준비겠지. 지금 자네 집에는 가에데의 머리카락과 사진이 장식돼 있어. 그리고 방 한복판에 웨딩드레스가 걸려 있어도 난 놀라지 않을 걸세. 자네는 방에다 가에데를 감금해놓고 평생 함께 지낼 작정이야. 그게 자네에게는 '결혼'인 거지."

"대단하군요, 히몬야 씨. 이렇게 좁은 방에서 죽기는 아까워요."

"허, 그건 무슨 뜻인가? 아주 가까운 미래에 일어날 일을 가리키는 건가, 아니면 지금 현재 일어날 일을 가리키는 건가."

"후자라면 어떻겠습니까?"

"그렇다면 그만두는 게 좋아. 아까 시간도 시간이라고 했지? 즉, 슬슬 경찰이 올 시간이야."

"뭐라고?"

당황해서 일어난 것이리라.

의자가 넘어지는 소리가 들렸다.

'과연 할아버지야. 미리 손을 써놨구나.'

둘 다 살았다고 생각하자 몸에 약간 남아 있던 힘이 쭉 빠져나갔다.

이제 괜히 체력을 낭비할 필요 없다.

가에데는 숨을 죽인 채 경찰이 오기를 기다렸다.

그리고 서재에서 나누는 대화를 놓치지 않도록 고개를 살짝 쳐들었다.

"언제 경찰을 불렀어?"

"자네가 오기 직전에. 이제 도착할 만도 한데, 조금 늦는 모양이군."

"이 방에 스마트폰은 없는데? 어떻게 불렀다는 거야?"

"마침 가나에가 와 있었거든. 자네가 X라고 밝히자 어찌나 놀라던지. 그래서 당장 경찰을 부르라고 시켰어."

"……가나에?"

"모르나? 종종 집에 얼굴을 비치는 내 딸이야."

아아.

이럴 수가.

이게 무슨.

지금까지 압도적으로 지성적이었는데.

그만해, 할아버지.

이러면 너무 안쓰럽잖아.

엄마는…….

엄마는!

"부모인 내 입으로 말하기는 뭣 하지만, 가나에는 어릴 적부터 해바라기처럼 밝은 아이였다네. 사람들 앞에서 노래하기를 아주 좋아했어. 옆쪽 거실은 이제 수리해서 배리어 프리 공간으로 바꾸었지만, 원래는 전통식 방이었지. 한복판을 맹장지로 막아놨는데, 친척들이 모이면 어느 틈엔가 가나에가 맹장지 너머에 숨어서 내게 속삭여. '아빠, 여기야. 맹장지를 천천히 열어' 하고. 이윽고 맹장지 너머의 카세트 라디오에서 전통 가요의 전주가 흘러나와. 난 맹장지를 무대의 막처럼 천천히 열면서 말하지. 여러분, 오래 기다리셨습니다. 다섯 살배기 가나에가 이 노래로 절절한 여심을 전해드립니다, 「쓰가루 해협, 겨울 풍경」. 가나에의 노랫소리에 친척들 모두 우레 같은 갈채를 보내지, 아하하. 대체 몇 번이나 맹장지 담당을 했는지 몰라. 어째선지 노래는 반드시 「쓰가루 해협, 겨울 풍경」이었지. 그래서 가나에는 결혼할 때도 물론 그 노래를……아니, 결혼식 때 노래를 했는지는 긴가민가하군. 어쨌더라. 응? 뭐지, 묘한 표정이로군."

"웃고 있는 겁니다."

"왜?"

"왜냐니요. 어떻게 안 웃겠습니까. 사실 이 게임은 처음부터 제 승리가 정해져 있었으니까요."

"이보게, 무슨 소리를 하는 건가."

"아깝게 됐네요, 히몬야 씨. 아무리 현명해 보여도, 당신은 역시 노망난 영감탱이입니다."

"노망난, 영감탱이……."

"논리적인 말솜씨가 자랑거리이신 듯하니, 저도 논리적으로 반박해볼까요? 저기 붙여둔 긴급연락처에 가에데 선생님의 전화번호가 적혀 있다는 사실로 저를 몰아붙인 건 대단해요. 그럼 묻겠습니다. 왜 저기에 가나에 씨의 전화번호가 적혀 있지 않을까요? 당신 딸이잖아요. 룩하면 이 집을 찾아오고요. 그런데 왜 소중한 딸의 전화번호가 없을까요? 네? 어떻습니까. 머리빗에 지문이 없는 것보다 훨씬 이상하지 않습니까?"

"그건 미처 몰랐군."

"발성 연습할 때 제가 떠본 걸 잊으셨나요? '누구랑 이야기라도 하셨습니까?' 하고 물어봤죠. 그러자 당신은 '아니, 그런 건 아닌데' 하고 대답을 얼버무렸죠. 하지만 저는 이 방에 들어오기 직전에 당신이 '이제는 존재하지 않는 누군가'와 이야기를 나누는 소리를 똑똑히 들었습니다. 당신은 하필이면 딸의 환영에게 경찰을 부르라고 부탁한 거예요. 정말 웃기네요."

"잠깐만. 음, 인정하고 싶지는 않지만 내가 가나에의 환시와 이야기를 나누었을 가능성이 없지는 않아. 그렇지만 '이제는 존재하지 않는다'는 표현은 틀렸어. 실제로 내 딸 가나에는 분명 이 세상에 존재하니까."

"우와, 배가 땅겨서 죽겠네요. 아하하. 제발 정신 좀 차리세요. 지금까지 웃음을 참으며 연기하느라 얼마나 고생했는데."

"……그게 무슨 소리인가?"

"이 마당까지 왔으니 확실히 알려드리죠. 가나에라는 사람은 애당초 이 세상에 없습니다. 27년 전 결혼식 날, 제 손으로 가에데를 죽였으니까요. 저를 배신한 그 못된 여자를⋯⋯그러니까 안타깝게도 경찰은 안 옵니다."

가에데는 소리 없는 비명을 질렀다.

'엄마!'

그리고.

금방이라도 기절할 것 같은 자기 자신을 질타하기 위해 또 속으로 소리쳤다.

'아빠!'

동시에 서재에서 쿵, 하고 불길한 소리가 들렸다.

할아버지의 팔이 팔걸이에서 미끄러져 벽에 몸을 부딪힌 것이리라.

가에데는 격한 감정에 사로잡혀 접착테이프로 막힌 작은 공간 속에서 계속 소리를 질렀다.

'엄마!'

'아빠!'

'범인이⋯⋯범인이, 여기 있어!'

"어이쿠, 벌써 빌빌대면 안 되지. 게임을 끝내려면 이쪽 이야기도 들어줘야 하지 않겠습니까. 그리고 요즘 가나에와 생김새가 비슷해진 가에데 말인데요⋯⋯그런 걸 보고 판박이라고 하는 거겠죠. 그렇게까지 닮으면 저로서도 자제가 안 됩니다.

네, 증오마저 느낄 정도예요. 즉, 전부 가에데 잘못이라는 뜻입니다. 아, 이름으로 불러서 죄송해요. 하지만 뭐, 결혼 상대니까 이해해주십시오. 어, 뭐라고요? 안 들리는데……게임에 진 순간, 갑자기 쪼그라들었네. 응? 가에데는 어디 있느냐고요? 네, 대답해드리죠. 가에데는 지금 옆방에 정신을 잃고 누워 있습니다. 본인만 얌전히 지내면 소중하게 아껴줄 생각이에요. 어쨌거나 결국은 저를 사랑할 테니까요. 그러니 안심하고 먼저 저세상으로 가세요, 히몬야 씨."

짜악, 짝.

또 장갑을 잡아당겼다가 놓는 소리가 들려왔다.

너무 화가 치밀어서 눈물조차 나지 않았다.

용서하지 않겠어.

용서 못 해.

저 남자를.

화장실의 긴급용 버튼을 누를 여유는 없을 듯했다.

이제는 되든 안 되든 큰소리로 도움을 요청하는 수밖에 없다.

가에데는 느슨해진 재갈 틈새로 혀를 내밀어 열심히 접착테이프를 떼어내기 시작했다.

"자, 다시 발성 연습을 해보겠습니다. 이건 어디까지나 언어 재활 훈련이니까 당신 입 주변에 장갑흔이 남아도 수상하게 여기는 사람은 없겠죠. 일단 입의 양쪽 구석을 따라 제 검지가 들어갑니다……네, 준비가 끝났어요. 그럼 해볼까요. 아, 에, 이, 우, 에, 오, 아, 오. 어떻게 된 거죠? 목소리가 안 나오네요. 그럼 말을 바꿔볼까요. 가, 나, 에, 가, 나, 에. 이런 이것도 안 됩니까. 아까 팔팔했던 기운은 다 어디로 간 거예요? 그럼 또 말을 바꿔보죠. 가, 에, 데, 가, 에, 데……쯧쯧, 상태가 완전히 안 좋아졌네요. 그럼 다음으로 목 근육 마사지를 해볼까요? 아이고, 이 침 좀 봐……장갑을 바꿔야겠습니다."

짜악, 짝.

가에데의 윗입술 오른쪽 부분을 덮고 있던 접착테이프의 일부분이 드디어 떨어질 것 같았다.

조금만 더.

조금만 더 하면 돼.

짜악, 짝.

짝.

"그럼 목을 한 번 볼까요. 이런, 이런……방금 주물러드렸는데 벌써 뻣뻣해졌네요. 힘을 줄 테니까 조금만 참으세요. 에이, 아주 잠깐입니다."

접착테이프가 일부 떨어졌다.

가에데는 작은 틈새로 한껏 숨을 들이마신 후 소리를 질렀다.

"누가 좀 도와―"

그때 따뜻한 손가락 감촉이 가에데의 입 위아래를 살짝

막았다.

"조용히 하세요, 가에데 선생님. 시키입니다."

눈가리개가 벗겨지는 것과 동시에 부드럽고 긴 머리카락이
가에데의 뺨을 간질였다.

"시, 시키 씨! 하, 할아버지가—"

"저쪽은 괜찮아요. 할아버님을 얕보다간 큰코다칠 겁니
다."

쿠당탕, 하고 사람이 쓰러지는 소리가 울려 퍼졌다.

그 직후 서재에서 허억, 하고 X의 비명이 들렸다.

"으, 아악. 팔이……팔이 부러지겠어!"

"빅토리아 시대에 영국에서 유행한 일본의 유술이야. 셜록
홈스는 '바리츠'라고 칭했다는데, 그가 이 '팔 얽어 비틀기'를
터득했는지는 분명치 않아."

"이 영감탱이가. 절대로 가만두지 않겠어."

"달아나려고 해도 소용없어. 기술이 완벽하게 들어갔으니
까. 오늘처럼 몸 상태가 좋은 날은 옛날에 익힌 솜씨가 제대로
발휘되거든. 그리고 실은 최근에 물리치료사 소프트크림 군을
상대로 팔씨름도 하고 있지. 물론 소프트크림 군이 힘을 조절
해주지만, 얼마 전에는 내가 처음으로 이겼어. 아주 분해 보이
더라고."

그렇구나.

이제는 이해가 간다.

소프트크림 씨가 서재에서 나올 때, 한순간 시선에 담겼던 적의와도 비슷한 감정.

별것 아니었다.

할아버지에게 팔씨름을 진 게 분해서 무심코 눈빛에 배어 나온 감정이었다.

"자랑은 집어치우고 얼른 놔…… 죽고 싶나!"

"몸부림치면 칠수록 아플 거야. 자, 이와타 선생. 어떻게 됐나?"

창문이 시끄럽게 깨지는 소리와 함께 이와타의 목소리가 들렸다.

"네! 전부 녹음했습니다."

"흠. 고성능 IC 녹음기는 이렇게 써먹어야 하는 법이지."

시키가 거참, 하고 머리를 쓸어올렸다.

"현관으로 들어오면 된다고 했는데."

X의 말투가 애걸하는 투로 바뀌었다.

"부, 부탁이야. 제발 그만해."

"그렇게는 안 돼. 일단 내 설명부터 똑똑히 들어야지."

할아버지의 목소리는 힘을 주어 남의 팔을 꺾고 있다고는 느껴지지 않을 만큼 또랑또랑했다.

"나도 가나에가 환시일지도 모른다고 의심은 했었어. 그래서 가에데가 올 때마다 오늘도 가나에와 엇갈렸다는 식으로 말하면서 표정을 살폈는데……억지로 웃는 모습을 보고 역시나 싶었지. 그렇다면 긴급연락처에 가나에의 전화번호가 적혀 있지 않다는 사실은 무시무시한 과거를 암시하는 셈이야. 그리고 좀 더 상상의 나래를 펼치면 X가 두 대에 걸쳐 '민들레 소녀'를 스토킹했을 가능성도 부정할 수 없어지지. 하지만……역시 인간은 약한 생물이라서 말이야."

"구시렁구시렁 더럽게 시끄럽네. 잔말 말고 이거 놔!"

"오늘도 난 여느 때처럼 가나에가 와줄 거라고 생각했어. 그리고 실제로 나타난 가나에에게 경찰을 부르라고 시켰을 때는 이걸로 다 해결됐다는 마음을 버릴 수 없었지. 가나에가 환시일 가능성을 고려해, 서글픔을 꾹 누르고 시키 군과 이와타 선생에게도 와달라고 부탁했지만 말이야. 아무래도 가나에가 실제로 있느냐 없느냐의 문제에 대해서는."

할아버지는 한순간 말을 잇지 못했다.

아주 약간이지만 눈물을 참는 낌새가 전해져왔다.

"있느냐 없느냐의 문제에 대해서는 더 이상 논의하지 않아도 될 것 같군. 자, 난 지금 두 가지 스토리 중 한쪽을 자아낼 권리를 부여받았어. 첫 번째는 이 자리에서 자네 팔을 부러뜨린다는 스토리야."

"스토리? 이 영감탱이가 개폼 잡고 있네. 해볼 테면 해봐."

X가 괴로움이 묻어나는 목소리로 허세를 부렸다.

하지만 할아버지의 귀에는 그 목소리가 전혀 들어오지 않는 듯했다.

"그리고 두 번째는 의지력을 발휘해 원한에 휘둘리지 않는 다는 스토리야. 안 그래도 내 지성은 날마다 상실돼 가는 중이지. 자네 팔을 부러뜨리면……그건 더 이상 내가 아니야."

할아버지는 의연한 어조로 말했다.

"난 부러뜨릴 수 없어……."

그리고 망설임 없는 목소리로 말을 이었다.

"난 부러뜨리지 않겠어."

이 얼마나.

이 얼마나 강한 사람인가.

할아버지는 강인한 의지력을 발휘해 사적인 원한을 저편 으로.

담배 연기 저편으로 날려보냈다.

한순간 할아버지의 손에서 힘이 빠졌는지 쿵, 하고 X가 몸을 튕겨내는 듯한 기척이 느껴졌다.

서재에 뛰어들려는지 시키가 몸을 일으켰다.

하지만.

X가 또 허억, 하고 소리쳤다.

"아야야야. 이번엔 너냐. 그만해. 난 환갑도 지난 나이라고."

아무래도 이와타가 X를 때린 듯했다.

"네가 할 말은 아니지."

이와타의 목소리를 들어보니, 울면서 때리는 것 같았다.

"이건 할아버님을 대신해서 한 방."

"살려줘."

"그리고 이건, 이건 내가 정말 좋아하는 사람을 대신해서 한 방."

이와타가…….

'이와타 선생님'

잠시 후 시키가 한때 짝을 이루었던 서재의 포수에게 목소리를 던져 넣었다.

"선배, 그만 하세요. 일반인에게도 체포권은 있지만, 더 때렸다간 폭행죄를 못 면해요."

드디어 들려온 경찰차와 구급차의 사이렌 소리가 게임이 끝났음을 알렸다.

X는 결국 단념하고서도 뭐라고 계속 저주의 말을 내뱉었다.

그때였다.

"가나에."

아까까지와는 딴판으로 자상한 할아버지의 목소리가 서재에서 흘러나왔다.

"반대한 내가 잘못했다. 이제 그만 둘 다 고개를 들렴."

아무래도 옛날 추억에서 비롯된 환시를 보고 있는 듯했다.

"자네는 술을 제법 하는 모양이군. 그렇지, 신혼여행 때 베이커 가에서 산 스카치위스키가 있어. 여보, 잘 모셔둔 그거……어디 있더라?"

할아버지의 목소리가 더욱 자상해졌다.

가에데는 바로 깨달았다.

지금 할아버지 눈앞에는.

젊은 시절의 부모님뿐만 아니라 할머니도 있다는 걸.

"아니야, 내가 가져올 테니까 앉아 있어. 위스키를 희석하는 데도 절묘한 비결이 있는 법이거든. 아하하, 표정이 왜 그래? 싸우긴 왜 싸우겠어. 내게는 사랑하는 두 사람을 갈라놓을 권리가 없는걸. 애당초 우리가 결혼할 때도……처음에는 반대를 당했잖아."

그건 가에데도 처음 듣는 이야기였다.


# 6


침대에서 깨어난 가에데에게 시키가 가슴이 철렁할 만큼 얼굴을 가까이 들이댔다.

"좀 주무셨어요?"

어린아이 같은 웃음으로 사람 마음을 안심시키는 얼굴이다.

"만약을 위해 하루만 입원하래요."

"할아버지는요?"

"옆 병실에서 푹 주무시고 계세요. 많이 피곤하셨을 테죠."

바이탈 사인 모니터의 규칙적인 소리만 병실에 울렸다.

야간 응급 병동에는 인기척이 전혀 없는 듯했다.

"이와타 선생님은 괜찮을까요?"

시키가 작게 속삭였다.

"진술하러 경찰에 갔어요. 요즘 선배는 경찰서가 참 익숙해졌겠어요.."

가에데는 양팔을 이불 밑에서 꺼내 기지개를 켜고 나서 머리를 하얀 베개에 툭 맡겼다.

"저기, 시키 씨. 궁금한 게 있는데요."

"뭔데요?"

"두 사람은 내가 어디 있는지 어떻게 알았죠?"

시키는 콧등을 긁적였다.

"둔치에서 누군가 가에데 선생님을 빤히 바라봤잖아요. 그 후에 선배, 그리고 할아버님과도 상담해서 평일에는 제가, 주말에는 선배가 최대한 짬을 내 가에데 선생님을 경호하기로 했어요."

"그럼 최근에 누군가 따라다니는 느낌이 한층 강해진 건……."

"오히려 저희 때문이었을지도 모르겠네요. 하지만 저는 예전에 형사물 연극을 공연할 때 미행하는 연습을 많이 했으니까, 들키지 않을 자신이 있었습니다. 만약 미행이 발각됐다면 선배 탓이겠죠."

시키는 나지막하게 웃었다.

"어제도 히몬야에서 구묘지까지는 제가 경호했는데, 그 전에 놈이 부케를 두고 갔네요."

응급 병동의 정적 속에 구급차 사이렌 소리가 끼어들었다.

그 소리가 멎자마자 이번에는 환자 운반용 침대를 옮기는 소리와 사람들이 바쁘게 복도를 뛰어가는 소리가 울려 퍼졌다.

저는요, 가에데 선생님, 하고 시키가 진지한 얼굴로 말했다.

"저런 의료 종사자는 물론이고, 선배나 가에데 선생님 같은 교육자나 돌봄 종사자를 정말로 거룩한 직업인이라고 생각해요. 제가 연기자라는 허황된 직업을 생업으로 삼아서 그런지도 모르겠지만, 진심으로 존경합니다. 그렇다고 해서 자기 비하를 하는 건 아니고요. 사람마다 제 역할이 있는 거구나 싶어요."

"네."

"그렇기에 이번 사건은 너무 안타까운 한편으로, 묘한 위화감이 느껴졌어요. 그래서 말이죠."

시키는 여전히 시끌벅적한 문밖에 상냥한 시선을 보내고 나서 다시 가에데를 보았다.

"케어 매니저님과 간병인님들에게 탐문 수사 비슷한 걸 해봤는데요. 그 결과 아주 흥미로운 사실을 알아냈습니다. 범인은 언어 청각사 행세를 한 거였어요."

"뭐라고요?"

돌봄이 필요한 고령자가 재택 돌봄 서비스를 받을 경우, 케어 매니저를 중심으로 물리치료사와 언어 청각사, 그리고 간병인들이 하나의 팀을 이루어 돌봄에 임한다.

하지만 의외로 잘 알려지지 않은 사실인데, 그들은 제각각 다른 사무소에 소속되는 것이 보통이며, 돌봄 대상자의 집에서 만날 때까지 안면이 전혀 없는 경우도 많다고 한다.

"범인은 그 맹점을 찔렀습니다. 일단 케어 매니저가 소속된 사무소에 전화를 걸어 할아버님 목소리를 흉내 내, 비용이 많이 드니까 언어 청각 재활 훈련은 그만두겠다고 알리죠. 그리고 할아버님께는 전임자가 갑자기 이동해서 오늘부터 자기가 담당한다는 핑계를 대고 당당하게 집에 드나든 겁니다. 다들 몹시 바쁘시니까요. 실제로 제휴 관계가 제대로 확인되지 않아 업무에 차질이 생기는 사례가 드물지 않대요. 물론 이렇게 악의로 점철된 사례는 없겠지만요."

가에데는 배게 끄트머리를 꼭 잡고 병실 창밖을 보았다.

저 무수히 많은 불빛 속에서 사람들은 지금 무슨 생각을 하며 지내고 있을까.

어느 시대든 보통 사람은 생각지도 못할 추악한 계책을 사용하는 인간은 존재한다.

그보다는 할아버지가 보는 환시가 훨씬 아름다운 광경일
지도 모른다.


# 7

　처음으로 네 사진을 찍었어

　넌 모르겠지

　나와 너의 '투 샷 사진'

　넌 모르겠지


　'이건 초음파 사진 이야기구나.'

　가에데는 늘 가지고 다니며, 잠깐이나마 읽을 때마다 마음
이 차분해지는 작은 다이어리를 살짝 덮었다.

　표지에는 할아버지에게 물려받은 단정한 어머니의 글씨체
로 <가나에가 배 속의 너에게>라고 적혀 있었다.

　온화한 햇살이 쏟아지는 가운데, 아버지가 정원에 심은 벚
나무의 꽃봉오리가 조금 벌어진 모습이 눈에 들어왔다.

　툇마루에 앉은 할아버지가 자랑스럽게 말했다.

　"어제 가나에가 왔는데, 히몬야하치만구보다 우리 집 벚꽃
이 더 빨리 필 거라고 했더니 좋아하더구나."

　할아버지와 나란히 앉은 가에데는 안도감에 쏟아질 것 같

은 눈물을 꾹 참고서 고개를 옆으로 돌렸다.

자기방어 본능 덕분에 부정적인 기억은 잘 지워진다는 말은 사실인 모양이다.

할아버지도 이번 사건의 내용은 세세하게 기억하지만, 어머니의 죽음에 관한 기억은 머릿속에서 완전히 빠져나갔는지 어머니가 경찰을 불렀다고 믿는 듯했다.

아니, 하고 가에데는 자문자답했다.

할아버지는 전부 다 알면서도 손녀에게 걱정을 끼치지 않으려고 믿는 '척'하는 건지도 모른다.

가에데는 수많은 주름이 부드러운 곡선을 그리는 할아버지의 옆얼굴을 가만히 바라보았다.

오늘 할아버지는 몸 상태가 아주 좋다.

선물로 받은 듯한 카스텔라를 커피도 마시지 않고 우물우물 먹고 있다.

"실은 가나에뿐만 아니라, 이와타 선생도 요즘 자주 찾아온단다."

"뭐?"

그런 이야기는 전혀 못 들었다.

"방바닥에 닿을 것처럼 고개를 푹 숙이고, 미스터리 소설을 초보 중의 초보부터 가르쳐달라고 부탁하더구나. 그때 마침 그 귀여운 3인조가 책을 빌리러 왔지. '으앗, 간쌤!', '뭐해요?' 하고 아이들이 웃어서 아주 겸연쩍어했어. 뭐, 일단은 애드거 앨런 포의 작품부터 추천해주는 중이야.”

“그랬구나. 그럼 그 카스텔라는 혹시?”

“응, 이와타 선생이 가져온 거야. 그런데 내가 단 음식을 아주 좋아한다는 걸 어떻게 알았을까. 가져오는 과자가 죄다 엄청나게 달아.”

할아버지는 장난스럽게 윙크를 했다.

“이와타 선생은⋯⋯걸보기와 다르게 추리력이 있는지도 모르겠군.”

가에데는 순간 눈을 감았다.

손수 만든 과자가 있는 이상, 이와타는 환시가 아니라 정말로 할아버지를 뵈러 온 것이다.

세계 최초의 미스터리 소설인 에드거 앨런 포의 「모르그가의 살인」을 빌릴 때 얼굴 근육을 다 써서 활짝 웃었을 이와타의 모습이 눈앞에 보이는 듯했다.

하지만 미스터리 강의를 듣겠다는 건 핑계고, 실은 할아버지 몸 상태가 진심으로 걱정돼서 찾아온 것이다. 당연히 할아버지도 그걸 알고 있다.

‘아차, 이럴 때가 아니지.’

이와타와 아이들을 생각하다가 중요한 용건을 깜박할 뻔했다.

“저기, 할아버지. 이것 좀 봐줄래? 보낸 사람 이름이 안 적힌 편지인데.”

가에데는 할아버지의 허락을 받은 후, 공들인 글씨로 받는 사람의 주소와 이름을 적은 봉투를 뜯었다.

노안경을 낀 할아버지는 봉투의 소인만 보고서도 입에 웃음이 살짝 맺혔다.

"마돈나 선생이로군."

할아버지는 시간을 들여 찬찬히 편지를 읽은 후, 약간 떨리는 손으로 편지지를 꼼꼼히 접었다.

"수영부 담당이 됐대. 벌써부터 여름이 기다려진다고 썼구나."

한 번도 만난 적 없는 사람이지만, 가에데는 진심으로 기뻤다.

어느 섬의 학교에 근무하는지는 굳이 묻지 않기로 했다.

"아참."

기쁜 일이 하나 더 있다.

"아까 <하루노>에 가봤거든. 물론 아직 문은 안 열었지만, 단골 손님들이 롤링 페이퍼를 붙여놨어. 뭐랬더라, '사장님, 기다릴게요'라느니, '새로운 맛의 찜 요리가 벌써 기대되네'라느니 그런 말이 가득 적혀 있더라."

"그야말로 내가 전하고 싶은 말이야."

할아버지는 근처 대나무숲에서 날아온 참새에게 카스텔라 부스러기를 던져주었다.

참새는 카스텔라 부스러기를 물고 바로 <하루노> 방향으로 날아갔다.

마치 마음을 전하는 전서구같이.

'전한다⋯⋯.'

가에데는 내내 상의하고 싶었던 일을 말해보기로 결심했다.

"저기, 할아버지."

"응?"

"있지."

이번에는 스스로도 이유를 설명할 수 없는 눈물이 뺨을 타고 흘러내렸다.

"나, 처음으로 좋아하는 사람이 생겼는지도 모르겠어."

슬로 모션처럼 천천히, 할아버지가 활짝 웃음을 지었다.

요 몇 년 사이에 처음으로 보는 최고의 웃음이었다.

마치 열 살은 젊어진 것 같았다.

"그렇구나."

잠시 후 곱씹듯이 같은 말을 되풀이했다.

"그렇구나."

할아버지는 다시 벚꽃 봉오리에 시선을 주었다.

"그거 참 엄청나게 어려운 사건인걸."

할아버지는 매력적인 미소를 띤 채 높은 콧대에 손가락을 댔다.

"둘 다 좋은 청년이니까 말이다.「미녀일까, 호랑이일까?」,

내가 가에데였어도 몹시 고민될 거야. 그런데 그런 중대한 이야기를 내가 들어도 되겠니?"

"할아버지가 꼭 들어보고 상담해줬으면 해."

그러자 할아버지는 또 기쁜 듯이 중얼거렸다.

"그렇구나."

그리고.

역시 그 말을 꺼냈다.

"가에데. 담배 한 대 주지 않으련?"

# 명탐정으로 있어줘

초판 1쇄 인쇄 2023년 9월 1일
초판 1쇄 발행 2023년 9월 11일

**지은이** | 고니시 마사테루
**펴낸이** | 권기대
**펴낸곳** | ㈜베가북스

**주소** | (07261) 서울특별시 영등포구 양산로17길 12, 후민타워 6-7층
**대표전화** | 02)322-7241 팩스 | 02)322-7242
**출판등록** | 2021년 6월 18일 제2021-000108호
**홈페이지** | www.vegabooks.co.kr **이메일** | info@vegabooks.co.kr
**ISBN** 979-11-92488-42-4 (03830)

---